金學叢書

第一輯 7

吳敢
胡衍南 霍現俊
主編

說圖——崇禎本《金瓶梅》繡像研究

曾鈺婷 著

臺灣 學生書局 印行

曾鈺婷

臺灣師範大學國文所畢業，現為中山女高國文教師。專長為明清小說及圖文研究。

本書簡介

小說繡像的出現原本只是做為書坊銷售手法，然而文字與圖像的表現特性不同，使繡像極可能是含讀者意識的再創作。《金瓶梅》小說本身的風月筆墨、大量窺視場景，以及人物語言和市井主題都造就了作畫之難度，崇禎本《金瓶梅》繡像卻能嘗試突破困難，以大量留白和多變視角、新增窺視人物等，展現畫工閱讀態度，並帶領讀者領會隱藏主旨。繡像因此隱含畫工的道德及審美判斷等讀者意識，具備了評點性質，在諸家評點外，提供另一種形式的觀看角度與閱讀態度。本書因此以繡像主要限制條件「回目」作為主要分界，討論崇禎本《金瓶梅》繡像於回目之內的詮釋，甚至不惜突破回目限制的再創造。藉此論證畫工是否是聰明的讀者，若是，其觀點與同行的崇禎本評點，甚至其後的張竹坡、文龍評點，是否有異同之處，藉此論證繡像既是《金瓶梅》由俗而雅的出版環節之一，又同是讀者意識的展現，乃晚明《金瓶梅》讀者接受與批評不可忽視之材料。

金學叢書第一輯序

2012 年 8 月下旬，「2012 臺灣《金瓶梅》國際學術研討會」在臺北、嘉義、臺南三個場地隆重召開，大會同時紀念辭世七年、在海峽兩岸備受推崇的「金學」先驅魏子雲先生。

會議落幕之後，臺灣學生書局基於「辨彰學術，考鏡源流」的信念，認為很有必要出版一套「金學叢書」，將 1980 年以後逐漸豐饒起來的《金瓶梅》成果一次性展現出來，於是找了胡衍南商議此事。經過協商，臺灣學生書局接受胡衍南的兩點提議：一，此一事業理當結合海峽兩岸金學專家共同合作；二，為了紀念魏子雲先生，擬將先生在臺灣學生書局的版權書，搭配臺灣近來年輕研究者的金學著作，先以「金學叢書」第一輯的名義出版，藉此向先生獻上敬禮。因此，2013 年 5 月「第九屆（五蓮）國際《金瓶梅》學術研討會」期間，霍現俊答應共襄盛舉；同年 7 月，胡衍南代表書局親赴徐州邀請吳敢加入主編行列，確定此套叢書由吳敢、胡衍南、霍現俊共同主編。在此同時，胡衍南開始蒐集「金學叢書」第一輯的書稿，吳敢、霍現俊逐步展開「金學叢書」第二輯的規劃。

不同於「金學叢書」第二輯，主要為中國大陸 20 世紀 80 年代以來學人的《金瓶梅》研究精選集；「金學叢書」第一輯由魏子雲領軍，麾下俱是臺灣年輕學者專書性質的金學著作。

第一輯共收十六本書，魏子雲在臺灣學生書局的三本版權書《小說金瓶梅》、《金瓶梅原貌探索》、《金瓶梅的幽隱探照》，足以反映魏先生治學精神及金學見解；且因魏先生後人及學生刻正籌劃全集出版，本套叢書也就不另外爭取先生其他專著。至於其他青年學者專書，如果把金學事業分成文獻研究、文本研究、文化研究，文獻研究明顯最為匱乏，事實上臺灣除魏子雲外興趣多不在作者、成書、版本等考證方面。叢書中具綜述性質的李梁淑《金瓶梅詮評史研究》權屈於此。

文本研究稍好，其中又以借鑒西方敘事學理論者較有成績，鄭媛元《金瓶梅敘事藝術》可視為全面性初探，林偉淑《金瓶梅的時間敘事與空間隱喻》意在時空設計的隱喻性格，李志宏《金瓶梅演義——儒學視野下的寓言闡釋》則從敘事特色探討「奇書體」小說之政治寄託。此外，關於《金瓶梅》詩詞的研究也頗見特色，傅想容《金瓶梅詞話之詩詞研究》、林玉惠《崇禎本金瓶梅回首詩詞功能研究》，一從詞話本、一據崇禎本，前者宏大、後者聚焦，都是考慮詩詞在小說中的美學任務。另外值得一提的是曾鈺婷《說圖——崇禎本金瓶梅繡像研究》，近年頗時興圖像與文字的辯證研究，此書透過對小說插圖的考察，從側面支持了崇禎本《金瓶梅》的文人化、藝術化傾向。

至於文化研究，不可免地都集中在性／別文化研究，此係因為臺灣極易取得未經刪節的全本《金瓶梅》，加上 20 世紀 90 年代中期以來對性／別議題特別熱衷，故影響了《金瓶梅》文化研究的「挑食」傾向。收在叢書中的此類著作，有胡衍南《金瓶梅飲食男女》、李欣倫《金瓶梅之身體感知與性別辯證：一個漢字閱讀觀點的建構》、李曉萍《金瓶梅鞋腳情色與文化研究》、張金蘭《金瓶梅女性服飾文化研究》、沈心潔《金瓶梅詞話女性身體書寫析論——以西門慶妻妾為論述中心》等五部，其中胡衍南、張金蘭的著作都曾公開出版，此次收入叢書都作了程度不一的增添及修改。尤需一提的是，臺灣近年來對於小說的續書研究很感興趣，特別是從解構主義的後設立場重新反思續衍現象，嚴格來講也是一種文化批評，叢書中鄭淑梅《後設現象：金瓶梅續書書寫研究》即為個中佳作。

「金學叢書」第一輯集結近年臺灣青年學者《金瓶梅》研究專著，有意宣示「哲人日已遠，典型在宿昔」——魏子雲先生逝世十周年前夕，金學事業薪火相傳，生生不息。綜上所述，本輯作者胡衍南、李志宏的著述較為金學界所熟識，其他多數則嶄露頭角，正見其成長茁壯。相較之下，稍晚亦將問世之「金學叢書」第二輯，收入了徐朔方、甯宗一、劉輝、王汝梅、黃霖、吳敢、周中明、張遠芬、周鈞韜等三十一位名家之《金瓶梅》研究精選集，收錄純熟之作，代表當代金學最高成就，敬請拭目以待。

吳敢、胡衍南、霍現俊（胡衍南執筆）

2014 年元旦

說圖——崇禎本《金瓶梅》繡像研究

目　次

第一章　緒　論

第一節　研究動機與目的

明代書商刊刻風氣興盛，刊刻小說時多附版畫插圖，並於書名及書的封面上冠以「纂圖」、「繪像」、「繡像」、「全像」、「圖像」、「出相」、「補相」等字樣為宣傳，[1]如明崇禎年間刊本《新刻繡像批評金瓶梅》即於書名「繡像」標識出插圖本。事實上小說本身就已具備完整的情節，插圖實屬書商為增加競爭以招攬讀者之用，供讀者以圖證文輔助閱讀，並由此獲得愉悅之感。[2]也因此小說版畫的插圖往往僅被視為娛樂之途，學者也大多僅肯定其藝術上的成就或作為歷史材料的紀錄。[3]然而作為文學插圖的繡像，除

1　明代萬曆間，版畫之發展，已達鼎盛之勢，書坊刊書，尤其是戲曲、小說、醫書、啟蒙讀物、小類書等，多附有版畫插圖，這已成為當時的特色之一。由於帶圖之書，能助讀者理解正文、且雅俗共賞，故受到顧客歡迎。同時，書坊的經營者又在繼承宋、元時某些風氣的基礎上，在一些書名前，冠以「纂圖」、「繪像」、「繡像」、「全像」、「圖像」、「出像」，以及「全相」、「出相」、「補相」等，這種宣傳的手段，也是為了吸引顧客注意，這種風氣一直持續到清代。詳請參見沈津：〈明代坊刻圖書之流通與價格〉，《國家圖書館館刊》85 年第 1 期（1996 年 6 月），頁 108-109。

2　插圖的有無，對於一篇文字內在已表達完全，自我具足的小說來說，可以是不必要的。就讀者閱讀經驗來說，覽讀水滸、西遊，沒有插圖，一樣可以獲得充分的愉悅和感動。……要談通俗小說之何以常見插圖的原因，可能有人會以為正如吾人現在常用「通俗」稱這類作品一樣，就在於為了「通俗」而有了插圖。因為這類作品原本是為市民大眾提供休閒愉悅而有的讀物。而圖畫常能較文字敘述提供更為深切的形象，對於文學造詣不是甚深的閱讀大眾來說，能有圖畫配合，自能使故事人物更為具像鮮活，而獲得更多閱讀的情趣。詳請參見胡萬川：〈傳統小說版畫插圖〉，《中外文學》第 16 卷第 12 期（1988 年 5 月），頁 31。

3　以學者對於崇禎本《金瓶梅》繡像的評價為例，鄭振鐸稱其：「橫姿深刻地表現出封建社會的現實生活……有的只是平平常常的人民的日常生活，是土豪惡霸的詐欺、壓迫，是被害者們的忍氣吞聲，是無告的弱小人物的形象，實在可稱為封建社會時代的現實主義的大傑作，正和《金瓶梅》那部大作品相匹配。」又如祝重壽於《中國插圖藝術史話》言：「此插圖在藝術上也有很高的成就，構圖採用中國傳統鳥瞰式構圖，遠近按上下布置，下遠上近，場面開闊，近景、中景、遠景，層次分明，一目了然。畫面上人物眾多，三教九流，個個生動傳神、活靈活現。人物與人物，人物與環境（景物），互相呼應，互相襯托，相得益彰。整個看上去自然寫實，如同電影畫面一般」，徐小蠻、王

了藝術性與歷史價值外，文學性亦不可忽視。

《金瓶梅》約於明朝中後葉問世，並有兩個版本系統行世，[4]分別為所謂的「詞話本」、「萬曆本」《新刻金瓶梅詞話》，以及「繡像本」、「崇禎本」[5]《新刻繡像批評金瓶梅》。而崇禎本《金瓶梅》之所以被學界簡稱為「繡像本」，是因全書按回目二句各配一圖，每回二圖，共有精美插圖二百幅。繡像——意即精美之插圖，通常是以線條勾勒的人物畫[6]——原是文學的陪襯，目的在吸引閱讀並輔佐讀者理解本文，故明代書商爭以插圖為

福康亦於《中國古代插圖史》言：「書中的插圖構圖精到，刀工老練，運用俯瞰的透視，將明代路徑、街市、茶坊、庭院、樓閣，乃至它的各種陳設以及在其陪襯下的社會眾生相栩栩如生地表現在紙上，富於變化，幅幅具有特點，不愧是明代插圖作品中的佼佼者。」可知大多數學者注重的是繡像的藝術成就與歷史價值。以上引文參見鄭振鐸：〈中國版畫史圖錄自序〉，收於《中國木刻版畫史略》（上海：上海書店，2006），頁 389。祝重壽：《中國插圖藝術史話》（北京：清華大學出版社，2005），頁 51。徐小蠻、王福康：《中國古代插圖史》（上海：上海古籍出版社，2007），頁 299。

4 多數讀者主張「詞話本」是較早通行的版本，「繡像本」則為文人依據「詞話本」修改潤飾而來。如劉輝所言「繡像本」所做的修改有四方面：「首先，改變原詞話本的說唱特色，使之更加符合小說的體裁要求，對可唱韻文進行了徹底的刪削，數量不下三分之二，又大量刊落轉錄或照抄他人之作；其二，變依傍《水滸傳》而獨立成篇，在結構上予以改造：不從景陽崗武松打虎寫起，變為玉皇廟西門慶熱結十兄弟，與最後一回的永福寺作雙峙起結，前後映照，渾然一體；其三，在情節、人物上修補原詞話本的明顯破綻；其四，對回目、引首作了統一加工；其五，全部行文作了潤飾，去其瑣碎重複，顯得更加整潔。」見劉輝：《金瓶梅論集》（臺北：貫雅文化，1992），頁 101。

5 「崇禎本」一詞最早出現於孫楷第「以上諸本皆無欣欣子序，蓋皆崇禎本。」見孫楷第：《中國通俗小說書目》（臺北：木鐸出版社，1983），頁 132。鄭振鐸則以繡像刻工姓名推定「這可見這部《金瓶梅》也當是杭州版。其刊行的年代，則當為崇禎間」。見鄭振鐸：〈談《金瓶梅詞話》〉。魏子雲更直言：「崇禎本《金瓶梅》則有四種刻本……這一情形，足以證明崇禎本是公開發行的，所以他出版後，在崇禎朝短短十六年間，而又變亂蠡起，居然還有四種不同的刻本出現。」但以上學者都沒有確切的證據如崇禎年間的序跋或文字記載，而刻工可能青年所科或是老年所刻，故亦有日本學者主張是為「天啟本」。由於年代久遠且皆無確切證據，無論是崇禎年間或是天啟年間所刊刻，甚至是否為李漁芥子園所刊刻的四大奇書，歷來學者如劉輝、黃霖、魏子雲等已多所論述，至今未有定論。本書採用「崇禎本」一詞，亦非確切肯定《新刻繡像批評金瓶梅》乃出自崇禎年間，只是為行文方便，茲採用眾所接受的簡稱，實指說散本、繡像本系統的版本。

6 魯迅言：「明清以來，有卷頭只畫書中人物的，稱為繡像。」見魯迅：《魯迅全集》第 6 冊（北京：人民文學出版社，1961），頁 22。但這是較後期才演變出的定義，明代書坊其實並未區別「繡像」、「出相」、「全像」等，繡像不只是人物畫，也有指敘事畫，如《新刻繡像批評金瓶梅》。「繡」意為精工鄭重、精雕細琢，「像」在當時還是指故事情節圖，書坊主「繡像」二字不過表明自己的圖比別人精美罷了。「繡像」一詞出現相對較晚，萬曆中後期，江南各地版畫深受新安派風格之影響，轉而為工細婉麗，時人稱為「繡梓」，「繡」的原意是用彩色線在布帛上製成花、鳥等圖案。「繡像」一詞的來歷當與此有關，而不少插圖的藝術水平確也當得起「繡像」之稱。見汪燕崗：〈古代小說插圖方式之演變及意義〉，《學術研究》第 10 期（2007 年 10 月），頁 143。後代的「繡像」

號召提昇銷售，造就了版畫的輝煌時代。[7]繡像的創作須由畫、刻、印三工合作而成，但除了有在繡像版面留名的幾位刻工如劉啟先、洪國良之外，[8]許多未署名作畫之畫工與刻工早已湮沒於歷史洪流中。至今仍無證據去考證《金瓶梅》繡像為何者創作，且當時畫工與刻工未必是同一人，有時是刻工自行起草作畫刻印，有時是不同派別的畫工與刻工共同創作。但如此大規模且統一之作品，加上屬名之刻工不僅一人，則可合理推測為集體創作。

繡像具備了一定的宣傳效果，但同時也成為文本的一部分。然而圖像與文字的性質不同，雖是依照回目所繪製，然而如何將文字所敘述的時間性的、且心理層面的劇情，轉為空間性的、且具體看見的圖像，[9]又不失小說原意，就考驗著畫工與刻工[10]如何體味小說，並最大限度地化解文字與圖像間的隔閡。此圖文轉譯的工程，證明了繡像不僅是版畫藝術與文化史料，且與小說和創作者的閱讀密切相關，有著濃厚的文學性。畫工必須對小說有一定程度的理解，才能在不破壞文本的情況下將文字的意境轉為圖像的展現，更甚者將自己化身為聰明的讀者隱藏於視角與窺視人物，帶領我們進入他的領會與

並不等同於插圖。如李彥東所言：「在戴不凡的《小說見聞錄》一書裏就曾經有過明確的區分，以單人或雙人為主體的構圖稱為『繡像』，往往是將小說人物統一繪製成像，統一放在小說書首（即第一卷的前幾頁）。與之相應，在小說每章每回前所配置的插圖往往人物眾多，背景複雜，基本是以情節為中心，明清時稱之為『全像』。以人物為中心的『繡像』其實與小說文本的文字關係並不緊密，在《紅樓夢》和《鏡花緣》的繡像中，許多人物是雷同的。由此可見，將『左圖右史』的思路簡單套用到小說插圖上是不恰當的。更何況，明代陳洪綬的《水滸葉子》和清代改綺的《紅樓夢圖詠》都是脫離原著而獨立存在的單行文本。」語見李彥東：〈何谷理《閱讀中華帝國晚期插圖小說》書評〉，《中國學術》總 15 輯（2003 年 1 月），頁 285。

7　明代版畫之所以有輝煌成就……那就是社會上對於各種書籍需要量的擴大，刺激了雕版手工業不由得不提高產量，也不由得不提高質量。王伯敏：《中國版畫史》（臺北：蘭亭書店，1986），頁 60。

8　二百幅繡像有刻工留名的僅有二十七幅，劉啟先十五幅、洪國良五幅、黃子立三幅、黃汝耀三幅、劉應祖一幅。有刻工之名，則可大略釐清繡像屬於何種派別。大多數學者主張《金瓶梅》繡像屬於徽派風格，刀工纖細，景大人小，如鄭振鐸、陳平原、徐小蠻等人；亦有學者如祝重壽主張是蘇派，即明末許多徽派刻工遷至蘇州，繼承徽派風格並更真實呈現世俗之流派。不論何種主張，皆證明了此書繡像的精緻與用心，但本文意在探討繡像的文學性與創造性，故僅此略題。

9　詩和畫固然都是模仿的藝術，由於模仿概念的一切規律固然同樣運用於詩和畫，但是二者用來模仿媒介和手段卻完全不同，這方面的差別就產生她們各自的特殊規律。繪畫運用在空間中的形狀和顏色。詩運用在時間明確發出的聲音。前者是自然的符號，後者是人為的符號，這就是詩和畫各自特有的兩個泉源。見〔德〕萊辛（Gotthold Ephraim Lessing）著，朱光潛譯：《拉奧孔》（合肥：新華書局，2006），頁 196。

10　由於繡像畫、刻、印三工合作，故以下談及繡像的集體創作者時，為簡便將簡稱「畫工」代替。

批評，進而對小說內容有更深一步的理解。若畫工的創作意圖不僅為依附於小說之「插圖」，而是另一種形式的「再創作」，則繡像便「可以看作為文本的一種形式，也可以看作特殊的詮釋方式，是評點書籍整體設計的一環，我們必須對這些圖像作出閱讀」。[11]

《金瓶梅》繡像早已受到許多文學與藝術學者的重視與讚賞，如鄭振鐸、郭味蕖、傅惜華等，大多著重於繡像本身的精緻與完整呈現明末社會與物質文化。但除此之外，尚有此繡像被高度肯定的原因，陳平原於《看圖說書——小說繡像閱讀札記》一書中已注意到，《金瓶梅》的繡像畫匠不僅僅是單純依回目作畫，且是有意識的再詮釋、再創造：「不難想像，繡像作者的文化素養其實不低」。[12]然而畫匠與刻工如何透過繡像表現他們所領會、體味的小說，陳平原僅列出重要畫幅點到為止。繡像創造者是消極的畫匠亦或是聰明的讀者？是否有自己獨到的想法參與文本，使原本的僅是吸引更多大眾讀者的插圖，成為小說的再創造？明代許多小說都有著精美的插圖，除了藝術精美與史料價值外，崇禎本《金瓶梅》繡像如何有其獨到之處，便在其「再創造」的文學性，以及如何將描寫世情之醜的文字轉為繡像之美。

與其他明清小說不同，首先《金瓶梅》中有許多情色書寫，甚至過去被視為「淫書」，[13]然而這是明末社會風氣所致，且許多重要的人物性格與劇情轉變都隱藏於情色場景中。若真實呈現，勢必要處理與春宮畫之間的關係。如同小說作者的創作意圖在於世情而非色情，畫工雖受到書商需要引誘讀者目光的商業壓力，其創作意圖卻仍符合作者意圖，回目出現情色場景之處，畫工並未大力發揮加以特寫，而是僅以限知視角巧妙暗示[14]。可見畫工明白《金瓶梅》並非性書或淫書，即使回中有著性描寫，畫工也考慮此橋段是否為此回要點，確定此景掌握了回目重心才選取作畫。

又，《金瓶梅》不似其他四大奇書，既非累積式創作，現存資料未見戲曲演出的材料，內容既無《三國演義》宏大的歷史背景與戰爭場面，無《水滸傳》的英雄群體形象，亦無《西遊記》的神魔奇幻場景等圖像較容易表現的空間式的具體形象。《金瓶梅》的特色在於市井風情與私人空間的展現，與瑣碎繁複的家常細節和對話。如何用空間式的、

11　楊玉成：〈閱讀世情——崇禎本《金瓶梅》評點〉，《國文學誌》第 5 期（2001 年 12 月），頁 120。

12　陳平原：《看圖說書：小說繡像閱讀札記》（北京：生活・讀書・新知三聯書店，2003），頁 64。

13　此說起於東吳弄珠客〈金瓶梅序〉言：「《金瓶梅》，穢書也。袁石公亟稱之，亦自寄其牢騷耳，非有取于《金瓶梅》也。」〔明〕蘭陵笑笑生著，梅節校訂：《夢梅館校本金瓶梅詞話》（臺北：里仁書局，2007），頁 4。

14　若是僅希望以「春宮畫」作為宣傳，可想畫工於回目暗示情色場景時必定專其發揮，然而第十三回「李瓶姐隔牆密約」，畫工卻僅畫出了如張生般翻牆赴約的西門慶，與躲於簾後等候的李瓶兒。在一百回回目中，近八成的文本提及情色場景，100 回回目中明顯暗示的有 40 回 54 句，但繡像真正畫出情色場景的僅有 39 幅。

定點式的圖像，表現時間連續性的、動態的世情醜態與使人悲憫的敘事張力，考驗著畫工圖文轉譯的功力。如《金瓶梅》繡像較其他小說插圖明顯有許多留白，然而這些大量的留白與小說文字特色和評點說法密切關聯。又小說版畫為了使視點不受時間與空間限制，往往採取俯瞰式角度，如此將不同地點與時間的人物與場景擺置於畫面中，故一幅繡像中包含了此回許多重要人物與場景；崇禎本《金瓶梅》繡像也多採取俯瞰角度，然而回目中心的視點卻往往只有突出一個，且未必置於畫面中央，藉此突出此回中心與隱含的主旨；類似這樣特殊的場景與視角的選取，都足見畫工是在小說之上有意識的再創作。

《金瓶梅》作為世情小說尚有一個特點就是「窺視」，小說中窺視的場景層出不窮，在回目中也有許多窺視場景的明示與暗示，因此繡像也常出現窺視場面，除了是世情窺視成風的反映外，畫面中的窺視人物更是指引閱讀的隱含讀者。但在回目與小說文本的依從下，繡像甚至新增了超出文本範圍的窺視人物，這類繡像究竟是畫工的疏忽，或是有意識的將自己的理解進入文本再次詮釋，決定了繡像畫工是消極的匠之流或是一個聰明的讀者。

本書試圖仔細分析，崇禎本《金瓶梅》繡像較其他明清小說繡像的特出之處何在，其文學性是否為畫工依從小說的「再創造」？以及圖文轉譯下繡像是否正確表現了小說主旨與特色，如何運用繡像之「美」詮釋世情之「醜」，又如何將市井語言表現的戲劇張力表現於圖像？其視角、場景、構圖等是否可見畫工對於小說的正確理解和詮釋？超出小說的改動是否為有意識的再創造？若是，畫工又如何運用圖像表現自己的理解和再詮釋，透過畫面與讀者再觀看的互動指引閱讀，並進行另一種形式的「評點」；又，此「評點」與崇禎本《金瓶梅》的評點、張竹坡的評點甚至文龍和其他明清文人的評語有何異同。

第二節　前人研究文獻回顧

作為四大奇書之一，近人對於《金瓶梅》各方面研究皆已多所討論，甚至如紅樓夢有「紅學」形成了所謂的「金學」。《金瓶梅》於晚明出版後，讀者因其情色書寫一直有著矛盾的閱讀態度，視為「淫書」，[15]又肯定其「寄意於時俗」、[16]「另闢幽蹊，曲

---

[15] 如袁中道於《遊居柿錄》言董其昌推薦自己此書，卻又言「決當焚之」，後袁中道搜求到完整抄本後也推薦給沈德符，也稱此書「誨淫」。沈德符聽聞此書言「恨未得見」，卻也不願意將此書付梓印行：「此等書必遂有人版行，但一刻則家傳戶到，壞人心術。他日閻羅究詰始禍，何辭置對？吾

中奏雅，《水滸》之亞」，[17]魯迅承欣欣子序觀點於《中國小說史略》將其定位為「世情書」，[18]之後許多學者亦肯定《金瓶梅》的寫實成就，並指出其中的性描寫實因明末風氣所致，[19]後期學者研究大多以此為基礎。雖《金瓶梅》的研究曾因政治因素停擺過一段時間，但國外如日本、韓國等漢學對於《金瓶梅》的資料與研究仍未中斷，而隨著時間推移，國內 80 年代後「金學」會議的召開及魏子雲《金瓶梅審探》的出版，《金瓶梅》的研究再度成為焦點。近來對於《金瓶梅》的版本、[20]作者、[21]人物形象、[22]評點[23]等等議題探究至今方興未艾。

關於「崇禎本」《金瓶梅》繡像的研究亦早已引起藝術界的重視，近代許多版畫史多將其視為明代小說戲曲版畫的上乘之作[24]，但卻甚少學者重視「崇禎本」《金瓶梅》

豈以刀錐博泥犁哉！」可見明末以來文人對於《金瓶梅》大多喜愛，卻總視其淫書。見袁中道：《遊居柿錄》卷九，收入《珂雪齋集》（上海：上海古籍出版社，1989），頁 1315。

16 欣欣子〈金瓶梅詞話序〉：「竊謂蘭陵笑笑生作《金瓶梅傳》，寄意於時俗，蓋有謂也。」〔明〕蘭陵笑笑生著，梅節校訂：《夢梅館校本金瓶梅詞話》（臺北：里仁書局，2007），頁 1。

17 楚黃張無咎《批評北宋三遂平妖傳敘》云：「《玉嬌麗》、《金瓶梅》*另闢幽蹊，曲中奏雅*，《水滸》之亞。」轉引魯迅：《中國小說史略》（香港：三聯書店，2001），頁 96。

18 諸「世情書」中，《金瓶梅》最有名……故就文辭與意象以觀《金瓶梅》，則不外描寫世情，盡其情偽，又緣衰世，萬事不綱，爰發苦言，每極峻急，然亦時涉隱曲，猥黷者多。然或略其它文，專注此點，因予惡謚，謂之淫書；而在當時，時亦時尚。……然《金瓶梅》作者能文，故雖間雜猥詞，而其他佳處自在。詳見魯迅：《中國小說史略》（香港：三聯書店，2001），頁 112。

19 如沈雁冰繼魯迅觀點，提出《金瓶梅》性描寫，實因明代風氣；鄭振鐸於〈談《金瓶梅詞話》〉一文中，推許《金瓶梅》是一部偉大的寫實小說。

20 《金瓶梅》的版本體系除了前文所提及的「繡像本」《新刻繡像批評金瓶梅》與「詞話本」《新刻金瓶梅詞話》外，尚有張竹坡所評點的「張評本」《皋鶴堂批評第一奇書金瓶梅》的版本系統傳世，但此版本對於崇禎本的改動甚少，主要在評點與論述的加入。故大多數學者對於版本的探討多論「繡像本」與「詞話本」先後問題，透過語言文字的特色與回目的差異，多數學者肯定「詞話本」先於「繡像本」。

21 欣欣子序雖言「蘭陵笑笑生作金瓶梅傳」，但關於《金瓶梅》真實作者至今尚未有定論。據魏子雲《金瓶梅研究二十年》所引，《金瓶梅》的作者多達十餘種說法：嘉靖間大名士、紹興老儒、金吾戚里門客、王世貞、李開先、李漁、趙南星、賈三近、賈夢龍、屠隆、盧柟、馮夢龍、丁純父子、湯顯祖、沈德符等。見魏子雲：《金瓶梅研究二十年》（臺北：臺灣商務印書館，1993），頁 125。但以上眾多說法皆無確切證據。

22 常見人物探討對象為西門慶、潘金蓮、李瓶兒、春梅、宋惠蓮、吳月娘、孟玉樓等。

23 《金瓶梅》出現以來，萬曆後期以手抄形式傳播，「崇禎本」《金瓶梅》開始由抄本轉向刻本，其中附有未具名的讀者評語。後張竹坡的評語與崇禎本評語亦有著前後相承的影響關係。近代學者研究《金瓶梅》的評點除了探究其對於小說主題與人物形象的批評外，近來更關注評點者閱讀的態度與詮釋。

24 如鄭振鐸言：「橫姿深刻地表現出封建社會的現實生活……有的只是平平常常的人民的日常生活，

繡像的文學性。然而研究崇禎本《金瓶梅》繡像，除了目前少數學者已注意到繡像有其文學性質的幾篇期刊論文，以及《金瓶梅》相關評點的專書與論文外，勢必跨足前人對於小說戲曲版畫的研究甚至圖像與文學相關論述以佐證。故文獻探討將分為三部分：一是版畫史的相關論著、二是《金瓶梅》評點的相關論著[25]，三為小說繡像的專書與論文。

一、版畫史的相關論著

《金瓶梅》繡像的成功與明代版畫的高度發展息息相關，故論崇禎本《金瓶梅》繡像勢必觀照中國版畫與插圖的發展狀況，以及晚明印刷傳播的文化現象。早期學者如鄭振鐸、傅惜華等早已注意到小說版畫的重要性，王伯敏《中國版畫史》廣泛且精到的概論了自古以來的版畫發展，論證明代是版畫的黃金時代的成因與成果，且提出小說戲曲版畫在藝術上的五個特點，分別是反映歷史現實與人物刻劃、構圖視點不受時間與空間限制、畫面如戲曲舞臺處理、景物精緻華麗、插圖版式多樣。王伯敏關於小說繡像已經注意到了許多不同於實用書籍或宗教用書之處，後來關於小說版畫的研究亦有深厚影響。

而鄭振鐸《中國木刻版畫史略》是版畫研究中相當重要的著作，書中介紹了版畫的歷史源流，除了展示鄭振鐸本身長年蒐集的版畫作品外，也界定了版畫的興衰時代。鄭振鐸並推定「中國木刻畫到明的萬曆時代（1573-1620），可以說是登峰造極，光芒萬丈。其創作的成就，既甚高雅，又甚通俗。[26]」經考證認為當時版畫是畫、刻、印三工合作，但不乏畫工兼刻工或刻工兼印工的例子，惜多數創作者姓名未留下資料以致多數佳作創作者與創作過程不可考。繼而透過《金瓶梅》繡像中所留下的刻工姓名與風格，推斷其應為徽派作品。

郭味蕖《中國版畫史略》是早期開始蒐集版畫並整理其發展歷史的學者之一，書中初步的整理了中國自古以來的版畫，並提及了明代為版畫發展的最高峰，並認為《金瓶梅》繡像就是在這種經濟背景和出版文化所發展出的佳作，反映了小說的寫實創作精神，將晚明富豪人家的家庭狀況與享用服飾等一一捉寫於圖版中[27]。

是土豪惡霸的詐欺、壓迫，是被害者們的忍氣吞聲，是無告的弱小人物的形象，實在可稱為封建社會時代的現實主義的大傑作，正和《金瓶梅》那部大作品相匹配。」（《中國古代版畫叢刊》總序），又言其「是在明末插圖中最細膩繁複而又工整和富於變化的一部」（〈中國古小說木刻畫史略〉），收於鄭爾康編：《鄭振鐸藝術考古文集》（北京：文物出版社，1988），頁 33、52。

25 由於關於版畫史與明代文化研究以及《金瓶梅》評點的相關論著十分繁雜，故以下本文僅選取較為重要之專書與論文個別說明其大意，以及對於筆者本文將有何奠基與助益。

26 鄭振鐸：《中國木刻版畫史略》（上海：上海書店，2006），頁 367。

27 詳見郭味蕖：《中國版畫史略》（北京：朝花美術出版社，1962）。

周蕪《徽派版畫史論》則將版畫史論集中寫於刻工最為精細的徽派，明代版畫有許多派別，然而徽派一出，其餘派別便黯然失色。徽派刻了大量的書籍插圖，是作為中國版畫黃金時代的功臣之一。論小說版畫，如《金瓶梅》繡像則認為是文化的一面鏡子，認為構圖頗具匠心，且如小說反映社會。

徐小蠻與王福康合著《中國古代插圖史》探究自古以來交錯於文字的中國插圖流變。舉證「有圖有文」乃中國圖書的傳統，古代學者早已形成「索象於圖，索理於書」的閱讀習慣，而明代由於經濟條件充足且雕版印刷技術的出現得以大量印行書籍，故書籍配以插圖風氣盛行。書中介紹各派別外，亦於人物形象插圖肯定了《金瓶梅》繡像於人物具像化的貼合小說。

期刊論文方面馬銘浩〈論版畫畫譜與文人畫的關係〉說明了明代版畫畫譜除了畫家與刻工，文人參與更是對於版畫精緻化功不可沒。版畫畫譜深受文人畫的影響，重視畫面所營造的意境，故繡像不僅呈現小說之「筆」，亦有著文人化之「意」。

又小說版畫已非小眾的藝術品，而是大量複製且有著濃厚商業性的產品，故觀照版畫史的脈絡之外，亦需明代文化研究的進入。沈津〈明代坊刻圖書之流通與價格〉一文考證了明代的圖書印刷傳播風氣的社會成因與書籍流通及價格狀況。文中以為商業與手工業的發展、時人的商品意識與商業文化、社會對於精神生活與實用書籍的需求量增加等因素，使雕版印刷應時代需要而起，並迎向讀者大量出版了戲曲、小說等書籍。版畫的興起，是印刷傳播文化下爭相吸引讀者的宣傳手段[28]。

英籍藝術史學者柯律格（Craig Clunas）於其新作《大「明」帝國：明代中國的視覺和物質文化（*Empire of Great Brightness: Visual and Material Cultures of Ming China, 1368-1644*）》則由解釋學（hermeneutic）的角度入手解讀明代視覺文化，書中的圖像包括器物、繪畫、書籍、武器、地圖、服裝、告示、家俱等等。作者從時空、動靜、內外、文武等視角切入闡釋，章回小說中人物穿著形象的描寫其實也是一種想像式的物質文化，透過明代中後期發展出的印刷科技，推波助瀾地將想像的視覺文化與出版物結合，透過插畫的形式更具像的呈現於讀者眼前，這種物質文化與視覺文化緊密結合的成就與前代相比有著質與量的變化。

二、《金瓶梅》的評點

較受學者注目的《金瓶梅》評點者包括崇禎本《金瓶梅》的不具名評者、張竹坡，

28 詳見沈津：〈明代坊刻圖書之流通與價格〉，《國家圖書館館刊》85年第1期（1996年6月），頁101-118。

以及明清文人如李漁、文龍等對於此書的評論。但李漁寫定的重要性大於評點，文龍評點由於發現較晚而猶有值得深入論述的空間；崇禎本評點與張評本是對於小說主題與人物較全面的評點，與明清文人片段式的總結或批評更具有系統，後者往往只是用以探究明清時期文人對於《金瓶梅》的接受與閱讀態度。崇禎本的批注作者至今仍無定論，且大多為簡短的眉批與旁批；張竹坡所看的版本即是崇禎本原評，只是除了文本內的批語外，又加入了總批和回批，一般學者認為其評點為明代文學評注最具系統與文化觀照，且上承金聖歎，下開脂硯齋。因此關於《金瓶梅》小說評點的論述，大多以崇禎本評點與張竹坡的評點為主。

劉輝〈張竹坡及其《金瓶梅》評本〉肯定了張竹坡定此書為世情書之貢獻，但駁斥了張竹坡以封建倫常關係和道德觀念論《金瓶梅》的主旨及作者寫作動機，認為有些批評過度穿鑿附會且未經多方考證。[29]然而張竹坡對於人物形象的評點細膩和對於創作精神評點的開展是值得肯定的。

浦安迪〈瑕中之瑜——論崇禎本《金瓶梅》的評注〉在對照崇禎本的評注與張竹坡的批語後，證明了張竹坡繼承了李贄、金聖歎、毛宗崗等傳統小說批評理論，且與崇禎本批注「有些評論實際上是相同的」，[30]證實了二者的確具前後相成的關係。

黃霖〈《新刻繡像批評金瓶梅》評點初探〉則針對崇禎本無名氏的評點探討，認為此評點者對於人物形象的分析中肯，至今仍不失參考價值，且將《金瓶梅》與《史記》相提並論，認為創作方法乃繼承太史公妙處。[31]此說法並由張竹坡繼承，但張由創作方法進一步發揮到創作精神，並影響了後世的小說評點。

徐朔方〈論張竹坡《金瓶梅》批評——《金瓶梅會評本》前言〉則是對於李於對《金瓶梅》累積式創作的寫定，褒貶張竹坡的評點並與劉輝對於《金瓶梅》評點的研究作對話，尚認為文龍的評點是對張評的批評，反映了十九世紀後期一個士大夫知識分子對《金瓶梅》的看法。文中指出張竹坡的批評有不少自相矛盾之處，且將《金瓶梅》說的十全十美，而忽略了《金瓶梅》的後二十回「草草收場、大不如前」的事實。[32]

29　詳見劉輝：〈張竹坡及其《金瓶梅》評本〉，收於劉輝：《金瓶梅論集》（臺北：貫雅文化，1992），頁 200-227。

30　蒲安迪：〈瑕中之瑜——論崇禎本《金瓶梅》的評注〉，收入徐朔方編：《金瓶梅西方論文集》（上海：上海古籍出版社，1987），頁 301。

31　《新刻》評點者將《金瓶梅》與《史記》相提並論，一再認為《金瓶梅》「從太史公筆法來」（第十四回），「純是史遷之妙」（第二十一回）。見黃霖：〈《新刻繡像批評金瓶梅》評點初探〉，收入《金瓶梅考論》（瀋陽：遼寧人民出版社，1989），頁 77。

32　徐朔方：〈論張竹坡《金瓶梅》批評——《金瓶梅會評本》前言〉，收於徐朔方：《論金瓶梅的成書與其他》（濟南：齊魯書社，1988），頁 51。

陳翠英〈閱讀與批評——文龍評金瓶梅〉則是針對較少人研究的文龍評語，由於文龍是直接寫在張竹坡的評本之上以作出回應及批駁，因此評點充滿批判色彩，關於女性的若干評價甚至直接與張本針鋒相對。且認為文龍評點彰顯了對讀者主體意識的重視，認為讀者、作者互為主體而共同建構小說意義，其說不僅承襲傳統小說評點的特質，亦頗能契合當今文學理論，小說批評史上應有其值得肯定之地位。[33]

學位論文方面，朴炫玡《張竹坡評點《金瓶梅》之小說理論》以為張竹坡體認到《金瓶梅》的創作原則是反映現實生活，作者透過自身對於現實的真切體驗，得出人情體悟所作。認為張之評語且由文學創作批評的小說觀開展為人生觀的層次，並論及張竹坡的評點可見其閱讀態度，亦可見小說本質所在。[34]

楊淑惠《張竹坡評論《金瓶梅》人物研究》則著重於張竹坡人物評點的部分，評語中張竹坡時常流露他對人物是非善惡的道德批判，從這些評判中可以發現竹坡的人生信念與價值取向，如他對傳統禮教的堅持及對女性的同情與苛求。並肯定張竹坡對於小說創作的主體意識，以及由創作立場從事小說評論的貢獻。[35]

李梁淑：《金瓶梅詮評史研究——以萬曆到民初為範圍》則是從「接受美學」的角度考察歷代讀者對它的解釋和評價，藉以了解《金瓶梅》在不同時代經由不同讀者解讀後所呈現的具體面貌。文中認為晚明時的《金瓶梅》批評與當時個性思潮相關，故《新刻繡像批評金瓶梅》批評體系的審美闡釋與時代精神相呼應，並總結了「世情小說」的美學。《皋鶴堂批評第一奇書》的批評體系則重要在於是張竹坡如何以再創作的精神，重新書寫了《金瓶梅》的文本、改造了《金瓶梅》的「淫書」形象。對於文龍的評點則以為是以實用教化觀為主導的閱讀模式。並總結突出了評點對於「淫」的反思。

三、小說繡像之論述

小說與版畫之間的關係目前已漸漸受到重視，如陳平原《看圖說書——小說繡像閱讀札記》一書則專探討《紅樓夢》、《金瓶梅》、《劍俠傳》與《聊齋誌異》、《淞隱漫錄》的繡像，並對於文字與圖像的對照閱讀有了深入淺出的探討。關於崇禎本《金瓶梅》繡像陳平原舉出了數幅說明了畫工對於畫面經營的用心，包括如何用西門慶的視角

---

33 詳見陳翠英：〈閱讀與批評——文龍評金瓶梅〉，《臺大中文學報》第15期，2001年12月，頁283-285+287-320。

34 詳見朴炫玡：《張竹坡評點《金瓶梅》之小說理論》，國立政治大學中國文學研究所碩士論文，1994年。

35 詳見楊淑惠：《張竹坡評論《金瓶梅》人物研究》，國立高雄師範大學中國文學研究所碩士論文，1995。

經營突顯「逞豪奢」，又如何在觀戲場面運用類似構圖突顯榮辱生死[36]，是已體會到畫工除了能正確理解小說外，進一步說解繡像畫工如何在畫面詮釋對小說的體會。雖陳平原舉出的幅數不多且大多點到為止，但已注意到《金瓶梅》繡像特出性與文學性的第一位學者。

毛文芳《物・性別・觀看——明末清初文化書寫新探》，觀照了明末清初的文化文化書寫的兩重面向：「物」、「觀看」方面。在觀看方面毛文芳說明晚明重視個人情慾與窺探風氣，並論證印刷圖像的盛行是晚明窺視的文化現象，並提出了《金瓶梅》繡像窺視場景代表世情喜窺探隱私的風氣，由於版畫提供了方便的窺視媒介，故閒賞的文人除了觀覽景物與小說評點，也透過繡像「在評點的世界裡，處於一個有利的觀看位置」。[37]是已初步將繡像與評點結合，並注意到繡像中相當注意讀者的觀看位置。

期刊論文方面，胡萬川〈傳統小說版畫插圖〉在王伯敏《中國版畫史》的基礎上更深入且中肯的探討小說版畫的主要特色，包括比起西方繪畫注重色彩明暗容易喧賓奪主，版畫受文人畫影響更注重線條表現純粹的意境；並以為王伯敏所言畫面如舞臺場面處理實乃世德堂的特色不可一概論之，如戲曲舞臺簡化處理是受畫面侷限與無法面面俱到所致；構圖布局的散點透視來自傳統國畫，目的在並置融合繁複的場面與劇情；又造形藝術與文字擅長表現的方向不同，故選取往往選取劇情到達高潮的前一幕以表現前後敘事性，但插圖主要目的是輔佐文字故未必要依此原則。

楊玉成〈閱讀世情——崇禎本《金瓶梅》評點〉則除了崇禎本小說評點之外，進而肯定了繡像也是文本的一種形式，可視為畫工作為讀者特殊的詮釋方式，進入了書籍評點的一環。此文除了關注到崇禎本繡像的窺視特點，並將其視為隱含讀者之外，並由窺視的閱讀態度將其肯定為小說的評點之一。

何谷理（Robert E. Hegel）《閱讀中華帝國晚期插圖小說（*Reading illustrated fiction in the late imperial China*）》則梳理「繡像傳統」，同時溝通小說與印刷以及繪畫之間的相關討論。書中解釋了白話小說在明清究竟是以何種方式被生產和購買、閱讀和傳播，插圖的存在正好像遺迹一樣見證著不同時段的小說出版風尚，而它與繪畫本身的關係又使得藝術能夠以一種複製的方式進入到文本當中。從而，被認為通俗的白話小說與被認為高雅的文人繪畫在商業出版中形成了上下文關係。[38]於此文可知國外漢學家早已重視了明清以來

36　詳見陳平原：《看圖說書——小說繡像閱讀札記》（北京：生活・讀書・新知三聯書店，2003），頁 65-72。

37　毛文芳：《物・性別・觀看——明末清初文化書寫新探》（臺北：臺灣學生書局，2001），頁 160。

38　詳見李彥東：〈何谷理《閱讀中華帝國晚期插圖小說》書評〉，《中國學術》總 15 輯（2003 年 1 月），頁 282-288。

的小說插圖，並且認為這已非傳統「左圖右史」的圖文關係，並將其視為文本討論，認為版畫作為大量複製的藝術進入文本與文人畫有著密切關係。

學位論文方面，有彭錦華《《西遊記》人物的文字與繡像造形——李卓吾批評《西遊記》為主》與王月華《清代紅樓夢繡像研究》對於小說繡像深入探討。彭錦華注意到了關於人物形象繡像與小說有著互證的關係，並注意到了繡像運用劇情符號去凸顯神魔角色或天上人間的場景，以及繡像的服從性與獨立性。說明了小說繡像雖然必須模仿、服從文本，「但巧心構圖的結果，卻製作了形象的另一種風貌，具有除了再現之外的創作價值」。[39]

王月華《清代紅樓夢繡像研究》則整理了清代的《紅樓夢》繡像，探討小說文本是否為繡像提供了畫題的線索，以及繡像人物與脂硯齋評點的關係，以及繡像在行銷傳播上的功能。此文主要採以文驗圖的方式，透過小說文字與脂評的比對，肯定了小說詩化文字對於圖像意境營造的指引，以及繡像作為另一種評點的詮釋功能。肯定繡像作為娛樂消遣的商品性質，以及作為評點的審美與誘發閱讀之功能。

聶付生〈論晚明插圖本的文本價值及其傳播機制〉表示晚明不管梓行數量還是質量都遠超前代的插圖本具有極高的文本與審美價值。加上當時書坊除了競爭激烈外，亦建立了特殊的傳播機制，如聘請名家加盟、更新版式、加大廣告宣傳力度等措施大力推動了傳播速度。故當時書籍插圖不僅是書坊銷售傳播的策略，競爭所需亦促進版畫的精緻化與對於文本的忠實度與創作性質。

馬孟晶〈耳目之玩——從《西廂記》版畫插圖論晚明出版文化對視覺性之關注〉討論於晚明出版文化對於圖像與視覺性的關注，文中以不同刻本的《西廂記》版畫作為出發，探討版畫對於「觀看」的反覆出現與重視。與《金瓶梅》繡像相同，《西廂記》版畫亦常見窺視主題，這種觀看與再觀看的指引，正是視覺文化下對讀者的關注。

毛文芳〈於俗世中雅賞——晚明《唐詩畫譜》圖像營構之審美品味〉則同樣處理詩與畫的關係，認為將唐詩轉譯為版畫是將文雅、抒情、抽象轉為隨眾、敘事、具體的過程。然而畫家真正的意圖在畫面配置而非詩意本身，故《唐詩畫譜》有著和傳統文人差距很大的審美品味。晚明許多畫譜和插圖本也同樣面臨雅俗定位的問題。

小說插圖近來已逐漸受到矚目，包括魯迅、鄭振鐸等早期學者對其的重視與收集，到陳平原注意到繡像對於文本的詮釋，故後來《西遊記》、《紅樓夢》等書皆有學者整理研究其繡像與小說的關係。《金瓶梅》的繡像一直以來也被高度肯定，但經文爬梳獻

---

39 彭錦華：《《西遊記》人物的文字與繡像造形——李卓吾批評《西遊記》為主》，私立輔仁大學中國文學研究所碩士論文，1991 年，頁 274。

後卻發現甚少人注意崇禎本《金瓶梅》繡像作為文本在創造的文學詮釋為何，以及在「金學」批評上的重要性。同樣的，許多學者集中研究《金瓶梅》的詮評，但大多集中於文字形式，忽略了圖像也是另一種形式的文本。少數學者注意了繡像中帶有批評，但僅關注窺視的重點。版畫史雖早已關注《金瓶梅》繡像，但大多肯定其寫實能力與文化史料的價值。文字的敘事能力大於圖像，且二者表現方式不同，故繡像轉譯文字時有許多模糊地帶，這些模糊空間與超出文本之處，正是畫工如文人畫傳統將自己意識帶入畫面的詮釋空間。故筆者除了必須閱讀小說文本與繡像之外，亦須跨足爬梳明代印刷、評點、與版畫的歷史文化背景。儘管學者已經注意到繡像的再創造與評點特質，但對於《金瓶梅》繡像仍有許多空間足以探討其價值與定位。故筆者期著力於補充崇禎本《金瓶梅》繡像的文學性以及「金學」評點上繡像的空白。

第三節　研究範圍與方法

《金瓶梅》的版本，大體上可分為兩個系統，三種類型。一是詞話本系統，即《新刻金瓶梅詞話》，現存三部完整刻本及一部二十三回殘本（北京圖書館藏本、日本日光山輪王寺慈眼堂藏本、日本德山毛利氏棲息堂藏本及日本京都大學附屬圖書館藏殘本）。二是崇禎本系統，即《新刻繡像批評金瓶梅》，現存約十五部（包括殘本、抄本、混合本）。第三種類型是張評本，即《張竹坡批評第一奇書金瓶梅》，屬崇禎本系統，又與崇禎本不同[40]。詞話本和崇禎本有許多不同之處，包括詞話本序言為欣欣子作崇禎本改為東吳弄珠客的序言，詞話本回目二句大多字數與對偶皆不工整，崇禎本除了回目工整外某些回目亦與前者稍有不同、詞話本保留較多山東方言和俗語、崇禎本對詩詞俗曲的刪節以及內容的些許改動等[41]，最顯而易見的就是崇禎本附有詞話本所沒有的繡像二百幅，有的圖上題有崇禎年間的新安刻工姓名，如劉應祖、劉啟先、黃子立、黃汝耀等，故俗稱「繡像本」。

本文所研究的繡像文本即是崇禎本所附的繡像二百幅，所採定之版本為齊煙、汝梅校定，1990 年由齊魯書社出版的《新刻繡像批評金瓶梅》，此書除了附有原本的繡像之外，考訂與海外版本的選取亦較為嚴謹。至於詞話本的參照，則採用梅節校訂，2007 年由里仁書局出版的《夢梅館校本金瓶梅詞話》，除考訂與版本用心之外，此書亦附有繡

40　王汝梅：〈《新刻繡像批評金瓶梅》會校本前言〉，收於〔明〕蘭陵笑笑生著，齊煙、汝梅校訂：《新刻繡像批評金瓶梅》（濟南：齊魯書社，1990），頁 1。

41　詳見胡衍南：〈兩部《金瓶梅》——詞話本與繡像本對照研究〉，《中國學術年刊》第 29 期（2008 年 3 月），頁 121。

像本之繡像，可供兩相參照之用。李漁、文龍的評點，則參考秦修容整理，1998 年由北京中華書局所出版的《金瓶梅：會評會校本》。

由於本文將研究崇禎本《金瓶梅》繡像對於小說的再創造，故筆者將主要採取文獻分析法分析整理《金瓶梅》二百幅繡像，首先與其他明清小說比對探究《金瓶梅》繡像的特出之處何在，進而探究繡像與小說文字的關係。

又繡像是依附於小說內容，而獨立於文字之外的創作，儘管歷來認為「書畫異名而同體」，[42]然而圖像與文字媒介不同，所擅長的表現方式亦不同；圖像為何德已成為另一種形式的文學創作，便與詩／畫界線的理論息息相關。

關於詩／畫界線、或文字與圖像關係之理論背景，首先古代德國學者萊辛（Gotthold Ephraim Lessing）已於《拉奧孔》論詩與畫所擅長表現的方法不同，書中認為詩擅長表現時間連續性的自然符號，畫則是屬於空間性的人為符號。文字可以用書寫描寫醜並使人憐憫而成美，然而圖像因其具像化故必須避醜為美；因文字為了美感無法以圖畫式的描繪巨細靡遺地提供線索，故圖像如果模仿文字，就必須採取不同方式表現或將其遮掩使觀者自行想像。又詩有其前後文連續性鋪述據情，然而圖像因表現是定於某一時間點的，故造型藝術多半選取劇情達到高潮孕育最豐富的那一刻以提示前後發展。[43]

承萊辛對於詩／畫界線的論述，錢鍾書於〈中國詩與中國畫〉中也提到了詩畫有其共同性又各具特殊性。認為中國傳統文藝對於詩和畫有不同標準，論詩以實為正統，論畫卻以虛為正宗。故中國繪畫以南宗畫即文人畫為正統，詩史的神韻派卻沒有如此的地位。[44]錢鍾書注意到了中國對於詩畫風格標準的不一，又於〈論拉奧孔〉一文辯駁詩歌的表現層面比繪畫更為廣闊，且選擇「富於包孕的片刻」的原則文字藝術裡同樣可以運用，即便明清小說的評點和繡像亦運用此原則使讀者自行閱讀判斷，但造型藝術卻很難表達「比喻」和文字「似是而非、似非而是」的情景。[45]

小說版畫也是畫工小說閱讀的具象呈現，同評點一樣是讀者的閱讀反應。故本文亦需要閱讀理論的方法切入。專書方面選取朱立元編《西方美學名著提要》中伊瑟爾（Wolfgang Iser）〈閱讀行為〉的閱讀進程理論以及「隱含讀者（the implied reader）」的概念。[46]伊瑟爾以為閱讀過程的完成歸結到大致三個方面：一方面，作者生產出的文本，本身

---

42 張彥遠：〈敘畫之源流〉，收於張彥遠：《歷代名畫記》（臺北：臺灣商務印書館，1971），頁 2。

43 詳見〔德〕萊辛（Gotthold Ephraim Lessing）著，朱光潛譯：《拉奧孔》（合肥：新華書局，2006）。

44 詳見錢鍾書：〈中國詩與中國畫〉，收於錢鍾書：《七綴集》（臺北：書林出版公司，1990），頁 1-34。

45 詳見錢鍾書：〈讀《拉奧孔》〉，收於錢鍾書：《七綴集》（臺北：書林出版公司，1990），頁 35-59。

46 伊瑟爾吸收了里法特爾的「超級讀者」，費施的「有見識的讀者」和沃爾夫「有意向的讀者」的概

是針對著一個隱含的讀者展開，它在作者有意無意地設計之下，具有一套指令系統，等待讀者參與完成開啟；一方面，讀者順著文本的指引，一步步將文本納入視野，在內心逐漸建構起形象；再一方面，文本與讀者之間存在一種互相作用彼此建構的關係。[47]而插圖與文本的互動，亦依此建構展現畫工與小說作者的意識。並以為在文學作品本文的寫作過程中，作者的頭腦裏始終有一個隱含的讀者，而寫作過程便是向這個隱含的讀者敘述故事並進行對話的過程。《金瓶梅》的繡像內化於小說，然而繡像中的窺視人物以及採取的視角就像是畫工理想讀者的化身，指引畫面外的讀者觀看與閱讀，在作家游移的視角與文學結構、諸家評點中，能由繡像提供那最有利的觀看位置作為出發點，找到不同出發點的普通相遇處了解小說真正的意旨。

關於插圖與文字的關係，涉及詩／畫界線的理論，以及讀者的接受美學，故此方面將參考以上論述作為主要切入視角，探討文字與圖像兩種不同媒介與表現技法如何轉譯，又如何找到共同之處對話且互滲，再依此試圖解釋《金瓶梅》繡像較其他小說繡像的特殊之處與詮釋空間。

此外，繡像更是明代商業印刷文化下而熱門的產物，故本文亦將參考明代的印刷與評點文化以作為背景的認識。又繡像本身涉及版畫與中國傳統繪畫技法，故亦將參考歷來版畫史以及文人畫論，因繡像創作者的流派與時代與畫風息息相關，畫面的白描與線條運用等更深受中國傳統繪畫理論與版畫形式影響。最後本文將比對繡像的「再創造」與評點之間的關係，若繡像真有畫工的意識進入，則可見畫工的閱讀與理解，那麼與其他評點家相同，繡像亦是讀者對於文本所做出的閱讀反應，是另一種形式的「評點」。評點其實是《金瓶梅》小說接受史的一種呈現，於此，需要閱讀理論的介入以協助釐清，尤其繡像中極為重要的窺視主題，畫面中的窺視者化身為隱含的讀者，引領書本外讀者的再觀看與閱讀，小說與繡像互滲便是透過讀者參與的結果。

本書研究方法除了繡像文本本身的文獻分析法深度探討外，並酌以參考背景的文化資料與版畫史，以及探究文本互涉的詩畫理論與閱讀接受美學之論述拓其廣度，期對於

念，提出用「隱含的讀者（the implied reader）」來描述本文與讀者的相互關係。……按照伊瑟爾的意思，「隱含的讀者」的本質內在於本文的結構中，它是一種結構，而不是任何真實的讀者；另一方面，讀者領會文本的方式也由它預先構造。其重要功能在於「提供了一種存在於所有讀者對本文的歷史實現與個別實現之間的聯繫，使我們有可能對它們進行分析」。因此，「隱含的讀者」是一種預先構成的「先驗範型」，它包含著文學本文（literary text）始自身具象化的某些條件，這些條件允許讀者在心靈中集結意義。見伊瑟爾：〈閱讀行為〉，收於朱立元編：《西方美學名著提要》（臺北：昭明出版社，2001），頁 195。

47　伊瑟爾：〈閱讀行為〉，收於朱立元編：《西方美學名著提要》（臺北：昭明出版社，2001），頁 195。

《金瓶梅》繡像能有更全面且開創的研究。

第四節　研究步驟

第一章：緒論。首先說明本書之研究動機與目的，試圖說明「金學」發展上繡像的文學性與對於小說的詮釋尚未被學界普遍重視，卻有著研究的價值。接著進行文獻探討，並作系統性地介紹，突顯前人研究之奠基與不足，以此再度確定研究範圍之可行性。之後說明研究範圍與方法，將以崇禎本《金瓶梅》所附的二百幅繡像作為主要文本，佐以三種系統《金瓶梅》之評點分析，並由圖像對於文字的模仿與再創展開，配合古代畫論與明代印刷評點文化與讀者意識，探討繡像如何展現畫工的閱讀與理解。最後說明研究步驟與預期成果，提示本書之論述方式與每一章節之預期成果，進而歸結出本書之學術價值與意義。

第二章：依從與創造——《金瓶梅》繡像的形成與成就。本章旨在探討明代印刷商業文化下《金瓶梅》繡像形成之背景因素與成就。故首先由明代印刷文化與《金瓶梅》的傳播談起，論述晚明小說版畫的發展與《金瓶梅》繡像之形成與傳播，以及小說版畫對於小說的依從與創造，並比對其他小說插圖《金瓶梅》繡像的特殊之處，以及小說的許多性描寫中畫工的創作意識如何對於春宮圖比例的取捨。其次談從插圖到評點——繡像與小說的互滲，由圖像與文字之不同表現特性談圖像如何必須宕出文字提示之外詮釋小說，以及明代中國小說版畫的藝術性與文學性，進而探討《金瓶梅》言世態人情日常瑣碎的文字特性，以及這種文字特性的依從下繡像如何參與文本。

第三章：圖說——回目之內繡像於小說的再創造。章旨在探討內容完全依從回目的繡像如何運用其他方式進行對小說的再創造：茲由視角的選取，討論全知與現知視角下對於主題的彰顯與隱藏；場景的選擇，研究散點透視是否符合萊辛「富於包孕的片刻」的原則，和不同於其他小說版畫採取定點透視的用意；回目提示下窺視人物的指引觀看，此不僅是私密空間的展示與世情窺視的滿足，亦是隱含讀者的後設評點。最後綜觀劇情轉折的構圖暗示，舉出攸關李瓶兒、潘金蓮、春梅等三人的命運轉折或類似場景，看畫工是否運用了類似構圖或轉換視角的方式暗示興衰。

第四章：說圖——回目之外繡像於小說的再創造。本章討論宕出回目提示與小說文本之外繡像的創造之處是否為畫工的閱讀理解。首先討論《金瓶梅》繡像與其他明清小說的特別差異——留白的運用，是否是突破小說文字描寫世情之醜的轉化與昇華，並由情色場景的遮掩與突顯、虛幻與現實場景的分離作用二處分析之，又後二十回之繡像的大量留白是否與小說後二十回的倉卒結束相關，或是印刷壓力下的犧牲。之後探討類似場景相同構圖的運用，舉以密謀場景的批判高俯角、相同場景的構圖因果提示等探究。以及繡像另一特出之處：新增窺視者——隱含讀者的創造，此一超出小說文本的窺視人物代表畫工引領畫面外讀者對於隱藏主題的指引閱讀，更象徵著晚明風氣下情色場景的窺視癖，以及其中觀看與再觀看的讀者意識。

第五章：匠之流或評點之家——繡像畫工的再創造。此章則探討不同媒介與表現技法下畫工圖文轉譯的妥協，以及繡像與評點的關係。圖像與文字的表現技法不同，故圖像轉譯時有許多詮釋的空間，相同的亦有許多侷限，如受畫面牽制或時間因素晚明家庭的豪奢與市井文化往往只能透過「以小見大」、以及世情小說市井百姓卻常出現「文人畫」式的背景、改以動作或人物隱藏與否表現小說的敘事特色。並進而探討繡像中的批評與讀者意識，以及繡像與「崇禎本」、「張評本」評點、文龍等明清等明清文人的評點異同，看評點是否有所影響繡像，以及繡像是否亦可代表明代文人的閱讀態度。又繡像雖依附崇禎本版行，大多數學者目前主張崇禎本與詞話本實際後來是依據兩種不同底本，故最後將比對繡像的再創造之處與詞話本進行比對，試圖探究繡像是否有融合詞話本與崇禎本的小說內容，或是與詞話本毫不相關，側面考證《金瓶梅》的版本流傳說法。

第六章：結論。本章為本書於文獻分析與理論佐證後所獲之結論，探討崇禎本《金瓶梅》繡像的畫工究竟是消極的匠之流或是足以晉身「金學」的評點之家。

第五章　預期成果

關於小說繡像藝術性討論甚多，文學性卻甚少人重視，魯迅、鄭振鐸、陳平原、何谷理等學者雖已開始逐步注意到繡像的文學價值，惜未有深入研究，或是成為文化視野的推測與觀照。本書企圖就回目之內的詮釋與回目之外的創新探討，論證畫工可能是有意識地進行再創造，崇禎本《金瓶梅》繡像比起一般非文人畫家起稿的小說繡像，表現出更多的嶄新視角與詮釋態度，是文本的再創造、再詮釋，同樣是讀者意識的展現，與崇禎本的內容改訂、評點皆為影響《金瓶梅》由俗而雅的出版環節，成為另一種形式的評點，側面證實了早於晚明時期，讀者對於《金瓶梅》已有於風月之外，更關注於世情的解讀與詮釋。

第二章　依從與創造
——《金瓶梅》繡像的形成與成就

本章旨在探討明代印刷商業文化下《金瓶梅》繡像形成之背景因素與成就。故首先由明代印刷文化與《金瓶梅》的傳播談起，論述晚明小說版畫的發展與《金瓶梅》繡像之形成與傳播，以及小說版畫對於小說的依從與創造，並比對其他小說插圖《金瓶梅》繡像的特殊之處，以及小說的許多性描寫中畫工的創作意識如何對於春宮圖比例的取捨。其次談從插圖到評點——繡像與小說的互滲，由圖像與文字之不同表現特性談圖像如何必須宕出文字提示之外詮釋小說，以及明代中國小說版畫的藝術性與文學性，進而探討《金瓶梅》言世態人情日常瑣碎的文字特性，以及這種文字特性的依從下繡像如何參與文本。以下茲分節討論之。

第一節　因娛以諭——《金瓶梅》繡像的形成與特色

明代萬曆間書坊刊書多附有版畫插圖，由於帶圖之書，能助讀者理解正文、且雅俗共賞，故受到顧客歡迎。同時，書坊的經營者又在繼承宋、元時某些風氣的基礎上，在一些書名前，冠以「纂圖」、「繪像」、「繡像」、「全像」、「圖像」、「出像」等，吸引顧客注意，[1]如明崇禎年間刊本《新刻繡像批評金瓶梅》即於書名「繡像」標識出插圖本。事實上小說本身就已具備完整的情節，插圖實屬書商為增加競爭以招攬讀者之用，供讀者圖文互證輔助閱讀，並由此獲得愉悅之感。[2]也因此小說版畫的插圖往往僅被視為

1　見沈津：〈明代坊刻圖書之流通與價格〉，《國家圖書館館刊》85 年第 1 期（1996 年 6 月），頁 108-109。

2　插圖的有無，對於一篇文字內在已表達完全，自我具足的小說來說，可以是不必要的。就讀者閱讀經驗來說，覽讀水滸、西遊，沒有插圖，一樣可以獲得充分的愉悅和感動。……要談通俗小說之何以常見插圖的原因，可能有人會以為正如吾人現在常用「通俗」稱這類作品一樣，就在於為了「通俗」而有了插圖。因為這類作品原本是為市民大眾提供休閒愉悅而有的讀物。而圖畫常能較文字敘述提供更為深切的形象，對於文學造詣不是甚深的閱讀大眾來說，能有圖畫配合，自能使故事人物

娛樂之途，學者也大多僅肯定其藝術上的成就或作為歷史材料的紀錄。然而作為文學插圖的繡像，除了藝術性與歷史價值外，文學性亦不可忽視。一來在文本複製方面「插圖的存在正好像遺迹一樣見證著不同時段的小說出版風尚，而它與繪畫本身的關係又使得藝術能夠以一種複製的方式進入到文本當中」；[3]二來在文學性方面，作為小說文本的模仿，繡像一方面依從小說，透過圖像敘述文學內容；一方面對小說進行再創造，在不破壞文本的情況下，宕出回目與文本限制突出小說重點。後者「再創造」的文學性使繡像不再只是文字的摹仿，而是有著畫工理解進入的創造與詮釋。但並非所有的小說插圖都是有著文學性的佳作，明代有許多小說皆附有插圖，崇禎本《金瓶梅》繡像除了精細之外，與其他小說插圖有何不同之處，以下將分節探究之。

一、圖文轉譯——《金瓶梅》繡像於小說的依從與創造

明代商業與手工業的發展、時人的商品意識與商業文化、社會對於精神生活與實用書籍的需求量增加等因素，使雕版印刷應時代需要而起，並迎向讀者大量出版了戲曲、小說等書籍。版畫的興起，是印刷傳播文化下爭相吸引讀者的宣傳手段。同一小說可能有數十種刻本，所附之插圖亦隨不同書坊翻刻而有不同風格，且同一版本，也因木刻版畫是由畫、刻、印三者分工而有所異同：

> 就畫家而論，由於畫者理解能力和著眼點不同，有的注重場面描寫；有的則著重人物安排或以寓意的花草作裝飾；有的為了突出主要的人物，畫面簡略空曠，具有更大的概括性，有的則追求畫面細緻的刻畫，不放過一絲一髮，在多樣中求得統一的效果。[4]

對版畫品質優劣起決定作用的是負責繪製畫稿的畫家，如引文所言，畫家所決定的著眼點，代表著他的閱讀位置與理解詮釋的角度。畫家參與版畫創作最早出現於宋代，如宋〈彌勒像〉的作者高文進便曾在該畫中題名，但此時文人畫家多視版畫藝術為民間小技，不入藝術之堂。至明代，畫家兼作版畫的風氣大盛，文人畫家紛紛投入書坊，親自印製版畫，如陳洪綬[5]（1598-1652）、仇英（1509-1551）、唐寅[6]（1470-1524）、丁雲鵬[7]（1547-

更為具像鮮活，而獲得更多閱讀的情趣。參見胡萬川：〈傳統小說版畫插圖〉，《中外文學》第16卷第12期（1988年5月），頁31。

3 Robert E. Hegel. 1998. “Reading illustrated fiction in the late imperial China” Stanford, Calif: Stanford University Press. pp. 73.

4 周蕪：《徽派版畫史論集》（合肥：安徽人民出版社，1983），頁6-7。

5 陳洪綬（1598-1652）雖為文人階層，然而他的繪畫風格卻同時呈現文人畫與職業畫匠畫的特色，

1628）等，使版畫正式踏入正統藝術範疇。版畫自此開始不同於以往類似戲曲舞臺的呈現方式，[8]由上圖下文改為全幅版畫，也更注重經營版畫所呈現的意境。「在明代中後期的小說插圖製作中，起著主導作用的是職業畫師，他們與文人畫家的美學趣味趨同，但作畫目的稍有不同，對利潤和回報的考慮更多。不過這並不影響他們貫徹自己的美學趣味，因為消費主體仍然是文人階層」。[9]透過繡像的畫風，可以推測其作畫態度是純為圖利，或是對小說有所理解，且有意將繡像融入文人畫傳統表達言外之意。可惜多數畫工並未留下姓名，太多小說版畫我們無從判斷畫工的出身背景是否為文人畫家。若是文人

原因在於他學畫的過程中，並不拘泥於一家或一代，而是帶著歷史宏觀的角度去多方汲取眾家之長，是一個由明代過度到清代的關鍵人物，代表了明代人物畫發展的總結，也對清代初期的繪畫造成影響。曾作「屈子行吟圖」、木刻插圖《九歌圖》11 幅，借歷史故事，抒發對亂世的哀怨及憂國憂民的情懷，亦曾為《西廂記》、《鴛鴦塚》兩種戲曲劇本畫過插圖。在《西廂記・窺簡》一幅中，精心描繪幾扇屏風來襯託人物細膩的思想感情。所畫《水滸葉子》以當時飲酒遊戲的紙牌形式，歌頌綠林豪傑。所畫人物生動，汪念祖《葉子前小引》中說：「頰能生風，眉尖出火，一毫一發，憑意撰造，無不令觀看為之駭目損心。」詳見王璜生：《陳洪綬》，收於《明清中國畫大師研究叢書》（長春：吉林美術出版社，1996）。

6　仇英與沈周、文徵明、唐寅被後世並稱為「明四家」，亦稱「天門四傑」，為明中期最受矚目之畫家，仇英與唐寅雖然精研南宋院體，但又善於擷取文人畫飄逸流暢、蘊藉典雅的意趣，並皆做有通俗版畫。仇英（1509-1551），字實父，一作實甫、號十洲，太倉（今江蘇太倉）人，擅長畫人物、山水、花鳥、樓閣界畫，尤長於臨摹。畫法主要師承趙伯駒和南宋「院體」，以工筆重彩為主，在絹本上以青綠色畫仙山樓閣，在傳統的工筆重彩山水中又加入了文人淡雅秀麗的氣質，成為明代文人畫和院體繪畫結合的一種特殊風格，有名作「漢宮春曉」、「人物故事圖冊」、仿張則端「清明上河圖」等。擅人物畫，尤工仕女，曾為《列女傳》做版畫，亦有木刻版畫「飛燕外傳圖」、「會真記圖」。唐寅（1470-1524）挾其「南京解元」的榮銜，兼通詩、書、畫三絕，卻仕途多舛，便遊歷名山大川，性格任達自放，專門致力繪事，以賣畫為生。長於人物，特別以仕女畫見長，作有「班姬團扇圖」、「嫦娥奔月圖」等，亦有春宮畫作「風流絕暢圖」，惜已失傳，今日流傳版本為徽派刻工黃一明根據原作摹刻之作。詳見單國霖著；洪文慶主編：《仇英》（臺北：錦繡出版社，1995）、謝建華：《唐寅》，收於《明清中國畫大師研究叢書》（長春：吉林美術出版社，1996）。

7　相關晚明白話小說出版版畫的形成，可能刻者不識字、畫工未見書，只是聽人說書知其大意作畫的推測，詳見錢存訓著、鄭如斯編訂：《中國紙與印刷文化史・第七章中國印刷的藝術和圖繪》（桂林：廣西師範大學，2004），頁 292-346、〔日〕大木康：〈明末江南出版文化的研究〉，《廣島大學文學部記要》第五十卷特輯第 1 號（1991 年 5 月）。

8　原先版畫，尤其是戲曲版畫，除了通俗娛樂效果以外，更重要的是透過圖像保存戲曲舞臺表演細節的實用價值。如萬曆刊本《藍橋玉杵記・凡例》言：「本傳逐出繪像，以便照扮冠服」，證明了鄭振鐸所言：「蓋戲曲腳本之插圖，原具應用之意也」。見鄭振鐸：《中國木刻版畫史略》（上海：上海書店，2006），頁 98。

9　李彥東：〈何谷理《閱讀中華帝國晚期插圖小說》書評〉，《中國學術》總 15 輯（2003 年 1 月），頁 288。

畫家，勢必以閱讀過小說，才將自己的理解融入於圖像中；若只是一般坊刻的畫工與刻工，則很可能沒有閱讀長篇小說的能力，而是透過以往聽說書的經驗加上書坊或文人的說解了解小說大致內容，再將間接的「閱讀」理解融於繡像，[10]也因此直接與間接閱讀的差異，對小說內容理解的深淺，影響小說版畫的風格與詮釋優劣。但這並不代表刻工與畫工直接閱讀小說後的再創作必定比間接閱讀的創作全體佳，後者若是說書者功力得當，畫工與刻工同樣也能形成自己的閱讀理解，進一步表現自身詮釋於圖像中。版畫製作可以確定的是，大部分版畫乃是畫、刻、印三工合作的集體創作。畫家負責起稿，繪製內容必須依從小說文本，刻工則負責版面的建構，依從畫家的畫稿，以刀代筆，之後再交給書坊印刷：

> 我國傳統版畫是分工合作的，畫者一人，刻者一人，印刷、出版發行者又另一人，這種做法習慣上稱為「複製木刻」。畫家創稿要適應插圖的要求，以便於雕版印刷，成批生產；刻刀是以刀代筆，行之梨棗，起著現代意義的製版作用；印刷裝訂工是最後的工序，成為版畫作品的是由他們完成的；而籠罩於三者之上的則是主持者的精神。他們都很重要，都有互相制約、互為因果的作用。[11]

如此畫、刻、印三者分工，互相制約，共同製作出小說插圖。即使小說插圖成為了大量複製的藝術品，隨著分工環節的不同以及書坊主持者的立場不同，不同版本往往優劣有著天壤之別。

明代小說戲曲附圖刊刻風氣興盛，同一小說也會出現不同小說版本或書坊所附的不同插圖。如周蕪便言：

> 中國古典文學作品，如《三國演義》、《水滸傳》、《西廂記》、《琵琶記》、《西遊記》、《金瓶梅》及至《紅樓夢》，他們都有幾種甚至幾十種不同版本的插圖，由於有簡本、繁本、新編、後續、評本、選本和原刊、翻刻之不同而插圖也各異。[12]

晚明恰好是中國出版印刷史上質量兼具的高峰期，種種條件造就了小說刊印的繁盛榮

10　相關晚明白話小說出版版畫的形成，可能刻者不識字、畫工未見書，只是聽人說書知其大意作畫的推測，詳見錢存訓著、鄭如斯編訂：《中國紙與印刷文化史・第七章中國印刷的藝術和圖繪》（桂林：廣西師範大學出版社，2004），頁 292-346、大木康：〈明末江南出版文化的研究〉，《廣島大學文學部記要》第五十卷特輯第 1 號（1991 年 5 月）。

11　周蕪：《徽派版畫史論集》（合肥：安徽人民出版社，1983），頁 14。

12　周蕪：《徽派版畫史論集》（合肥：安徽人民出版社，1983），頁 6。

景，其中有許多作品的刊本附有篇幅與精粗程度不一的版畫插圖，而且數量往往相當龐大。長篇小說如萬曆金陵萬卷樓刊《三國志通俗演義》附插圖兩百餘幅；萬曆金陵世德堂刻《李卓吾批評西遊記》附插圖一百幅；萬曆杭州容與堂刊本《李卓吾先生批評忠義水滸傳》有插圖兩百幅；杭州書坊所刻崇禎版的《新刻繡像批評金瓶梅》附有兩百幅圖；天啟間兼善堂出版的短篇小說選本《古今小說》也配有插圖八十幅，數量都相當眾多。

另外，晚明「以情為本」的觀念加上春宮圖印刻風行，《金瓶梅》刻本極可能為招攬讀者出現不同版本的插圖。然而現存的《金瓶梅》插圖，卻僅有明代《新刻繡像批評金瓶梅》所附的徽派版畫，以及清代曹淑美《金瓶梅全像》所附的彩色絹畫。可見得為《金瓶梅》這樣性質特殊的小說作畫可能有各方面的困難，亦可見兩種插圖得以流傳下來的精緻與細膩。

小說插圖主要目的是以圖像表現小說內容，故本身的娛樂與商業性質大於藝術創造性質。如魯迅便以為中國古籍插圖的產生是「因中國文字太難，只得用圖畫來濟文字之窮的產物」，「那目的，大概是在引誘未讀書的購買，增加閱讀者的興趣和理解」。[13]插圖一切皆必須依從小說文本，功能在於最大限度幫助讀者了解小說內容，故畫面不可出現超出文本之處。小說插圖依照小說內容作畫，不論是依照回目或是按照小說內容，對於小說文本都必須有著依從性。但這不代表插圖的文學性全然來自於對小說的摹仿：插圖屬於圖像，兩者擅長表現的特長不同，「詩是文字，擅長表達時間的連續性與抽象的抒情心緒；畫是圖像，擅長組構一剎那的虛擬空間和具體的物象，文字和圖像本來就各有專擅與限制，這是藝術媒材各自的表現特性」，[14]轉譯時圖像不可能將文字全然具體化徹底呈現。為了依從小說文字表現內容重點，圖像勢必得轉換方式告訴讀者，轉譯的過程中也就不再是全然的摹仿與依從，從而產生了必然的創造性。在依從回目的同時，充分掌握文本且有意識創作的畫工也可能是聰明的讀者，在不破壞文本真實性的狀況下，於轉化過程中加入自己的理解與想法，使插圖成為畫工對於小說的再創造。

崇禎本《金瓶梅》據孫楷第言共有四種版本：「存日本內閣文庫藏明本。封面題《新刻繡像批評原本金瓶梅》。圖百頁。正半葉十一行，行二十八字。首東吳弄珠客序，廿公跋。日本長澤規矩也藏本，與內閣藏本同。北京市圖書館藏明本。題《新刻繡像金瓶像》。圖五十葉（每回省去一葉）。行款同上。序失去，無評語。北京大學圖書館藏明刊本。大型。正文半頁十行，行二十二字。字旁加圈點。每回前有精美圖一頁，前後兩面

13　見魯迅：《魯迅全集》第六卷（北京：人民文學出版社，1981），頁27。

14　毛文芳：〈於俗世中雅賞——晚明《唐詩畫譜》圖像營構之審美品味〉，《通俗文學與雅正文學全國學術研討會論文集》第一集（臺中：國立中興大學中國文學系，2005），頁332。

寫一回事。板心上題《金瓶梅》。有眉評、旁評。首弄珠客序。以上諸本皆無欣欣子序，蓋皆崇禎本。以校詞話原本，原本開首數回演武松事者刪去，易以西門慶事；諸回中念唱詞語一概刪去，白文亦有刪去者。每回前附詩多不同。是為說散本《金瓶梅》。張竹坡評本《金瓶梅》自此本出」。[15]儘管目前所存的四種版本未必皆附有百圖，由此卻可知最初的版本《新刻繡像批評金瓶梅》應是依照回目每回二圖，共附有兩百幅圖，圖像精美，繡像畫工未留下姓名，但透過某些則留名刻工，[16]可知繡像出自影響明代版畫風格最巨的徽派刻工名手。[17]書中所附繡像依從小說回目繪製，但是繡像不可能將小說內容如實繪出。首先版面有限，畫工僅能依從回目限制，或是挑選自己理解的重點呈現；再者文字的表現能力其實比圖像廣，文字可以透過上下文表現時間性與動作過程，亦可將抽象之物化為具體描述引發讀者想像，相對於文字，圖像的呈現能力是定點的、立即性的。就算《金瓶梅》對於日常瑣碎再怎麼鉅細靡遺，轉換為圖像時仍有些是無法完全依從。

能夠被完全如實畫出的文學，必定失去其文學性。《金瓶梅》對於人物的服飾顏色樣式、家具擺設、各色菜餚等細節記載寫實精細的程度令人咋舌，要將小說中的場景重現似乎已具備了足夠的依從條件。但是圖像擅長表現空間性的物質存在，受限於木刻版畫只能以線條形狀和墨色呈現，小說中大量的對話、神情甚至顏色等繡像都無法明確表達，畫工必須在不破壞文本的情況下，進行回目與小說外的創造，使讀者能理解故事情節。如第六十回的上半回目「李瓶兒病纏死孽」，言官哥兒受驚病死，李瓶兒傷心憔悴之時夢見花子虛的情節：

> 李瓶兒夜間獨宿房中，銀床枕冷，紗窗月浸，不覺思想孩兒，唏噓長歎，恍恍然恰似有人彈的窗櫺響。李瓶兒呼喚丫鬟，都睡熟了不答，乃自下床來，倒靸弓鞋，

---

15 見孫楷第：《中國通俗小說書目》（臺北：木鐸出版社，1983），頁 132。

16 那部附插圖的明末版《金瓶梅》，確是比第一奇書高明得多。第一奇書即由彼而出。明末版的插圖，凡一百頁，都是出於新安名手。圖中署名的有劉應祖、劉啟先（疑為一人）、洪國良、黃子立、黃汝耀諸人。他們都是為杭州各書店刻圖的，《吳騷合編》便出於他們之手。黃子立又曾為陳老蓮刻《九歌圖》和《葉子格》。見鄭振鐸：〈論《金瓶梅詞話》〉，收於鄭爾康編：《鄭振鐸藝術考古文集》（北京：文物出版社，1988），頁 139。

17 徽州由於商業、手工業發達且製墨技術流傳已久，刻工手藝至明代時發展出特色，萬曆中葉後徽派刻工成為版畫黃金時代的支柱，一改先前金陵、建安派的上圖下文、粗獷豪放風格，轉為單面甚至雙面大版、細密纖巧、繁華工麗、典雅靜穆的古典美，不論數量或質量皆其餘流派無法超越，並影響著之後蘇杭等地的版畫，尤其是黃氏一家的刻工，影響中國版畫史深遠。徽派刻工也分布於各地，崇禎本《金瓶梅》繡像的屬名的刻工們即屬徽派名手。

翻披繡襖，開了房門。出戶視之，彷彿見花子虛抱著官哥兒叫他，新尋了房兒，同去居住。李瓶兒還捨不得西門慶，不肯去，雙手就抱那孩兒，被花子虛只一推，跌倒在地。撒手驚覺，卻是南柯一夢。嚇了一身冷汗，嗚嗚咽咽，只哭到天明。

再看此回版畫（見右圖），「銀床枕冷，紗窗月浸」屬於顏色光感與觸覺，版畫無法表現，畫中為突顯李瓶兒於月夜想亡兒的孤寂，畫家必須在畫面上畫出月亮，並於牆上開圓形窗展示「李瓶兒夜間獨宿房中」；至於其亡夫亡子花子虛與官哥兒，屬於李瓶兒夢中的人物或魂魄，小說中因為上下文劇情的鋪敘得使讀者知道非現實中的人物，但是圖像無法區分現實與夢境，畫工必須加上小說未提及的雲霧、房內依床而睡的李瓶兒，告訴讀者此乃李瓶兒之夢境與幻想。無論是花子虛的前來或是李瓶兒房內擺飾乃至於月亮等，作者所給的提示有限：「銀床枕冷」是以淒涼月光與枕頭溫度突顯失去愛子的孤寂，然而畫面中必須出現的床是什麼床，紗窗月浸的窗是什麼窗，都必須透過畫工自身經驗的進入；李瓶兒彷彿見花子虛與官哥兒的場景，花子虛並非真的乘雲霧而來，至少小說裡未提及，雲霧在此變成畫工創造的象徵符號，目的在暗示讀者此為夢境且兩人早已亡故。

又，即使小說依照時間性鉅細靡遺地描繪細節，圖像所能呈現的也只能是單一的瞬間，或改將同時發生的多個場景並置於畫面。換言之，縱使《金瓶梅》描寫精細的程度有如「西門家的賬本」，[18]受限於圖像表現方式，畫工在將時間性、連續性的小說文字轉為空間性、具體化的圖像時勢必有所取捨。何者呈現於繡像得以突顯重點、何者即使小說花了大量篇幅交代仍可隱去不現，當中的選擇就足以證明畫工所理解的小說重點與

18　張竹坡於〈第一奇書《金瓶梅》讀法〉第八十二條言：「常見一人批《金瓶梅》曰：『此西門之大賬簿。』其兩眼無珠，可發一笑。夫伊於甚年月日，見作者雇工于西門慶家寫賬簿哉？」

詮釋方式。如第六十一回「李瓶兒帶病宴重陽」，言痛失官哥兒後李瓶兒惹病，重陽節時仍強忍病痛參加筵席：

> 吩咐廚下收拾肴饌果酒，在花園大捲棚聚景堂內，安放大八仙桌，合家宅眷，慶賞重陽。……那日，西門慶不曾往衙門中去，在家看著栽了菊花。請了月娘、李嬌兒、孟玉樓、潘金蓮、李瓶兒、孫雪娥並大姐，都在席上坐的。春梅、玉簫、迎春、蘭香在旁斟酒伏侍。申二姐先拿琵琶在旁彈唱。那李瓶兒在房中，因身上不方便，請了半日才來。恰似風兒刮倒的一般，強打著精神陪西門慶坐，眾人讓他酒兒也不大吃。

繡像確實依照小說提示繪出了捲棚，以及合家宴重陽的情景，然而小說所記錄的那些座上妻妾「月娘、李嬌兒、孟玉樓、潘金蓮、李瓶兒、孫雪娥並大姐」都在畫面中被巧妙隱去，反而只有彈唱琵琶的申二姐以及少數服侍斟酒的婢女們出現於畫面，真正出現的西門妻妾則僅有畫面下方因病卻強打精神到來的李瓶兒。由於繡像無法突顯小說所形容那「恰似風兒刮倒」的病容，所以改由婢女攙扶（見左圖）。此節敘述者對於宴重陽可謂面面俱到形容重陽節西門慶於翡翠軒栽菊花的盛大：「原來松牆兩邊，擺放二十盆，都是七尺高，各様有名的菊花，也有大紅袍、狀元紅、紫袍金帶、白粉西、黃粉西、滿天星、醉楊妃、玉牡丹、鵝毛菊、鴛鴦花之類」，也提出了捲棚內合家宅眷的名單。無論是花朵或人物都屬於圖像容易表現的具體形象，但是這些提示畫工都捨去不用。繡像僅用座上兩盆菊花以及西門慶觀賞彈唱場面突顯「宴重陽」，重陽節的重點二十盆菊花與合家妻妾都不在畫面內，卻還創造出了小說中沒有提及的小婢攙扶著李瓶兒，只為突顯真正的主角「李瓶兒帶病宴重陽」，透過姍姍來遲的主角以及隱去未現的妻妾暗示「合家一總，行見凋零矣」、[19]「今西門冷落已來，瓶罄花殘」。[20]

《金瓶梅》對於人物動作、身邊事物等鉅細靡遺，但書中有太多類似這樣的例子，小說如果交代的過於實際清楚能使圖像如實呈現，就失去了劇情連貫與意境而變成無意義的流水帳。就算在全數依從回目與文本的限制下，畫工為了突破圖像表現能力而傳達劇情，仍必須加入自己的理解與文化背景而進行轉譯的「再創造」；或是就算小說給予了眾多的提示，但是為了不讓過多細節佔據空間喧奪主題，畫工仍必須加入自己的意識加以取捨，甚至創造文本未有的小人物去表現圖像難以傳達的心理抽象狀態，插圖即使無法脫離小說作為獨立文本單獨存在，卻仍可視為參與文本的一種「再創作」，因為「作為插圖藝術，他總是根據作者的理解和藝術水平，加進自己的一些特殊的東西，所以仍不失為創作」。[21]超越文本之外「再創造」的優劣，足以判斷畫工是單純依從小說文本作畫，碰到媒材表現手法限制時就放棄的工匠；或是作為一個聰明的讀者，依從之外，並以圖像擅長的空間表示突破表現手法限制，在有限的版面中增減符號以示自己對小說的理解程度與切入角度，使版畫不僅依附小說於娛樂之用，尚參與文本，表現了畫工自身的評點。

二、入醜[22]而美——《金瓶梅》繡像與其他小說繡像的特殊性

明代由於商業經濟發達，崛起的市民階級也帶動了通俗書籍的龐大需求量。此時的文學、戲曲、話本等各式書籍大量被刊刻出版，且多半附有木刻插圖。插圖的出現是為了招攬讀者，配合小說娛樂目的。由於圖像的傳播不受知識水平的限制，得以被大量複製的世俗化特色，文字附圖早已有著悠久的傳統：

> 影像在歷史上具有世俗化的功能，古代亦多以圖示眾來下達政令，一般俗眾對於抽象詩文的捕捉能力有限，而影像卻是具體可見的視界，觀看具有故事性的圖像文本時，符合一般人的視覺心理，這是圖像由俗品味的一個重要因素。[23]

---

19 張竹坡旁批。

20 語見張竹坡第六十一回回前總批。

21 周蕪：《徽派版畫史論集》（合肥：安徽人民出版社，1983），頁6。

22 美醜實難以明確定義，本文所界定之「醜」乃採取較為廣義之定義。《金瓶梅》書中人物典型、情節脈絡等，多不符合道德規範，如潘金蓮和李瓶兒為偷情而殺夫、西門慶為求得官位而賄賂等，此皆作者有意揭露世態醜惡與人情之險，故文中之「醜」採取較為廣泛之定義，非專指形貌醜態，而是泛指不符倫理道德之世情樣態。

23 毛文芳：《物・性別・觀看——明末清初文化書寫新探》（臺北：臺灣學生書局，2001），頁22。

小說就算沒有插圖仍然不受影響，因為內容本身已具備足夠的情感刺激，純粹為了「通俗」而有了插圖。圖畫比起文字敘述能提供更為深切的形象，對於文學造詣不是甚深的閱讀大眾來說，能有圖畫配合，自能使故事人物更為具象鮮活，從而獲得更多閱讀的情趣」。[24]既然為了娛樂與商業目的，插圖勢必得精美。明代許多戲曲、小說都附有插圖版畫，且同一小說的不同刊本也配有不同插圖，光是《水滸傳》的明刊本就有十一種不同插圖。《金瓶梅》也有不同版本的插圖，有明崇禎間刊本《新刻繡像批評金瓶梅》所附的兩百幅繡像，以及清人彩色絹畫《金瓶梅全圖》。相較其他小說，也許是因內容多涉情色流通不如其他小說廣泛故插圖版本較少；或者為《金瓶梅》這樣以人物對話為主要特色的小說，作畫本身就具備一定的困難程度；又或許是崇禎本的繡像過於精美，其餘書坊無法出其右，便翻刻挪用此版繡像，卻受限於印刷技術與木板品質，其餘翻刻崇禎本的繡像仍顯粗糙，至今崇禎本繡像仍被公認是《金瓶梅》的最佳插圖，也是徽派版畫的代表之一。

不同於西方繪畫注重光影變化與色彩，力求寫實；中國繪畫注重線條與意境的營造，宋元以來更是受到文人畫的影響，不追求寫實而追求在畫中展現創作者的個性和思想。唐代李嗣真董論展時說：「動筆形似，畫外有情，詩有言外意，畫亦有形外情，情即意。」張彥遠也提到「以形似之外求其畫」、「形似之外無非是情與意和理」，蘇軾更於《跋宋漢傑畫山》言：「觀士人畫如閱天下馬，取其意氣所到，乃若畫工，往往只取鞭策皮毛槽櫪芻秣，無一點俊發，看數尺許便倦」。可見中國繪畫注重的是「意」非「形」，西方繪畫中極力寫生的傳統，反而是被南宗畫傳統所摒棄的。雖然繪畫特長在表現物體外貌，但是中國受到歷代文人評畫與畫論影響，更注重線條的營造與形外之意。小說版畫流派雖多，而皆受限於木刻版畫只能以線條作畫，融詩意於敘事畫間；儘管明代已出現彩色套印，但小說版畫動輒數百幅彩色套印不敷成本，大多仍是單一墨色；且創作內容受限於小說文本，要在有限版面上盡力表現此回內容，往往必須發揮最大表現空間將畫面填滿，透過遠近分層繪入重要情節，因此不同流派畫工雖有不同風格，「注重線條、不留空白」[25]卻是是共同的。以下舉四大奇書插圖為例：

---

24 胡萬川：〈傳統小說版畫插圖〉，《中外文學》第16卷第12期（1988年5月），頁31。

25 傳統版畫的基本特色，諸如重視線條、突出人物、構圖飽滿、不留空白、重視裝飾效果、一筆不苟、講究詩情畫意、情景交融等等，都是共同的。見周蕪：《徽派版畫史論集》（合肥：安徽人民出版社，1983），頁13。

由左而右分別是明萬曆年間刊本《三國演義全像》、明萬曆年間刊本《李卓吾先生批評忠義水滸全傳》、明萬曆年間刊本《李卓吾先生批評西遊記》、明崇禎刊本《新刻繡像批評金瓶梅》。以上四部作品除了《三國演義全像》以外，其餘皆屬於徽派作品，景大人小，刻工精細。但即使同屬徽派，仍可見崇禎本《金瓶梅》繡像與其他作品不同之處在有許多留白。其餘小說版畫就算主要人物與場景較為單一，也會以裝飾之筆將畫面填滿，如上舉《西遊記》之圖，便以圍牆景物與流水裝飾填充畫面。《金瓶梅》繡像卻不僅上舉之例，在許多回的繡像中都有著大量留白。

小說作者在創作小說時其實不會預設到會有插圖的進入，為了保持文學應有的連貫性和意象，所以不會給予太多畫面性的提示。版畫畫工在依從小說文本創作時，也不會有過大的企圖心想把所有內容都畫出，而是作為輔助性質的將重點大致畫出。因為：

> 文字表達藝術之與造型藝術不同，便在於它能提供讀者以更多想像馳騁的空間，因此插圖配飾只要提供人物、情節的大致形象照應即可。如果插圖本身也要求以能引起讀者強烈的感情刺激為滿足，則恐怕會因此而誘引讀者移離欣賞的方向，未免就有喧賓奪主之嫌[26]。

前一小節已說明畫工在轉譯小說為繡像時由於兩者表現特性不同，依從之外也必定面臨創造之處。除了將時間性的轉為空間性的場景之外，畫面的營造也是屬於畫工的創造範圍。內容雖然必須依從小說，線條多寡、構圖造境卻是由畫工創作，何處屋舍加工、何處山水園林裝飾，到留白與否與何處留白都是由畫工決定。

26　胡萬川：〈傳統小說版畫插圖〉，《中外文學》第16卷第12期（1988年5月），頁37。

留白在中國繪畫中是意境營造之必須，尤其是文人畫，[27]透過留白因虛映實，展現畫者構圖造境之修為。明代開始畫家參與版畫製作，版畫可能因此也受到文人畫的影響，但小說版畫為了全力表現小說內容與裝飾傳統很少留白。崇禎本《金瓶梅》繡像有著大量留白，即是畫工圖文轉譯的「再創造」。小說版畫原屬通俗畫，通俗畫和文人畫分屬於不同傳統和系譜，不僅創作者的身分地位不同，內容風格也有所差異。高居翰於《日用與愉悅之圖：中國清代民間通俗畫（*Pictures For Use and pleasure: Vernacular Painting in High Qing China*）》提出民間通俗畫較通俗寫實，不尚創新；文人畫即使繪出物品，也多半勾連文學傳統具有象徵意義[28]。但即使通俗畫和文人畫分屬不同傳統，晚明以降仍有合流的跡象：如明代許多文人畫家如陳洪綬、仇英版畫作品作品有文人畫雅趣亦有通俗畫匠氣；又如《顧式畫譜》、《石竹齋書畫譜》等版畫畫譜，原本是通俗版畫技法教學的工具書，文人參與製作[29]後也逐漸揉合意境與象徵，是民間通俗畫受文人畫影響的例證。[30]小說版畫原本目的僅在通俗娛樂的商業實用性，然而愈來愈多的文人參與製作與出版的高度競爭，使版畫不再重寫實而尋求創新，嘗試加入了文人畫的元素。崇禎本《金瓶梅》大量運用的留白，即有可能就是受到通俗版畫逐漸揉合文人畫的開創。

《金瓶梅》的版畫發展與流通形式與其他三大奇書不同。《三國演義》、《水滸傳》、《西遊記》同為在民間醞釀許久才被寫定的累積式創作，就現存資料卻未見鈔本流傳的證據，[31]加上明初版畫方才興盛，早期刊刻的插圖通常是上圖下文，留有戲曲舞臺的表現形式，人物佔畫面一半以上，並有楹聯，這是由於版畫原先有保存戲曲表演畫面的實用性功能。《金瓶梅》則是在文人階層中流傳抄寫一段時間後才被刊刻出版。即，一開始的小說讀者，三大奇書尚有一般市民，《金瓶梅》則已是文人階層，且很可能於鈔本時

---

27 文人畫未必是士人之畫，陳寅恪定義文人畫為：「畫裡面帶有文人性質，含有文人趣味，不專在畫裡考究藝術上的功夫，必定是畫外有許多文人的思想，看了這幅畫，必定使人有無窮的感想。」見陳寅恪：《中國文人畫之研究》（上海：中華書局，1934），頁 131。

28 詳見 James Cahill: “Pictures For Use and pleasure:Vernacular Painting in High Qing China” University of California Press. 2010.

29 如《顧式畫譜》編者顧炳雖不得至於官場，仍曾以書畫兼長而「應選供事武英殿」；《石竹齋書畫譜》編者胡正言則身兼文人與藝匠，兩人皆以士人身分直接參與畫譜的製作與領導。

30 相關版畫畫譜受文人畫影響之論述，詳見馬銘浩：〈論版畫畫譜與文人畫的關係〉，《淡江大學中文學報》第 4 期（1997 年 12 月），頁 199-219。

31 我們所看到的大部分明末出版的白話小說作品中，看來沒有像這樣先以鈔本形式流傳的階段，而是直接以刻本的方式出現。……除了《水滸傳》以外，還有《三國演義》、《西遊記》等，這些作品都沒有以鈔本流傳的階段，而直接以刻本的形式在讀者面前出現。見〔日〕大木康：〈從出版文化的進路談明清敘事文學〉，收於《中國文哲研究通訊》第 17 卷第 3 期（2007 年 9 月），頁 176-177。

期就有文人改定，因此初刻附圖的崇禎本繡像已甚少受到戲曲版畫的影響，而朝向文人畫的寫意、展現個人觀點發展，最明顯的痕跡便是其大量留白。

造型藝術如雕刻、繪畫等通常以美為原則，萊辛甚至直言「在古希臘人來看，美是造型藝術的最高法律」，就算表現醜也通常是作為美的突顯，這是因為造型藝術的表現能力是空間式具體呈現的。小說可以寫醜，就算描繪的人物或情節極為醜陋可怖，也可以透過文字與修辭把令人嫌惡的畫面化為時間序列，不直接說明而只誘發讀者想像馳騁，如此想像畫面的衝擊更強，但是令人不愉快的成分卻因此而沖淡了。同樣是摹仿對象的媒材，繪畫卻無法沖淡醜：

> 繪畫有能力表現醜；就它作為美的藝術來說，繪畫卻拒絕表現醜。……在詩裡形體的醜由於把空間中並列的部分轉化為在時間上中承續的部分，就幾乎完全失去它的不愉快的效果，因此彷彿也就失其為醜了，所以它可以和其他形狀更緊密的結合在一起，去產生一種新的特殊的效果。在繪畫裡情形卻不如此，醜的一切力量會同時發揮出來，它所產生的效果並不比在自然裡弱多少。因此，無害的醜不能長久的停留在可笑上面，不愉快的情感就會逐漸佔上風，原來第一眼看上是滑稽可笑的東西，後來就只惹人嫌惡了。[32]

《金瓶梅》說的是西門慶一家如何發跡變泰的世情小說，內容包含了許多違背倫理道德的瘋狂醜陋事態諸如毒殺、賄賂、偷情、亂倫等，甚至於情色場景的展現都是小說中的反覆出現且是劇情轉折的重點。小說文字淺白且對細節清楚交代，故描述世情之醜並不致令讀者嫌惡，反而透過想像轉換世情醜陋為世事壓迫下的憐憫。繡像也可以表現小說種種的醜，卻無法像文字一樣以時間性的展現沖淡效果，一旦如實呈現，令人嫌惡可怖的衝擊性將失去原本插圖娛樂之作用。

繡像可以用圖像擅長的方式表現世情，但作為造型藝術卻不能如實表現醜，又《金瓶梅》的重點往往就在圖像無法表現的日常對話中，既然無法轉為圖像式的表現，畫工便予以遮蓋，留給讀者想像，並襯托出留白以外的重點。留白是版畫無法表現文字對話的妥協，也是入世情之醜惡出於畫面韻味的犧牲，更是凸顯理解重點的評點之筆。崇禎本《金瓶梅》繡像大抵不出回目限制，卻有別出其他小說版畫之處的大量留白。繡像無法作為文本獨立存在，但若此留白是畫工有意識的遮蓋與突顯，有著畫工的理解進入而不單是入醜而美的妥協，那麼繡像就與小說互滲，參與文本，並提示了畫工的閱讀態度

32　〔德〕萊辛（Gotthold Ephraim Lessing）著，朱光潛譯：《拉奧孔》（合肥：新華書局，2006），頁 147-149。

與書坊希望讀者的觀看重點。

三、春宮與否——《金瓶梅》繡像的讀者取向與畫工意識

《金瓶梅》由於小說中有許多「雲霞滿紙，勝於枚生〈七發〉多矣」[33]的風月筆墨，故曾一度被禁毀，也曾背上「淫書」之名。早在明清時期許多文人便已開始注意到此一小說特點，如李日華說它「大抵市渾之極穢者」，[34]東吳弄珠客於〈金瓶梅序〉言：「《金瓶梅》，穢書也」，[35]袁中道則提及董其昌曾向他推薦此書，即使「瑣碎中有無限煙波，亦非慧人不能」，但因書中太多「淫蕩風月之事」，故「決當焚之」。[36]馮夢龍與馬仲良以其書「甚奇快」勸沈德符出版《金瓶梅》時，沈德符也以其誨淫不願版行：「此等書必遂有人板行，但一刻則家傳戶到，壞人心術，他日閻羅究潔始禍，何辭置對？吾豈以刀錐博泥犁哉！」[37]可見在《金瓶梅》以抄本流傳於文人之時，書中的情色描寫就引起了大家的注意，儘管許多文人如袁中道、馮夢龍等人皆十分欣賞，卻礙於其誨淫已逐漸背上「淫書」之名。

其後《金瓶梅》印刷梓行，刻本序跋的作者開始為小說中的情色描寫給予較客觀的評論，如欣欣子儘管也承認小說「其中未免語涉理俗，氣含脂粉」，但小說如此描寫是由於「寄意于時俗」，且「房中之事，人皆好之，人皆惡之。人非堯、舜聖賢，鮮不為所耽」，況且書中「至於淫人妻子，妻子淫人，禍因惡積，福緣善慶，種種皆不出迴圈之機」，是以書中耽淫者終遭報應，企圖強調情色是為了「明人倫，戒淫奔，分淑慝，

---

33 袁中郎：「伏枕略觀，雲霞滿紙，勝於枚生〈七發〉多矣。」袁中郎：《錦帆集》卷四，收於魏子雲：《金瓶梅研究資料彙編・上編，序跋、論評、插圖》（臺北：天一出版社，1987），頁 132。

34 〔清〕李日華於《味水軒日記》卷七言：「萬曆四十三年十一月五日，沈伯遠攜其伯景倩所藏《金瓶梅》小說來，大抵市渾之極穢者耳，而鋒焰遠遜《水滸傳》。袁中郎極口贊之，亦好奇之過。」見〔清〕李日華：《味水軒日記》卷七，收於朱一玄編：《金瓶梅資料匯編》（天津：南開大學出版社，1985），頁 108。

35 〔明〕蘭陵笑笑生著，梅節校訂：《夢梅館校本金瓶梅詞話》（臺北：里仁書局，2007），頁 4。

36 〔明〕袁中道言：「往晤董太史思白，共說諸小說之佳者。思白曰：『近有一小說，名《金瓶梅》，極佳。』予私識之。後從中郎真州，見此書之半，大約模寫兒女情態俱備，乃從《水滸傳》潘金蓮演出一支。所云『金』者，即金蓮也；『瓶』者，李瓶兒也；『梅』者，春梅婢也。舊時京師，有一西門千戶，延一紹興老儒於家。老儒無事，逐日記其家淫蕩風月之事，以西門慶影其主人，以徐影其諸姬。瑣碎中有無限煙波，亦非慧人不能。追憶思白言及此書曰：『決當焚之。』以今思之，不必焚，不必崇，聽之而已。焚之亦自有存之者，非人力所能消除。但《水滸》崇之則誨盜；此書誨淫，有名教之思者，何必務為新奇以驚愚而蠹俗乎？」引自〔明〕袁中道：《遊居柿錄》（臺北：臺北書局，1956），頁 191。

37 〔明〕沈德符：《萬曆野獲編》卷二十五（北京：中華書局，1959），頁 652。

化善惡，知盛衰消長之機，取報應輪回之事」。[38]而東吳弄珠客雖然說此書是「穢書」，卻也說明了風月之筆是「蓋為世戒，非為世勸也」。[39]廿公於〈《金瓶梅》跋〉亦言此書「盡人間醜態，其亦先師不刪《鄭》、《衛》之旨」，「不知者竟目為淫書，不惟不知作者之旨」。[40]可見出版者儘管注意到小說的風月筆墨，但已企圖說明此乃作者有所刺，用以戒世之創作意圖。視為淫書者，是「淫者自見其為淫」。[41]清代的文龍亦言：

> 或謂《金瓶梅》淫書也，非也。淫者見之謂之淫，不淫者不謂之淫，但睹一群鳥獸孳尾而已。……夫淫生於逸豫，不生於畏戒，是在讀此書者之聰明與糊塗耳。生性淫，不觀此書亦淫；性不淫，觀此書可以止淫。然則書不淫，人自淫也；人不淫，書又何嘗淫乎？[42]

可見在明清時期的文人評點與出版業者，已開始逐步企圖為《金瓶梅》擺脫淫書之名。後來魯迅更提出了「世情書」的解讀角度：

> 就文辭與意象以觀《金瓶梅》，則不外描寫世情，盡其情偽，又緣衰世，萬事不綱，爰發苦言，每極峻急，然亦時涉隱曲，猥黷者多。後或略其他文，專注此點，因予惡謚，謂之「淫書」；而在當時，實亦時尚。[43]

首次由小說的創作背景為其解釋情色描寫的部分，並將之與其他艷情小說作了區隔「然《金瓶梅》作者能文，故雖間雜猥詞，而其他佳處自在，至於末流，則著意所寫，專在性交，又越常情，如有狂疾」。[44]此後世人解讀《金瓶梅》，往往是以「世情小說」、「人情小說」看待，而甚少有人將其歸於艷情小說一類了。[45]

38　見欣欣子〈《金瓶梅詞話》序〉，收於〔明〕蘭陵笑笑生著，梅節校訂：《夢梅館校本金瓶梅詞話》（臺北：里仁書局，2007），頁5。

39　同註25。

40　〔明〕廿公〈《金瓶梅》跋〉，收於收於〔明〕蘭陵笑笑生著，梅節校訂：《夢梅館校本金瓶梅詞話》（臺北：里仁書局，2007），頁5。

41　〔清〕張竹坡：〈第一奇書非淫書論〉，收於黃霖：《金瓶梅資料彙編》（北京：中華書局，2006），頁64。

42　〔明〕蘭陵笑笑生著，秦修容整理：《金瓶梅：會評會校本》（北京：中華書局，1998年），頁1。

43　魯迅：《中國小說史略》（香港：三聯書店，2001），頁97。

44　同上註，頁98。

45　相關論證《金瓶梅》是否為「淫書」，除了張竹坡〈第一奇書非淫書論〉外，明清亦有許多文人如劉廷璣、文龍等開始反思並為其辯護，魯迅之後如沈雁冰也繼承其觀點，提出《金瓶梅》性描寫，實因明代風氣；鄭振鐸於〈談《金瓶梅詞話》〉一文中，推許《金瓶梅》是一部偉大的寫實小說。當代亦有許多學者有更詳細的論述，參見李時人：〈論《金瓶梅》的性描寫〉、田秉鍔：〈《金瓶崇禎本《金瓶梅》刊刻於明代，由所附的東吳弄珠客〈金瓶梅序〉、廿公〈《金瓶梅》跋〉，可見印刷者其實也這注意到了小說中的情色書寫，並極力為其辯護。只是小說畢竟是以文字寫成，就算有著許多性描寫，也需要讀者的想像進入才得以重現。小說版畫屬於圖像媒材必須將小說場景如實繪出，既然以文字創作的小說本身就已出現了淫書之辯，為其作畫的畫工勢必也必須面臨春宮畫與否的創作態度。以一個讀者的角度，如果沒有仔細推敲作者於情色場景的敘述語氣[46]，進一步與當時甚為流行的艷情小說相區隔比較，畫工很有可能也將其理解為淫書；而以一個出版業的角度，附上春宮圖勢必能引起矚目提高銷售量，儘管當時許多從事出版的文人或書坊都相信刻印淫穢之書與春宮畫必受其害，偏偏此類書籍圖畫又受到讀者大眾的歡迎，正如〈禁燬淫書十法〉所言：

> 每刻小說及春宮圖象，人勸不聽。以為賣古書，不如賣時文，印時文，不如印小說春宮。以售多而利速也，其家財由此頗厚。[47]

站在刻書獲利的立場，畫工或許會受到出版商的意圖控制，專以小說內容繪製「春宮圖」作為宣傳才是。學者也注意到《金瓶梅》創作的風格可能受到當時出版文化之影響，[48]但由同樣作為出版環節之一的崇禎本《金瓶梅》兩百幅繡像看來卻不出自此考量，「就像小說家一樣，畫工似乎也不希望將其做成『性學教科書』。明顯的例證，便是全部插圖緊扣小說情節，不做過多的發揮，也沒有「特寫鏡頭」」。[49]若繡像畫工將此書理解為

梅》性描寫思辯〉、傅增享：〈《紅樓夢》誨淫辯誣——《紅樓夢》與《金瓶梅》情慾描寫之比較〉，以上三篇皆收於張國星編：《中國古代小說中的性描寫》（天津：文藝出版社，1993），頁 191-223、康正果：《重審風月鑑：性與中國古典文學》（臺北：麥田出版社，1996）、劉輝：〈《金瓶梅》的歷史命運與現實評價——之一：非淫書辯〉，收於盛源、北嬰編：《名家解讀金瓶梅》（濟南：山東人民出版社，1998 年），頁 106-123、陳益源：〈淫書中的淫書？——談《金瓶梅》與豔情小說的關係〉，陳益源：《古典小說與情色文學》（臺北：里仁書局，2001），頁 55-85、胡衍南：《飲食情色《金瓶梅》》（臺北：里仁書局，2004）、胡衍南：《金瓶梅到紅樓夢——明清長篇世情小說研究》第一章「《金瓶梅》非『淫書』」（臺北：里仁書局，2009），僅此略提不再贅述。

46 〔荷〕高羅佩言：「在《金瓶梅》中沒有當時淫穢小說中特有的那種對淫穢描寫的津津樂道，即使是在大肆渲染的段落裡，也是用一種平心靜氣的語氣來描寫。」〔荷〕高羅佩著、郭曉惠等譯：《中國古代房內考：中國古代的性與社會》（臺北：桂冠出版社，1991），頁 304。

47 見佚名：〈禁燬淫書十法〉之七，收於王利器輯錄：《元明清三代禁毀小說戲曲史料》（上海：上海古籍出版社，1981），頁 239。

48 如商偉指出，重要作品如四大奇書之一的《金瓶梅》之寫作風格，與當時通俗讀物中的分欄出版品之版式有相通之趣。Shang Wei, "*Jing Ping Mei Cihua* and Late-Ming Print Culture", in Judith Zeitlin and Lydia Liu, eds., *Writing and Materiality in China: Essays in Honor of Patrick Hanan* (Cambridge: Harvard University Asian Center, 2003), pp. 138-187.

49 陳平原：《看圖說書——小說繡像閱讀札記》（北京：生活・讀書・新知三聯書店，2003），頁 55。

「淫書」，或為其作畫只是為了增加宣傳的商業獲利手段，繡像定不吝出現情色場景作為號召，即使小說敘述僅以幾筆帶過，仍選取情色場景放大突顯。但二百幅繡像中，畫工所繪之情色場景僅約佔百分之二十。[50]可見畫工明白《金瓶梅》並非性書或淫書，即使回中有著性描寫，畫工也考慮此橋段是否為此回要點，確定此景掌握了回目重心才選取作畫。

《金瓶梅》的人物性格與劇情轉折的細節往往就出現在情色場景中，就算畫工正確理解了小說的定位，受到回目的依從條件，繡像仍會出現情色場景。而出現情色場景的三十九幅繡像中，往往有著大量的留白，與傳統春宮畫的作畫方式相當不同。春宮畫不僅在中國自漢代即出現，在世界各地也早有源頭；作為房中術的情趣工具，春宮畫不僅是教學之用，尚有更大的娛樂與裝飾性質。所以世界各地的春宮畫儘管各有風格，但畫風精細、不留空白卻是共通的，且常出現隱喻生育的瓜果作為裝飾，[51]或是進入文人傳統以花隱喻女性身體。[52]但不論是何者系統，春宮圖作畫傳統來自院畫，講求畫面豐富，筆調寫真風格宮麗是可以確定的。

尤其明代春宮藝術延續了前期的教育目的及插畫功能，又因印刷版畫的技術得以大量複製，消費結構的驟變，使文人藝術作品不再侷限流通於文人的階層，而隨著出版物的普及逐漸的擴散到社會各個層面，故明代出現了許多艷情小說如《肉蒲團》、《繡榻野史》、《隋煬艷史》等等，且多附有插圖，另有春宮畫冊如《風流絕暢》、《江南銷夏》等等流通。[53]明代受到文人畫家如唐寅、仇英等的創作影響，較好的春宮畫或艷情小說的插圖大多並不畫裸體，而是穿著衣服半裸，或運用挑逗性的暗示或象徵，但也大多有著明顯的裝飾性質。崇禎本《金瓶梅》繡像出現情色場景卻總是伴隨著大量留白，而留白是來自老莊哲學的文人畫傳統，與當時春宮畫或一般艷情小說的插圖有著明顯的

50　在一百回回目中，近八成的文本提及情色場景，100 回回目中明顯暗示的有 40 回 54 句，但繡像真正畫出情色場景的僅有 39 幅。

51　詳見林玉麟：《晚明春宮版畫圖像與社會意識之探討》，私立東海大學美術研究所美術史與美術行政組碩士論文，2003 年。

52　春宮畫的圖像符號，主要根源有兩個系統：一為「民間系統」，如取之祕戲圖中有助於生育吉祥的表徵，如桃子、石榴、瓜類等都寓意著子孫繁衍。另一種則是「文人系統」，主要來自於色情文學的語言，如瓶子、牡丹、蓮花等都象徵了女人性器及女子本身。當春宮畫被大量複製銷售時，其本身意涵會開始產生簡化。就功能性而言，晚明春宮版畫比較起春宮畫更純化成娛樂的媒體，對於求子及性教育等功能幾乎微乎其微了。詳見吳哲銘：《墮落與沉淪的情慾飛舞——明代春宮畫的審美與象徵》，國立臺灣師範大學美術學系在職進修碩士班碩士論文，2004 年。

53　詳見〔荷〕高羅佩著、郭曉惠等譯：《中國古代房內考：中國古代的性與社會》（臺北：桂冠圖書公司，1991），頁 301-046。

差別。上圖由右自左分別為明萬曆刊本《風流絕暢》的「春睡起」套色版畫、明崇禎刊本《新鐫全像通俗演義隋煬帝艷史》第一十四回「泛龍舟煬帝揮毫」、明萬曆刻本漢劉向撰明仇英補圖《列女傳》、崇禎本《金瓶梅》第八十二回「陳敬濟美一得雙」。《風流絕暢》屬於明代套色春宮畫冊，採取半裸人物像，衣飾、服飾、床上的鋪蓋以及床圍上的屏風都具有濃厚的裝飾畫性質；《隋煬帝艷史》屬於歷史演義小說，但內容有許多風流艷史，此書版畫同樣是受到大家矚目的「精絕」，也與崇禎本《金瓶梅》繡像同樣出自徽派名手所刻，富麗精細的程度連龍舟上的極小裝飾都如實繪出，具有很明顯的裝飾性質；仇英是「明四家」[54]中唯一不是文人背景而是以工匠出身的名畫家，晚明的春宮圖有了文人色彩就是因為他與唐寅的功勞，由《列女傳》的附圖便可見同樣是以半著衣的仕女，服飾並有多種花卉作為暗示。相較於前面三部作品，可見崇禎本《金瓶梅》繡像比起其他插圖有了更多的留白與意境，裸身與否由小說內容定奪（如上圖陳經濟、潘金蓮、春梅三人便依照小說文字提示皆是裸身），不流從於當時著衣半裸的挑逗風尚，比起仇英還尚帶有裝飾與象徵性質，崇禎本《金瓶梅》繡像是在精細與娛眾之外，更突破傳統春宮畫的裝飾與象徵傳統，以及艷情小說插圖的富麗精細特色，改以更多的簡筆與留白去遮蓋、昇華。

在明清文人爭論《金瓶梅》是否為「淫書」，以及艷情小說與春宮圖作為暢銷保證的書坊主持意識下，繡像畫工早已將自己對小說「淫書」與否的理解表現在創作態度中。所以崇禎本《金瓶梅》繡像並未以「春宮圖」作為宣傳號召，就算回目出現了情色場景的提示，畫工也未必如實重現，故回目限制與實際出現春宮畫的數目有所落差；又即使繪出情色場景，也不似傳統春宮圖或艷情小說插畫般總是置於畫面中央，而是以大量的留白或以視角巧妙的遮蓋，這樣突破春宮畫傳統而改以文人畫傳統的留白進入，可見畫

54　「明四家」指明代四位名畫家沈周、文徵明、唐寅、仇英，又稱「天門四傑」、「吳門四家」。

工在面臨「春宮與否」的抉擇時早已做了判斷：首先理解了《金瓶梅》的情色描寫乃是表現人物性格與情節推進之所需，但主旨並非全是誨淫，自然也就不願放大、強調春宮場景作畫；二來繪製情色場景時，有意以文人畫傳統的留白與視角轉換沖淡情色，可知畫工並非單純的畫匠依照小說回目作畫，早在創作初始的「非春宮圖」風格，就確立了畫工對小說的閱讀態度並非一般通俗讀者，加上繪製情色場景時有意與春宮圖區別改以文人畫傳統進入，則更可見畫工是有意識的再創作。

小說插圖的進入，原本只是為了娛樂之用，加上其直觀性，使在文人階層之外得以擴大讀者群眾，「書籍的插圖，原意是在裝飾書籍，增加讀者的樂趣的。但那力量，能補助文字之所不及，所以也是一種宣傳畫」。[55]在印刷興盛的明代，書籍配有插圖成為了最有力的宣傳，幾乎到了無書不圖的地步，《玉茗堂摘評王弇州艷異編》言：「古今傳奇行於世者，靡不有圖」，[56]崇禎本《金瓶梅》的兩百幅繡像便是在這樣的時代背景下應運而生，且與其他小說插圖有著特殊之處。首先《金瓶梅》不同於其他四大奇書有著圖像較容易表現的宏偉敘述，其場景多在私家宅院閨閣，且特色就在於其瑣碎的日常對話，劇情高潮迭起之處更常見凶殺、偷情等脫出倫理道德之景，故不同於其他小說戲曲插圖，為這部奇書作畫便要極力避免醜惡的直現，以不違背造形藝術美的原則，故相較於其他小說插圖的「不留空白」版畫傳統，崇禎本《金瓶梅》繡像畫工選擇了以文人畫的大量留白入世情之醜出於畫面之美。再者，面對將《金瓶梅》中許多篇幅的性描寫轉換為圖像，畫工並不是選擇了普通讀者對於小說的一般認識，也不是選擇了出版營利作為銷售保證的「春宮圖」，雖然依從小說內容繪製情色場面，但實際繪出的畫幅與回目提示的數目少於四分之一，就算是情色場景，也突破明代春宮畫的裝飾與挑逗性質，而是以大量的留白與簡筆創作。如此便可知，崇禎本《金瓶梅》繡像儘管原本以娛樂目的出現，由於小說本身的特殊性質與畫工的意識進入，使繡像有別於其他小說插圖具備更多突破傳統與不同商業思考的特色。儘管崇禎本《金瓶梅》繡像無法脫離小說單獨存在，卻由其特色見畫工並非純粹營利的匠之流，而是對小說有一定程度正確理解，並不惜突破版畫與春宮畫傳統將自己的理解與詮釋進入畫面的聰明讀者。

55　魯迅：〈「連環圖畫」辯護〉，收於魯迅：《魯迅全集》第四卷（上海：上海人民出版社，1981），頁446。

56　轉引自徐小蠻、王福康：《中國古代插圖史》（上海：上海古籍出版社，2007），頁359。

第二節　從插圖到評點——繡像與小說的互滲

晚明正逢中國出版印刷史上質量兼具的高峰期，如羅樹寶言：「明代是我國書籍印刷插圖藝術發展的高峰，數量之大、形式之多、圖畫水平之高、刻印技術之精，都是宋元時代所無法相比的。即使了清代，也未能達到明代的規模與藝術水平」。[57]種種條件造就了小說刊印的繁盛榮景，且為了吸引讀者目光增添閱讀樂趣，刻書附圖成了出版風尚，也成為小說印刷出版不可或缺的一環，如果將整本出版物視為一件經過整體設計規劃的產品，插圖在其中所扮演的角色亦不可小覷。正因為通俗小說通常都具有商品性格，書坊主人為了促進書籍的銷售，往往會增添插圖和評點，以吸引讀者的注意[58]。書坊競爭激烈下，插圖形式也益加求新求變，部分刊本甚至不再以圖像直接與敘事文本相對應，而是圖繪從文本中擷取出來的韻文對句，其表現形式更接近於繪畫傳統中的詩意圖。[59]崇禎本《金瓶梅》的插圖雖未發展至後期的「詩意圖」的形式，卻已是當時嘗試以文人畫傳統進入的創新之舉了。

再加上崇禎本《金瓶梅》乃是現存最早的評本，[60]自萬曆三十八年（1610）容與堂出版《李卓吾先生批評忠義水滸傳》後，刻印小說附插圖與評點逐漸成為宣傳必須的手法，可能因此也逐漸改變了讀者的閱讀習慣，書坊主導的插圖也逐漸由敘事圖轉為帶有評點、詮釋文本的走向，如此一來小說插圖便不僅是單純的娛樂之作，而是如同評點一般帶有讀者觀點的文本。如何谷理（Robert E. Hegel）研究《西遊補》的十六幅插圖，在分析其圖文關係後發現，這些圖並非與敘事內容相呼應，但可能有針對整體文本的再思索之意，這其實也就是評點的功能。[61]崇禎本《金瓶梅》的兩百幅繡像於前一小節已論證了與其他小說的不同之處，其創新與圖文轉譯的工程原本就會帶有畫工的意識進入，如此向下推論，繡像是單純的敘事畫，或是尚帶有詮釋敘事文本的另一種形式「評點」，憑藉畫工對小說的理解程度與詮釋能力高下。圖像與文字的特性為何，如何透過圖像轉譯

57　羅樹寶：《中國古代圖書印刷史》（長沙：岳麓書社，2008），頁220。

58　詳見陳大康，《明代小說史》，（上海：上海文藝出版社，2000），頁573-575。

59　詳見馬孟晶：〈耳目之玩——從《西廂記》版畫插圖論晚明出版文化對視覺性之關注〉，《美術史研究集刊》第13期（2002年9月），頁201-276、279。

60　劉輝：「探究《金瓶梅》的成書過程，《新刻繡像批評金瓶梅》的地位和價值是不容忽視的。這不僅僅是因為它是我們目前所看到的最早一部《金瓶梅》評本，而且還在於它的出現，標誌著小說《金瓶梅》的最後寫定。」劉輝：《金瓶梅論集》（臺北：貫雅文化，1992），頁99。

61　詳見 Robert E. Hegel, "Picturing the Monkey King: Illustrations of the 1641 Novel *Xiyou bu*", in Wilson, Ming, and Stacey Pierson eds., *The Art of the Book in China*, Colloquies on Art & Archaeology in Asia No. 23, (London: Percival David Foundation, 2006), pp. 175-191.

文字的過程加入自己的創造，《金瓶梅》的文字特性又與其他小說有何差別導致畫工必須另闢蹊徑有更大的創造空間，繡像並由此有了文學性，以及如何帶有評點性質參與文本，以下茲分節討論。

一、詩意於線條之間——明代小說版畫的藝術性與文學性

西方繪畫注重色彩，重視立體感、透視感與光影變化，追求所謂的「擬真」。中國傳統繪畫則注重線條白描，不在意遠近比例改變和透視真切與否，只追求所謂的「寫意」，以為太過逼真寫實反而喪失畫中意趣。版畫由中國傳統繪畫而來，只是以刀代筆，撇開了毛筆尚能以墨色濃淡表現渾染皴擦的手法，以「洗去鉛華，獨存本質」的白描線條作畫，且擁有一版可以多重複製的特性，順應著明代印刷術的興起與書坊的刻書的興盛，版畫逐漸成為了小說戲曲出版的必需，且因競爭激烈，版畫的派別也逐漸發展出不同的特色。

從最一開始由上圖下文到大幅插圖、風格粗放簡樸的建安派，到畫面有如舞臺場景、線條粗壯善用圖案花紋充實空白的金陵派，再到線條細膩、佈局頻穩的武林派。到了萬曆版畫黃金時代的「天之驕子」[62]徽派，版畫更逐漸由為使演員「照扮」的戲曲舞臺細節圖釋[63]與圖案裝飾性質，逐漸帶有文人畫色彩的走向——因為有了「徽刻之精在於黃，黃刻之精在於畫」的黃氏刻工名手，徽派逐漸創造出富麗精工、景大人小、典雅脫俗等有「有文人書卷氣」[64]的改變。崇禎本《金瓶梅》繡像正來自徽派之手，其中不乏劉啟先、洪國良與黃氏刻工黃建中、黃子立等名匠，故繡像精麗纖巧、線條優美。雖然彩色套印的技術在元代就已經出現了，但崇禎本《金瓶梅》繡像仍然選擇單色套印，一方面大多數的小說版畫都是單色，二方面也可能是小說版畫動輒上百幅的成本不敷所致，如

62　鄭振鐸:「他們(徽派刻工)是中國木刻畫史裡的『天之驕子』……是成為萬曆的黃金時代的支柱……他們像彗星似的突然出現於木刻畫壇上。他們的出現，使久享盛名的金陵派、建安派的前輩先生們為之黯然失色。」鄭爾康編：《鄭振鐸藝術考古文集》（北京：文物出版社，1988），頁 376。

63　周心慧：「戲曲版畫的功用，並不僅僅在於從審美角度來提高圖書的藝術欣賞價值，同時也是梨園搬演的圖釋指南。這樣就更容易理解不少早期的戲曲版畫，在人物造型上為什麼宛若舞臺演出的寫真，身段、動作無不畢肖了。書肆老闆們對於戲曲本子插圖的重視，總看起來超過其他題材的創制，這當也是原因之一。」周心慧：〈古本戲曲版畫圖錄序〉，收於周心慧：《股本戲曲版畫圖錄》第一冊（北京：學苑出版社，1997），頁 13。

64　周蕪：「徽派版畫是我國傳統版畫在特定時期的一種表現……如若撇開共性，探討它的個性或較特殊性，我以為徽派版畫的細密纖巧、富麗精工、典雅靜穆、有文人書卷氣，也有民間雅拙味，可以作文人案頭讀物，也可為村婦書童所理解，真是雅俗共賞。」周蕪：《徽派版畫史論集》（合肥：安徽人民出版社，1983），頁 13。

此便不能表現小說中的色彩。加上清代版畫才逐漸融入西方的透視法和明暗法，所以明代崇禎本的繡像基本上也無法表現空間遠進與細節的立體感。僅管單色木刻版畫對於呈現小說內容有種種限制，「插圖既為配合輔佐，自非關注知本體，因此其設計構圖，亦自不必就此過度費心，以營造情感預期想像之空間」；[65]但誠如前文所言，畫工在限制之外開出了更多的可能性，所以繡像在娛樂通俗的藝術性質之外，得以建構出代表畫工閱讀態度並指引閱讀的文學性。

不同於戲曲版畫強烈的圖釋指南性質，小說版畫原本就屬於「敘事畫」，世代有通俗文學性質的藝術品，只是不似西方的敘事畫必須涵蓋個故事內容，因為出版基本上還是以小說為主體，版畫僅是輔佐娛樂之用，故一般以為小說版畫的藝術性高過於其敘事性與文學性。只是誠如前文所言，圖文轉譯時必須加入畫工一己的理解與意識，在碰到圖像無法如文字表現的困境時，版畫的獨立性便會出現，用圖像擅長的方式去詮釋小說，此時雖然還在文本範圍，卻已加入了畫工的讀者意識，繡像不僅是娛樂讀者的複製藝術，也代表的畫工的閱讀觀看位置。且圖像的直觀性帶有極大的引導作用，透過繡像的指引閱讀，讀者彷彿由評點文字引領，不知不覺站在畫工所提供的最有利的觀看位置。繡像成為了另一種形式的評點，代表了明代畫工的閱讀態度與理解，並嘗試指引讀者閱讀。如何谷理所言：

> 插圖本就是根據文本的情節而轉譯為圖像，所呈現出來的可說是畫工對於文本的一種理解與詮釋的角度，再加上書坊基於銷路的考量，常常會順應讀者的需要或喜好，來作書籍內容的整體規劃，而且如同評點文字常可提供閱讀的指導，插圖也可能影響讀者閱讀文本的模式或習慣。從插圖的表現方式，或許也可以間接地分析讀者對於文本的閱讀方式或反應[66]。

插圖影響讀者的閱讀方式有無改變，我們現今無法掌握確切的證據，但是由崇禎本《金瓶梅》繡像的獨創如運用文人畫傳統使用大量留白、場景與視角的選擇多變多具深意、窺視場景的引誘再觀看真正重心等等，都可見畫工並非因其輔佐性質而不費心創作，反而是有企圖地根據自己對文字的理解和想像進行再創作，使繡像的文學性除了略說故事的敘事畫外，還具備了詮釋文本的評點性質。

明代除了小說文體的興起之外，讀者意識抬高之後也逐漸形成了所謂的「評點」風

---

65 胡萬川：〈傳統小說版畫插圖〉，《中外文學》第 16 卷第 12 期（1988 年 5 月），頁 45。

66 Robert E. Hegel, *Reading Illustrated Fiction in Late Imperial China*, (Stanford: Stanford University Press, 1998), pp. 1-17.

氣，許多文人甚至不願具名者，由流連欣賞文本到忍不住「漫附數言於篇末」、「忽加贅語於幅餘」，表達自己的觀感與情緒「聊抒興趣、既自怡悅」之餘，更會將評點公開流傳「願共討論」。[67]是故晚明出版小說搭配評點也逐漸蔚為風氣，大量的小說在出版時會以配上名家評點作為宣傳號召，崇禎本《金瓶梅》出版時也帶有不具名人士的評點。譚帆以為評點者可說是最初的讀者，提供他自己閱讀文本的一種角度與心得，對於讀者的閱讀也有引導的功能。並指出晚明小說評本「由文人隨意賞讀到有意識批評的發展趨向」裡的模式，與當時小說評本流行的通例相同，可說是晚明到清初最為主流的評點形式。[68]也就是因為如此，附於小說的插圖也逐漸由一開始的娛樂取向，逐漸受到書坊主持意識的影響，嘗試將敘事插圖加入了詮釋。此時武林派、徽派的小說版畫開始走向全幅、景大人小，這樣為版畫鑄入更多詩意的創新的舉動受到讀者歡迎，無疑是為出版書肆打了強心劑，期待畫工於版畫的藝術審美與敘事功能之外，能加入更多思考與理解。《金瓶梅》之前的繡像就有些許小說插圖的畫工嘗試為敘事畫加入後設的評點，如何谷理（Rober E. Hegel）在研究 1641 年刊《西遊補》插圖時就發現，十六幅插圖集中出現於書前，看似符合與該小說的十六回文本相對應的通例，但若仔細觀察，便會發現十六幅中有六幅是與內容有關的敘事畫，另十幅則是簡約描繪物品或風景，其上各有題字標示主題。分析其圖文關係後發現，這些圖並非與敘事內容相呼應，但可能有針對整體文本的再思索之意，這其實也就是評點的功能。[69]

插圖敘事之外嘗試評點可說是晚明小說版畫的創新與風氣，只是《西遊記》、《西遊補》等等在主題與人物上就與《金瓶梅》有著明顯的差別，《水滸葉子》更是原本就由名畫家陳洪綬起草畫稿，插圖有著敘事之外的評點較為容易甚至顯得理所當然。《金瓶梅》如前所言，是一部有著市井腔調演述平凡一家日常生活的世情小說，脫去了英雄神魔想像反將現實中的「醜」引進文學，且背負著疑似「淫書」的惡名，光是淫書與否就在明代文人之間引起激戰。其性描寫與「村腔野調」的特性造就了為其作畫的矛盾與艱難，崇禎本《金瓶梅》繡像畫工的閱讀態度和詮釋角度便與小說本身以及評點立場一樣重要，他可以如凡夫俗子般呈現嗜窺春宮的惡趣味並對於作畫困難之處置之不理，也可以在書坊甚至文人與評點的提示下加入自己的想法，嘗試將焦點轉為「人情之險」。

67　此句（含）以前的引文皆出自〔清〕張潮：《虞初新志（二）》（臺北：廣文書局，1968），頁 652。

68　譚帆，《中國小說評點研究》（上海：華東師大出版社，2001），頁 45-52。

69　Robert E. Hegel, “Picturing the Monkey King: Illustrations of the 1641 Novel *Xiyou bu*”, in Wilson, Ming, and Stacey Pierson eds., *The Art of the Book in China*, Colloquies on Art & Archaeology in Asia No. 23, (London: Percival David Foundation, 2006), pp. 175-191.

故即使當時有許多小說插圖嘗試加入了畫工自身的詮釋，崇禎本《金瓶梅》繡像所帶有的詮釋與評點仍足以與小說本身之「奇」相互輝映，因為由繡像不同於其他小說的大量留白可見畫工從根本的閱讀態度就不是將其視為淫書，否則也不必引入文人畫的傳統遮蓋並昇華世情；再者，儘管繡像全為敘事性質而無一類似「題畫詩」、「詩意圖」的畫作，但其場景與視角的變換之頻繁與隱藏的觀看角度，都不是一般小說插圖可比擬，更不用說畫工還會於回目與文本限制之外新增窺視者指引閱讀的強烈評點企圖。

崇禎本《金瓶梅》繡像在備受肯定的藝術性外，如同當時小說插圖有詮釋性質的潮流，其文學性尚兼具敘事與詮釋的評點特性，並因其小說題材與語言文字的特殊，使繡像所表達與嘗試引導的評點更具理想讀者的架式，如何谷理所言，若將插圖與評點視為一種閱讀的觀點，小說中最基礎的敘事性似乎就不再是唯一的詮釋方式，「儘管在閱讀過程中，本文的潛在意義永遠也不可能被讀者全部實現[70]」，拜晚明評點本與插圖走向詮釋的潮流所致，繡像得以與小說出版時所附的評點兩相對照，各自呈現不同閱讀角度，或是有所交會的共同點，「引誘讀者既參與作品意向的形成，又參與對作品意向的理解」，[71]使讀者不致迷失錯認小說主旨。

二、時間之詩與空間之畫——圖像與文字之特性

文字與圖像有著不同表現特性，繡像既然必須依從小說文字的內容，將之轉換為圖像，就必須注意到不同藝術表現方式的特長相異。前文所提及的「創造」也依此而來。歷來認為文字與繪畫雖屬於不同屬性的表現媒材，卻似乎有著共通的表現力。文字與圖像都是摹仿的藝術，確實有著感通的可能，但二者擅長的表現特性在不同方面。

文字和圖像同屬模仿對象的藝術手法，只是所使用的媒材不同，但同樣都是表現某一樣事物的方法。想要表達某種思想或事物，文字和圖像都必須用符號表示，誘發讀者和觀者的想像，如萊辛所言：

> 因為凡是我們在藝術作品裡發見為美的東西，並不是直接由眼睛，而是由想像力通過眼睛去發見其為美的。通過人為的或自然的符號就可以在我們的想像裡重新喚起同實物一樣的意象，所以每次也就一定可以重新產生同實物所產生的一樣的快感，儘管快感的強度也許不同。[72]

---

70 〔德〕Wolfgang Iser 著，霍桂桓、李寶彥譯：《審美過程研究——閱讀活動：審美響應理論》（北京：中國人民大學出版社，1988），頁 29-31。

71 同上註。

72 〔德〕萊辛（Gotthold Ephraim Lessing）著，朱光潛譯：《拉奧孔》（合肥：新華書局，2006），頁 44。

不論文字或圖像都可以重新喚起我們對故事內容如實呈現般的意象，一般也都認為文字和圖像有著某些共通的特性。但是二者的特性是截然不同的，即使表現的是同一事物，也會因為表現能力的不同，而有著不同角度的展現與誘發想像的不同強度。

中國先是注意到詩歌與繪畫之間的關係，蘇軾評王維詩：「詩中有畫，畫中有詩」，[73]並以為「詩畫本一律」；[74]宋代畫家郭熙則言：「詩是無形畫，畫是有形詩」，[75]說明了詩與畫之間有著共通的特性，並深深影響了之後的詩歌發展與文人畫。但畫家們早已注意到，儘管詩畫有著共通的特性，但畢竟是兩種不同表現媒材且特性不同。唐代張彥遠於《歷代名畫記》言「宣物莫大於言，存形莫善於畫」，[76]說明了文字擅長敘述事物，而繪畫則能完善表現物體形狀外貌；邵雍〈史畫吟〉也言類似的道理：「史筆善記事，畫筆善狀物；狀物與記事，二者各得一」，[77]萊辛則於《拉奧孔》進一步認定詩擅長表現時間連續性的人為符號，畫則是屬於空間性的自然符號，[78]文字可以用書寫描寫醜並使人憐憫而成美，然而圖像因其具像化故必須避醜為美；因文字為了美感無法以圖畫式的描繪鉅細靡遺地提供線索，圖像如果模仿文字，就必須採取不同方式表現或將其遮掩使觀者自行想像。又詩有其前後文連續性鋪述據情，圖像因表現是定於某一時間點的，故造型藝術多半選取劇情達到高潮孕育最豐富的那一刻以提示前後發展。[79]承萊辛對於詩/畫界線的論述，錢鍾書於〈中國詩與中國畫〉中也提到了詩畫有其共同性又各具特殊性，只是於〈論拉奧孔〉一文更為肯定詩歌的表現層面比繪畫更為廣闊，且藝術擅長的原則文字藝術裡同樣可以運用，即便明清小說的評點和繡像亦運用此原則使讀者自行閱

---

73 蘇軾於〈書摩詰藍田煙雨圖〉言：「味摩詰之詩，詩中有畫；觀摩詰之畫，畫中有詩」，詳見（宋）蘇軾：《東坡題跋》（臺北：臺灣商務印書館，1966），頁137。

74 〈書鄢陵王主簿所畫折枝二首〉的第一首言：「論畫以形似，見與兒童鄰；作詩必此詩，定非知詩人。詩畫本一律，天工與清新。」詳見〔宋〕蘇軾：《東坡題跋》（臺北：臺灣商務印書館，1966），頁45。

75 〔宋〕郭熙：〈林泉高致〉，收於俞劍華編：《中國畫論類編》（臺北：華正書局，1984），頁640。

76 〔唐〕張彥遠：《歷代名畫記》（臺北：臺灣商務印書館，1971），頁3。

77 〔唐〕邵雍：〈史畫吟〉，〔唐〕邵雍：《伊川擊壤集》，收於《四部叢刊·集部》卷四十八（臺北：臺灣商務印書館，1965），頁64。

78 詩和畫固然都是摹仿的藝術，由於摹仿概念的一切規律固然同樣用於詩和畫，但是二者用來摹仿的媒介和手段卻完全不同，這方面的差別就產生出他們各自的特殊規律。繪畫運用於空間中的形狀和顏色。詩運用於時間中明確發出的聲音。前者是人為的符號，後者是自然的符號，這就是詩和畫各自特有的規律的兩個源泉。〔德〕萊辛（Gotthold Ephraim Lessing）著，朱光潛譯：《拉奧孔》（合肥：新華書局，2006），頁196。

79 同上註。

讀判斷，但造型藝術卻很難表達「比喻」和文字「似是而非、似非而是」的情景。[80]

前人大多辯證詩與畫的特性異同，雖然詩歌比起小說文字更精煉隱晦，但以上論述則大致可見文字與圖像的共通性與表現特長在何處：文字擅長表達時間的連續性與抽象的抒情心緒，圖像擅長組構一剎那的虛擬空間和具體的物象，二者各有專擅與限制，這是藝術媒材各自的表現特性。小說插圖既作為文字的圖像式再現，畫工勢必面臨兩種不同媒材表現特性相異的困難，雖然繡像必須完全依從回目限制，但當面對無法表現小說的抽象情緒或是連續動作時，就必須加入自己的詮釋，改以圖像容易表現的方式呈現出文本內容：

> 圖像盡量要忠於文字，這是圖像對文字的服從性，但是，由於媒材的限制，當對於抽象的、時間性的文字，無法服從時，圖像會有自己的獨立性格出現，似乎無可厚非，這種獨立性，通常是宕出詩文之外去尋找。[81]

如此圖文轉譯的過程中就不僅是機械化的表現媒材轉換，而是必須有理解與詮釋進入的創作，繡像也不再只是模仿的藝術，而有了獨立性格作為與小說並列的文本。

《金瓶梅》由《水滸傳》的支線演發而出，共一百回，屬於白話小說且文字充滿市井風格，夾雜了大量的說唱、詞曲等，詳實了紀錄了明末的文化現象，是中國小說由傳奇走向寫實的代表作品，不僅代表著世情小說的興起與影響，也代表著小說觀念的轉變。魯迅稱其：

> 作者之于世情，蓋誠极洞達，凡所形容，或條暢，或曲折，或刻露而盡相，或幽伏而含譏，或一時并寫兩面，使之相形，變幻之情，隨在顯見，同時說部，無以上之……就文辭与意象以觀《金瓶梅》，則不外描寫世情，盡其情僞，又緣衰世，万事不綱，爰發苦言，每极峻急，然亦時涉隱曲，猥黷者多。[82]

可知作為繡像摹仿的對象，《金瓶梅》小說主要描述的是西門慶一家之事以及發跡之過程，不論大小事皆描寫詳盡，給予畫工充足的提示。但情節總在對話與日常瑣碎中推展，回目的重點往往是屬於時間程序的動作或是埋下伏筆的對話。如第二十五回的下半回目「來旺兒醉中謗訕」，言家僕來旺聽雪娥說西門慶與自己老婆宋惠蓮私通，一日喝醉了便

80 詳見錢鍾書：〈讀《拉奥孔》〉，收於錢鍾書：《七綴集》（臺北：書林出版公司，1990），頁35-59。

81 毛文芳：〈於俗世中雅賞——晚明《唐詩畫譜》圖像營構之審美品味〉，《通俗文學與雅正文學全國學術研討會論文集》第一集（臺中：國立中興大學中國文學系，2005），頁332。

82 魯迅：《中國小說史略》（香港：三聯書店，2001），頁89。

於家門前口無遮攔言：「由他，只休要撞到我手裏。我教他白刀子進去，紅刀子出來。好不好，把潘家那淫婦也殺了，也只是個死。」偏巧被與其不合的來興兒聽見，種下之後被陷害遞解徐州之因。

此回目重點為來旺醉中失言，但是版畫無法表現語言，只能重現來旺於家門前的醉態，但是由於醉態作者無明確交代，白描線條又難以表其顏色，繡像只能退而求其動作，並加入了一旁潛聽的來興增加衝突性，畫面上下都留白去突顯回目主角（見右圖）。此幅繡像的大量留白與來興潛聽位置，乃至來旺的醉態其實小說都沒有明顯提示，也正是如此畫工得以超出小說文本，透過留白與人物配置構圖等圖像擅長表現的空間性、具體性的姿態與配置細節，描繪詮釋木刻版畫所無法重現的「醉中謗訕」。

圖像屬於空間式的展現，雖然無法呈現對話與連續，但是共時與寫形狀外貌的展現卻是文字無法精確表達的。崇禎本《金瓶梅》繡像中出現的房舍、家具以及服飾等，精準再現的程度即使文字描述亦無法比擬。[83]另文字擅長時間性的序列，可以透過許多修辭使讀者意象更為清晰，卻仍有極大的想像空間；但是共時性發生之事，小說只能透過言語告訴讀者不同事件在同時發生，敘述時仍必須分別說明。小說版畫由於屬於定點的空間呈現，儘管由於造形藝術的限制所以不可能做到動態連續動作的重現，而是只能透過靜止的姿態靠讀者的想像進入而發動。[84]但也正是因為無法表現時間性，故可達到共時的效果，只要在畫面作空間切割，讀者就會明白這是同時之間發生的事。

如第九回「武督頭誤打李皂隸」，言武松回來聽聞武大遭害的消息，暴怒之下向西

83　詳見 Craig Clunas. 1992. "The Novel *Jin Ping Mei* as a Source for the Study of Ming Furniture" *Orientations*, 23.1:60-68.

84　萊辛：「由於造型藝術的侷限，他們所表現的人物都是不動的。他們顯得彷彿在活動，這是我們的想像所附加上去的；藝術所作的只是發動我們的想像。」〔德〕萊辛（Gotthold Ephraim Lessing）著，朱光潛譯：《拉奧孔》（合肥：新華書局，2006），頁 211。

門慶尋仇，卻誤打了當時與西門慶喝酒的「裡外賺」李皂隸。繡像於畫面中央左側畫出了盛怒的武松，正用雙手將向樓後窗尋出路的李外傳提起「隔著樓窗往外只一兜……撲通一聲，倒撞落在當街心裡」，樓內有背對畫面的一人驚慌逃走，桌椅淩亂，足見小說中「一腳把桌子踢倒，碟兒盞兒的都打得粉碎」的混亂場景。小館樓下的酒保見狀驚得呆了的情狀也如實呈現。而真正應挨打的西門慶聽聞武二告狀尋仇的風聲，在酒樓時早已「推更衣，走往後樓躲避」，驚慌逃走的西門慶逃到行醫的胡老人家院中，還碰見了如廁的丫頭被當賊：「只見他家使的一個大胖丫頭，走來茅廝裡淨手，蹶著大屁股，猛可見了一個漢子趴伏在院牆下，往前走不迭，大叫：『有賊了！』慌的胡老人急進來。看見，認得是西門慶」。武松誤打李皂隸與西門慶逃至胡家茅廁撞見丫頭是同時進行但在不同場景發生之事（見左圖）。小說中必須分別敘述同一時間不同空間所發生之事；繡像儘管不能表現連續動作，卻能切割畫面，並置戲謔一誤打一逃亡的場景，告訴讀者這共時性的衝突，而不需多加著墨。

插圖依從小說再現內容，但是文字和圖像有著不同的表現特性：文字是時間性的人為符號，擅長抽象事物的敘述與連續動作的陳述，儘管也可以表現空間性質的外貌，卻無法如圖像精準立即的再現；圖像屬於空間性的自然符號，擅長立即且共時性的精準寫形貌，雖然也可以透過律動暗示讀者想像其上下文關係，卻無法做到文字的細密。文字插圖依附於小說，無法脫離小說而單獨存在。但插圖勢必會面臨文字與圖像表現不同之處，就算完全依從文字限制，也會因為二者表現能力不同而必須有所「創造」，如《中國古代插圖史》中所言：

> 插圖則是圖畫作者根據自己對文字的理解和想像做出的再創作，描繪出的圖像往往也滲入了他自己的情感，同時由於繪畫者所處的時間與空間或對於作品理解深度與文字作者不同，創作出來的插圖能以更為形象的方式傳遞情感，而這種情感

往往又是文字所不能傳遞的。[85]

為小說作畫不僅要將文本文字具體化去重現於讀者面前，當中轉譯的過程勢必會觸及圖像無法如小說般自由表現的限制，也會有圖象比起小說容易表現的衝擊性與戲劇性。為了完整呈現專擅與不專擅的劇情，有時畫工勢必宕出文本限制外去尋找妥協甚至轉換之計。也正是由於圖文的不同特性迫使畫工必須加入自己的理解以達成「敘事」目的，甚至完成出版商所希望的「詮釋」與「評點」，畫工必須成為最早接觸文本的讀者之一，使繡像就不再只是大略提供情節的娛樂附加品，而是作為一個聰明讀者的評點參與文本，提供畫面之外的讀者一個閱讀角度。小說繡像因此不僅是娛樂的商品藝術，更是帶有文學詮釋的圖像評點。只惜目前絕大部分的學者都只注意到小說插圖的藝術性，忽略了圖像可能帶有的文學性質。

西方漢學家如柯律格（Graig Clunas）、何谷理（Robert E. Hegel）等人近來也都開始注意到了明清中國小說插圖，只是大多採取「圖像證史」的方式去論證文化發展。如柯律格於《大「明」帝國：明代中國的視覺和物質文化（*Empire of Great Brightness: Visual and Material Cultures of Ming China, 1368-1644*）》由解釋學（hermeneutic）的角度入手解讀明代視覺文化，以為章回小說中人物穿著形象的描寫其實也是一種想像式的物質文化，透過明代中後期發展出的印刷科技，推波助瀾地將想像的視覺文化與出版物結合，讀者的閱讀並與其身分、社會關係結合成文化風景，推動圖像流通與圖像商品化。[86]何谷理《閱讀晚期中國插圖小說（*Reading illustrated fiction in the late imperial China*）》則以為插圖的存在正好像遺迹一樣見證著不同時段的小說出版風尚，而它與繪畫本身的關係又使得藝術能夠以一種複製的方式進入到文本當中，故小說插圖自晚明開始逐漸帶有詮釋性質，作為大量複製的藝術進入文本，並與文人畫有著密切關係。[87]兩人「以圖證圖」、「以圖證史」的研究方式確實都為小說插圖的研究開了新穎的視野。但是圖像除了是出版文化的歷史材料，本身更是小說出版的緊密環節之一，乃小說文本的具體再現；就算畫工是透過說書等間接方式理解小說內容而作畫，當中也會出現屬於畫工自身的閱讀理解與觀看位置，是極可能帶有讀者意識的再創作。比起眾多小說版畫的文化面相，似乎未有學者討論與小說內容關係更為緊密的圖文關係與文本詮釋。因此筆者除了參照漢學家「以圖證圖」突顯

85　徐小蠻、王福康：《中國古代插圖史》（上海：上海古籍出版社，2007），頁 370。

86　詳見 Craig Clunas. 2007. “Empire of Great Brightness: Visual And Material Cultures of Ming China, 1368-1644” New York: University of Hawaii Press.

87　詳見 Robert E. Hegel.1998. “Reading illustrated fiction in the late imperial China” Calif: Stanford University Press.

崇禎本《金瓶梅》繡像的特殊性與高度雅化之外，更希冀能嘗試「以圖證文」回歸小說，透過繡像再現小說文本的詮釋，論證畫工其實是聰明的讀者，懂得創新去表現文本詮釋與讀者意識，企圖引誘讀者參與觀看自己所創造出的閱讀位置。

三、浮世之繪——《金瓶梅》的文字特性

《金瓶梅》之所以為「奇」，大致可由兩個方面說起：一個是小說主題方面的創新，一個是敘述語言文字的新奇。在《金瓶梅》之前的《三國演義》、《西遊記》、《水滸傳》，都在寫定以前就有許多本事、口傳文學、戲曲、甚至話本等等作為參考，皆是累積式的集體創作，故事人物也都有著特殊身分如帝王將相、神魔妖怪、俠義英雄，甚至大多還具備著特殊能力如能借東風的孔明、七十二變的孫悟空、以兩個板斧滅整個村莊的李逵等。

《金瓶梅》儘管由《水滸傳》的支線衍伸而出，卻不似其它三本奇書有著歷代累積的資料，尤其是崇禎本基本上情節已經幾乎無涉《水滸傳》，是首部由文人獨立創作的章回小說。[88]且主題方面如夏志清所言：

> 就題材而論，《金瓶梅》在中國小說發展史上無疑是一個里程碑；它已跳出歷史和傳奇的圈子而處理一個屬於他自己的創造世界，裡邊的人物均是世俗男女，生活在真正的、不復給人雄偉感的中產階級的環境裡。雖然色情小說早已有人寫，但他那種耐心描寫一個中國家庭中卑俗而且骯髒的日常瑣事實在是一種革命性的改進，在以後中國小說的發展中也鮮有任何作品能與之比擬。[89]

小說主題跳出歷史與傳說，寫的是西門慶一家日常瑣碎與興衰，人物也不具特殊身分或特殊能力，就算西門慶最後官至提刑，也是由買官獻媚而來。小說之「獨創性」由此彰顯，故事內容寫尋常世界尋常百姓中發生的不尋常，情節是再平凡不過的家常世情，「不外描寫世情，盡其情偽」，[90]卻又有著世紀末狂歡般的誇張豪奢與淫樂，「在始終未盡

---

[88] 由於書中有許多前後矛盾與明顯錯誤之處，故有些學者以為《金瓶梅》不可能只出自一個文人之手，只是現在我們沒有任何證據斷定曾有過《金瓶梅》故事的早先形式，就算有許多民間曲藝如《子弟書》確實取材自《金瓶梅》片段，但大多數學者分析後仍主張這些證據更像是小說去影響曲藝而非曲藝是小說前的早先形式。且《金瓶梅》這被公認有許多方面驚人「獨創性」的作品，至少在某種程度上是出自一名作者的獨立構思。故至今大多數仍主張《金瓶梅》是開啟文人獨立創作的里程碑。詳見浦安迪著，沈亨壽譯：《明代小說四大奇書》（北京：中國和平出版社，1993），頁 57。

[89] 夏志清：〈《金瓶梅》新論〉，收於徐朔方編：《金瓶梅西方論文集》（上海：上海古籍出版社，1987），頁 138。

[90] 魯迅：《中國小說史略》（香港：三聯書店，2001），頁 196。

超脫過古舊的中世紀傳奇式的許多小說中，《金瓶梅》實是一部可詫異的偉大的寫實小說。它不是一部傳奇,實是一部名不愧實的最合於現代主義的小說」，[91]因為這些瑣碎世情與狂歡逸樂都不再是世代累積，而是由文人獨立創作想像寫成。既然《金瓶梅》開啟了文人獨立創作，「所描寫的對象（包括思想內容、人物、情節等）已不同於以往的長篇小說，所以在表現形式方面，也便必然有新的變革與創造」。[92]

由於主題已經有所創新與改變，書中思想也不再是英雄想像，人物身分成為市井百姓，情節更轉雄偉敘事為日常瑣事，如此一來小說的表現形式如敘事語言等必然也必須有所改變。四大奇書到了《水滸傳》已經是通俗白話的說書口吻，但是到了《金瓶梅》，書中人物是連俠盜都稱不上的市井小民，敘事語言除了通俗白話外，更夾雜了許多毫不掩飾的粗腔野調：

> 《金瓶梅》之奇，還在於他一變《三國》、《水滸》以來中國小說的敘事語言系統。《三國》的典雅，《水滸》的說書口吻的歷練，在這裡都被市井社會的一派村腔野調淹沒了。當它把筆伸向法紀廢弛、神魂迷亂的「情慾與死亡」母題的時候，最擅長的乃是充滿忌恨的妻妾之間的潑婦罵街、賭氣唧啾和指桑罵槐的嚼舌根兒。其間夾渾帶素的市井腔調，表明了敘事語言由市井進入書面所散發的原生態活力。[93]

欣欣子稱《金瓶梅》「語句新奇，膾炙人口」便是如此，不僅僅是妻妾或朋友間的直率粗野對話，就連對於情色敘事腔調也選擇了毫不掩飾的全然承載，《紅樓夢》書中人物同樣有著不潔，但是不同於其含蓄的不寫之寫，《金瓶梅》的語言文字採取了與市井無距離的全然無諱、淋漓暢快。所以《金瓶梅》中的對話往往用了大量的方言、俚語，尤其是妻妾爭鋒時的尖酸刻薄的語言文字亦是之所以為「奇」的特色之一。清代劉廷璣所讚「而文心細如牛毛繭絲，凡寫一人，始終口吻酷肖到底。掩卷讀之，但道數語，便能默會為何人」，[94]說明了這樣的敘事語言文字，更能突顯人物的市井氣息，可以說描寫世情的成功有一部分來自於於此。崇禎本《金瓶梅》比起《金瓶梅詞話》儘管刪去了近三分之二的說唱，也減少了許多山東方言，但基本上敘事語言大抵相去不遠。

繡像必須依從小說的限制，也必須盡力表現小說的特色。《金瓶梅》的語言文字特

91　鄭振鐸：《插圖本中國文學史》下（北京：人民文學出版社，1957），頁 936。

92　葉桂桐：《論金瓶梅》（鄭州：中州古籍出版社，2005），頁 269-270。

93　楊義：《中國古代小說十二講》（北京：中華書局，2006），頁 136。

94　〔清〕劉廷璣：《在園雜志》卷二（節錄），收於朱一玄編：《金瓶梅資料匯編》（天津：南開大學出版社，1985），頁 272。

性對於圖像而言卻是一大挑戰，文字儘管無聲，對話畢竟還是由文字組成，讀者可見其文如聞其聲；但是對於圖像而言，不論是聲音或是對話內容都屬於無法表現的抽象性、時間性物件，[95]因為小說精彩的對話內容大多不是敘事而是屬於抒情的抽象思緒。故面對回目出現人物對話推進情節時，繡像就只能將轉換場景將說話者與被說話的對象並置，或是純粹以說話者的動作、姿態暗示。

如第四十一回「二佳人憤深同氣苦」，此回言李瓶兒自從生了官哥兒之後，益受西門慶獨寵，一日官哥兒與喬大戶的孩子聯姻，潘金蓮看到吳月娘與喬大戶作親，又看到李瓶兒披著紅簪花遞酒，氣憤之於在酒席上便說了酸話惹西門慶怒罵，躲進房裡哭，並與玉樓訴苦，「賭氣啾啾」好大一段：

> 怎的沒我說處？改變了心，教他明日現報在我的眼裏！多大的孩子，一個懷抱的尿泡種子，平白扳親家，有錢沒處施展的，爭破臥單——沒的蓋，狗咬尿胞——空歡喜！如今做濕親家還好，到明日休要做了乾親家才難。吹殺燈擠眼兒——後來的事看不見。做親時人家好，過三年五載方了的才一個兒！

不僅用了許多市井俚語，且語氣尖酸刻薄，先是使潑罵西門慶變心會有現報，順口詛咒兩個小孩的聯姻往後結果只是空歡喜一場。其後西門慶與李瓶兒在院子裡喝酒，潘金蓮催人不來知道自己又再度被冷落，便把氣出在秋菊身上，在當日想打人又怕西門慶聽見便罷。隔日西門慶往衙中去後便抓住機會，要秋菊頂著石頭罰跪，叫春梅扯了他褲子，拿大板子要打他，還要畫童去扯掉她的衣服。邊打邊罵道：

> 賊奴才淫婦，你從幾時就恁大來？別人興你，我卻不興你。姐姐，你知我見的，將就臢著些兒罷了。平白撐著頭兒，逞什麼強？姐姐，你休要倚著，我到明日洗著兩個眼兒看著你哩！

罵了又打、打了又罵，打的秋菊殺豬也似叫，把剛睡著的李瓶兒也唬醒了。潘金蓮之所以拖到西門慶出門才動私刑且大肆打罵，目的就是希望李瓶兒聽見這一段的「指桑罵槐」，後面還警告不要恃寵而驕，自己會洗著眼睛等的看她的下場。李瓶兒當然也如潘金蓮所願的聽見了，且知「罵的言語兒有因」，故捂著官哥兒耳朵不使其嚇著，並使綉

95 萊辛（Gotthold Ephraim Lessing）以為繪畫運用於空間中的形狀和顏色。詩運用於時間中明確發出的聲音。前者是自然的符號，後者是人為的符號，前者擅長空間和具體的物象，後者擅長時間承接連續與抽象概念。〔德〕萊辛（Gotthold Ephraim Lessing）著，朱光潛譯：《拉奧孔》（合肥：新華書局，2006），頁196。

春去勸說，但潘金蓮聽了反而愈發打的更狠，再罵道：

> 賊奴才，你身上打著一萬把刀子，這等叫饒。我是恁性兒，你越叫，我越打。莫不為你拉斷了路行人？人家打丫頭，也來看著你。好姐姐，對漢子說，把我別變了罷！

原本李瓶兒只是有些疑心，加上認為大庭廣眾下放聲打僕人總是不好，才會使人去勸說。而此段明顯反罵李瓶兒「打著一萬把刀子」，人家打丫頭何必管，還回嗆希望對西門慶說乾脆把我休了。就是由這一段話，李瓶兒確認「分明聽見指罵的是他」，卻礙於官哥兒只能諱妒，把兩手氣的冰冷，敢怒不敢言的含淚入眠。

這一段落是小說中相當精采的妻妾爭風，尤其可見潘金蓮言語的尖酸刻薄與妻妾間爭寵勾心鬥角的互動。在李瓶兒尚未得子之時，潘金蓮就已經注意到他對於自己在西門慶心中地位的威脅性，尤其在官哥兒出生後西門慶喜事連連生子加官，便更加寵愛李瓶兒，也更加冷落潘金蓮。平日見大家寵官哥和李瓶兒，潘早已心中忿恨多時，「夫一孩兒，已日刺金蓮之目，況兩孩兒首」，[96]便順著西門慶那句不得體的話「心急氣粗，語出傷人」，[97]沒想到反而惹來西門慶的怒罵。先前的妒醋加上此次的受辱，使潘金蓮向孟玉樓訴說時左批西門慶右罵李瓶兒，一連串「夾渾帶素」的刻薄言語，最後還藉著打丫頭要李瓶兒聽見自己指桑罵槐。李瓶兒早已心懼潘金蓮的醋勁尖酸，也明白打罵的表面上是秋菊，實際上恨妒之詞皆針對她而來，但是為了避免爭端將尚幼小的官哥陷入不測，李瓶兒選擇忍氣吞聲，戒懼深抑，不輕發一言與之爭。

此回的潘金蓮毫不掩飾去明言暗諷自己的憤妒，李瓶兒顧及孩子安危只得把氣憤隱藏於暗中垂淚。兩人鬥氣憤深來自於潘金蓮刻薄挑釁言語的觸發，但是言語內容無法在繡像表現出來。所以畫工選擇除了依照回目提示，分割畫面繪製同時間身處不同地點的「二佳人」。左邊是潘金蓮在座上以手指著秋菊的姿態表現說話，而春梅正要脫下秋菊的褲子，一旁的畫童則拿著板子預備。這分明是私刑正要開始的時候，然而右方的李瓶兒卻已捂住官歌兒的耳朵了（見下頁圖）。小說裡明確提及，是秋菊已被脫褲打罵才殺豬也似的叫，引起了另一邊房裡的李瓶兒注意，李瓶兒聽出了端倪才有以手捂耳護子不受驚嚇的舉動。繡像之所以做出這樣時間先後錯置的畫面，實在也是受限於圖像表現媒材現

96　張竹坡第四十一回回前總批。見〔明〕蘭陵笑笑生著，齊煙、汝梅校訂：《新刻繡像批評金瓶梅》（濟南：齊魯書社，1990），頁 592。本文引述張竹坡評點皆出於此版本，為行文簡潔，其後不再註明版本與頁碼。

97　語見張竹坡夾批。

制的妥協之計。

此回語言文字是兩人鬭氣的重點，但是圖像只能表現具體的形象、姿態，潘金蓮一長串的潑辣與刻薄的語言文字，在繡像最終也只能成為指向秋菊的手指；同樣的，秋菊的慘叫繡像一樣無法表達，所以選擇了即將被脫褲痛打的時刻，潘金連手上都還沒拿到板子，但倒地受辱的狼狽姿態會透過讀者的閱讀想像發動為打罵場面，小說文字的語言自然也在讀者觀看畫面的想像中自行加入。若是強調共時性，此時另一邊房裡的李瓶兒則正平靜的看著奶子打發官哥兒睡著，尚未感受到騷動而有所反應，若如實畫出便一點也無法突顯兩人「憤深同氣苦」的重心。故畫工在這一邊也不顧時間先後，選擇以姿態表現李瓶兒受氣的心境，因為以手捂住官歌兒的舉動不僅表示了李瓶兒已聽明白潘金蓮的指桑罵槐，也點明了李瓶兒隱忍憤深不回嘴全為護子心切。既然繡像無法表現《金瓶梅》的文字特性，偏偏文字語言又常常是回中妻妾爭端鬭氣的觸發重心，畫工就只能盡量選擇具體的動作姿態表現其衝突性與張力，跳脫了時間先後與因果關係，因為繡像畢竟只是小說文本的一部分，讀者自可閱讀小說搭配插圖，以想像發動連續動作、填補語言聲音與邏輯不合之處。

除了人物對話的「夾渾帶素」的「村腔野調」文字特性之外，《金瓶梅》說書人敘事口吻那「瑣碎」、「繁雜」也是文字特色之一。儘管《金瓶梅》的文字對話特性誠屬繡像不能乘載之處，然而其叨叨絮絮細述繁瑣細節的敘事腔調[98]，確實為繡像畫工提供許多具體的細節。相較於《金瓶梅詞話》的對於細節的繁縟重複，崇禎本《金瓶梅》文字已較為簡潔也更為修飾，但比起其他小說的細節摹寫仍是相當備全。圖像不比文字可以遊刃有餘、輕描淡寫許多細節而直寫重心，圖像由於是定格的畫面，許多文字可以忽

98　如《金瓶梅》滿文版序言：「其周詳備全，如親身眼前熟視歷經之彰也。」黃霖：《金瓶梅資料彙編》（北京：中華書局，2006），頁6。

略的細節，在圖像中若是忽略則顯得怪異。就算只是輔助作用的小說插圖，總也需要空間場景、人物衣飾與最次安排等等細節，大多數的小說對於這些不重要的家常瑣碎一概忽略，《金瓶梅》寫其市井家常卻是鉅細靡遺，在小說中過度細節摹寫可能會破壞完整的結構，如同夏志清就曾經因此感到失望。但是正是如此的周詳細節，才能使讀者彷彿進入西門宅觀看洞悉具體物質生活與人情世故，在保留許多明代家具、飲食與節慶的詳細文獻[99]之餘，也為繡像作了許多細節的提示。只是小說用許多篇幅寫的景物和宴飲細節大部分都不在回目中，就算屬於回目範圍，繡像也無法一一將大串的菜名照實繪出，遑論小說不時出現的花園翡翠軒園景和西門慶宅第與家具擺設、禮物細目以及人物服飾裝扮等等細節。因為圖像只能選取其中一個場景，無法做全景的觀照，所以所用到的小說文字提示自然也只能選取部分；再加上繡像主要是要表現人物，自然無法表現菜餚與點心等等微小的細部描寫，只能以桌面大量的酒壺與碗盤表示，人物衣飾的花色與繁複材質等等也無法全面透過版畫的線條表現，故《金瓶梅》中的繁複細節儘管大多都是圖像善於表達的具體景色與物件，但是繡像礙於場景選取的限制以及與版畫只能以線條表現的侷限，小說繁雜堆疊的細部描寫對於繡像的提示反而供過於求了。

四、以圖說文——《金瓶梅》繡像的參與文本

崇禎本《金瓶梅》繡像除了「以圖說文」的敘事畫性質，更帶有詮釋文本的的文學性，又和不知名人物的評點同附於書出版，使繡像雖無法脫離小說獨立存在，卻也成為出版的緊密環節之一參與文本。

《金瓶梅》由詞話本（萬曆本）到說散本（崇禎本）的內容刪節與修訂，以及《新刻繡像金瓶梅》出版時附上評點，再加上出版時所附的繡像也具有詮釋文本的評點性質，都顯示了通俗小說經由文人「介入」而逐漸「文人化」的痕跡。誠如前一小節所言，晚明文人評點小說成為一股風氣，只是「評點作為一種文學批評形式其實不附有修定文本的功能」，[100]所以還有一些文人更進一步的去對小說進行全面編輯與改定，如金聖歎全面刪改並腰斬百回本《水滸傳》、毛宗岡偽託古本改寫《三國演義》等等。《金瓶梅》有兩種版本系統通行，儘管有學者如韓南主張兩個版本恐怕沒有直接關係，[101]一般而言仍

---

99 關於《金瓶梅》小說與繡像保留了明代家具的論述請見 Craig Clunas.1992. “The Novel *Jin Ping Mei* as a Source for the Study of Ming Furniture” *Orientations*, 23.1: pp. 60-68. 飲食方面的論著則請見胡衍南：《飲食情色《金瓶梅》》（臺北：里仁書局，2004）。

100 譚帆：〈「四大奇書」：明代小說經典之生成〉，收於王瓊玲、胡曉真主編：《經典轉化與明清敘事文學》（臺北：聯經出版公司，2009），頁 52。

101 韓南著、丁貞婉譯：〈金瓶梅的版本及其他〉，《國立編譯館館刊》第四卷第 2 期（1975 年 12 月），

有較多學者支持崇禎本是針對詞話本的改作，如鄭振鐸言：「我們可以斷定的是，崇禎本確是經過一位不知名的杭州文人的大筆削過的」，[102]王汝梅：「筆者認為崇禎本刊印在後，詞話本刊印在前。崇禎本以《新刻金瓶梅詞話》為底本進行改寫評點，他與詞話本之間是母子關係，而不是兄弟姐妹關係」。[103]《金瓶梅》的刪節與改訂者並未留下姓名，但崇禎本《金瓶梅》對《金瓶梅詞話》的全面性改定，如刪去了近三分之一的說唱韻文、首回由「景陽崗武松打虎」改為「西門慶熱結十弟兄」發端、加工整理回目與引首使其更為工整、潤飾行文與情節[104]等等，都使其脫去民間文學氣息更符合小說體裁特性，是「由俗到雅」的文人改訂痕跡，也從而成為後世的通行本，清代張竹坡第一奇書評本即由此出。故可知，崇禎本《金瓶梅》出版時雖未具名改訂者為何人，但由重新刪定增飾後提升文人主體性與藝術審美品味的樣貌，推想應該是位具有高度文學修養的文人，[105]全面「介入」文本，使其脫去說唱之俗更具完整結構之完整與敘事之雅，過程中表現了自身的思想意趣，有企圖地將改定視為一種藝術的再創造，甚至連思想意識都不惜在細微之處有所改動，[106]體現了文人改訂的主體意識，也從而確立了小說經典由俗而雅的軌跡。

大多數的改訂者是在評點之外更進一步的去增刪改定文本，如金聖歎、張竹坡等，就是發現作品內涵有些不合情感與審美需要，便介入文本增刪，使小說評點不再只是文本之外的讀者觀感，與改訂後的文本結合成批評者的再創作，如金聖嘆評《西廂記》言：「聖嘆批《西廂記》是聖嘆文字，不是《西廂記》文字」，清代張竹坡批評改動《金瓶梅》也說：「我自做我之《金瓶梅》，我何暇與人批《金瓶梅》也哉」。崇禎本《金瓶梅》

頁 193-228。

102 鄭振鐸：〈論《金瓶梅詞話》〉，收於周鈞韜編：《金瓶梅資料續編：1919-1949》（北京：北京大學出版社，1991），頁 88。

103 王汝梅：《金瓶梅探索》（長春：吉林大學出版社，1990），頁 55。

104 相關崇禎本《金瓶梅》對詞話本的改定，細節請見劉輝：《金瓶梅論集》（臺北：貫雅文化，1992），頁 99-101、胡衍南：〈兩部《金瓶梅》——詞話本與繡像本對照研究〉，《中國學術年刊》第 29 期（2008 年 3 月），頁 115-144。此不詳述。

105 黃霖：「崇禎本的改訂者並非是等閒之輩，今就其修改的回目、詩詞、楔子等情況看來，當有相當高的文學修養。」黃霖：〈關於《金瓶梅》崇禎本的若干問題〉，收於中國金瓶梅學會編：《金瓶梅研究》第一輯（南京：江蘇古籍出版社，1992），頁 80。

106 如田曉菲所言：「我以為，比較繡像本和詞話本，可以說他們之間最突出的差別是詞話本偏向儒家『文以載道』的教化思想：在這一思想框架中，《金瓶梅》的故事被當作一個典型的道德寓言，警告世人貪淫與貪財的惡果；而繡像本所強調的，則是塵世萬物之痛苦與空虛，並在這種附有佛教精神的思想背景下，喚醒讀者對生命——生與死本身的反省，從而對自己、對自己的同類，產生同情和慈悲。」田曉菲：《秋水堂論金瓶梅》（天津：天津人民出版社，2005），頁 6。

出版時也附有評點，如同改訂者未留姓名，至今也未有確切結論是何者評點，自然也無法推測改訂者與批評者是否為同一人，且崇批並未如張批有體系且數量許多，大多只是簡短的眉批和夾批，亦難以由批評旨趣是否相同判斷。不論如何，由這樣的出版形式，其實可見小說內容的改定與所附的評點都帶有文人讀者意識，改訂者與批評者在《金瓶梅》由俗而雅的過程中有著重要地位：

> 在通俗小說的文人化過程中，小說評點者充當著一個重要的角色，這是通俗小說在很大程度上脫離正統文人精心培育之下的一種補償……在中國俗文學的發展中，明萬曆年間到清初是通俗小說和戲曲發展的一個重要階段。而這一階段正是小說評點體現文本價值的一個重要時期，尤其是明末清初，大量出色的小說評點家和小說作家一起共同完成了通俗小說藝術審美特性的轉型。他們改編、批評、刊刻通俗小說一時競成風氣，這大大提高了通俗小說的思想和藝術價值。[107]

崇禎本《金瓶梅》的出版問世，代表著不僅是「完成了文人加工寫定這一工作」，[108]也是第一部《金瓶梅》評本的出現，這兩個價值象徵《金瓶梅》如同其他三部奇書由文人改定與評點如建確立由俗至雅的經典轉化，而這樣的文人介入原由，除了是文人逐漸將評點作為立身志業的批評精神外，改編、批評、刊刻競成風氣也具推波助欄之效。

插圖的存在正好像遺迹一樣見證著不同時段的小說出版風尚，而它與繪畫本身的關係又使得藝術能夠以一種複製的方式進入到文本當中。[109]兩百幅繡像作為崇禎本《金瓶梅》刊刻出版的環節得以參與文本，在通俗娛樂作為宣傳用途外，也順應當時出版小說融「批」帶「改」的文人讀者意識，開始在原有的敘事性質上加入畫工本身的閱讀位置，且如同小說評點家一樣，是有企圖的進行再創造，除了在畫面融入自己的批評理解與閱讀態度，還不惜宕出回目與文本限制，[110]新增窺視者去指引讀者自身所理解的隱藏重心。從而，被認為通俗的白話小說與被認為高雅的文人繪畫在商業出版中形成了上下文

---

107 譚帆：〈「四大奇書」：明代小說經典之生成〉，收於王瓊玲、胡曉真主編：《經典轉化與明清敘事文學》（臺北：聯經出版公司，2009），頁 55-56。

108 劉輝：「這部話本《金瓶梅詞話》，卻未經文人認真加工整理，所以較多保留了說唱藝人「底本」的原始形態。儘管書中的破綻、錯亂、矛盾比比皆是，唯其如此，才愈加顯示出它在中國小說史上具有無與倫比的珍貴的文獻價值。直到《新刻繡像批評金瓶梅》的問世，才算完成了文人加工寫定這一工作。」劉輝：《金瓶梅論集》（臺北：貫雅文化，1992），頁 99。

109 Robert E. Hegel.1998. “Reading illustrated fiction in the late imperial China” Stanford, Calif: Stanford University Press. pp. 298.

110 關於崇禎本《金瓶梅》繡像宕出回目與文本限制再創作的部分，筆者將於本書第四章討論，此不細述。

關係，[111]畫工所做的詮釋就如崇禎本《金瓶梅》的改訂和評點一樣，屬於通俗小說由俗而雅的文人化過程。從其有意將世情敘事畫融入文人畫傳統的留白，春宮圖的數量與表現形式都是有意沖淡情色表現世情，所選取的場景與視角都帶有畫工指引閱讀的詮釋，以及窺視場景的安置和窺視人物的新增都帶有引誘讀者再觀看並反思的用心看來，畫工對於《金瓶梅》的閱讀態度與詮釋確實是如小說評改者般非等閒之輩，而是同樣有著高度文學素養的聰明讀者，「以圖說文」不僅是將小說文字具體化，更將自己的詮釋與批評融入繡像中，告訴讀者自己的觀看位置與態度，並運用圖像強勢引導的特性去指引閱讀。讀者意識彷彿是出版的主持中心思想，崇禎本《金瓶梅》小說文本與評點加上繡像都各自帶有讀者批評旨趣，尤其是繡像作為畫工有意識的再創作去參與文本，從娛眾輔佐的宣傳手法躋身為評點書籍整體設計的緊密體系，由圖像提供另一種詮釋方式，為讀者在小說文本與評點等閱讀角度之外建立了最有利的觀看位置指引閱讀。

插圖往往僅被視為娛樂之用，然而作為文學插圖的繡像，文學性亦不可忽視。繡像雖然依從回目與文本作畫，但圖像與文字的性質不同，圖文轉譯的過程中不免加入畫工的意識，加上《金瓶梅》的情色描寫與文字特性，畫工的理解態度與是否有企圖的進行再創作就成為繡像詮釋成敗的關鍵。崇禎本《金瓶梅》繡像相較於其他小說插圖有著春宮與否和大量留白的特殊性，儘管小說文字的語言運用是其表現侷限，插圖嘗試在敘事性外加上詮釋也逐漸成為出版風潮，此二百幅繡像卻因其小說特性，勇於突破版畫傳統引入文人畫特色、特殊的場景與視角的選取、甚至新增了超出文本範圍的窺視人物，創新出足以與小說改定、評點匹配的批評詮釋，證明了畫工如評改者是聰明的讀者，運用版畫有意識的進行再創作，繡像不再只是地位可有可無的通俗娛樂，而是如同小說改定與評點一樣是整體小說出版環節之一，其詮釋文本的文學性格如同理想讀者的評點般價值與地位不可抹滅。

---

111 詳見李彥東：〈何谷理《閱讀中華帝國晚期插圖小說》書評〉，《中國學術》總 15 輯（2003 年 1 月），頁 282-288。

第三章　圖說
——回目之內繡像於小說的再創造

崇禎本《金瓶梅》之所以被學界簡稱為「繡像本」，是因全書按回目二句各配一圖，每回二圖，共有精美插圖二百幅。但成功的小說繡像除了必須依從回目作畫外，不排除依文本進行有意識的再創作，而此再創作的性質，更是繡像參與文本的價值所在：

> 插圖藝術之所以成功，他對原書的精神，對於人物的愛憎，一定抱有親切的同感，他還必須對原書有深切的了解，但也需要他有足夠的生活經驗，與其對這本書的主人翁有豐富的感情。因而所作的插圖，不只是幫助讀者理解了這本書的精神，還加深了讀者對原書人物的理解和對原書的印象。……在這許多木刻插圖中，它之所以有這樣的成就，由於他們能忠實的傳達出原書中的情節與人物的精神，而且又有大膽發揮想像的能力，因此，他們才創造出加深原書精神的那些藝術形象。[1]

畫工依從回目作圖文轉換時未必是機械性的依從過程，若是有企圖的參與文本進行再創作，本身須具備一定的素養與經驗，深刻閱讀小說後加上自己的生活經驗體味其主旨與精神，使繡像不僅是幫助理解的插圖，將時間化的情節轉化為空間性的場景，更化身為再創作的「評點」。也因此繡像具備了一定的宣傳效果，但同時也成為文本的一部分。即使完全依從回目限制，但正因為圖像與文字的性質不同，如何將文字所敘述的時間性的、且心理層面的劇情，轉為空間性的、且具體看見的圖像，又不失小說原意，[2]就考驗著畫工與刻工[3]如何體味小說，並最大限度地化解文字與圖像間的隔閡。此圖文轉譯的工程，證明了繡像不僅是版畫藝術與文化史料，且與小說和創作者的閱讀密切相關，有著濃厚的文學性。畫工必須對小說有一定程度的理解，才能在不破壞文本的情況下將文字

1　王伯敏：《中國版畫史》（臺北：蘭亭書店，1986），頁 76-77。

2　插圖性質與一般繪畫不同，繪畫本身即是主體，但是插圖乃附屬於小說，小說本身才是主體。小說插圖不能獨立成為文本，亦不能喪失小說本意，故文中凡提及「再創造」，乃是就畫工於其中展現的閱讀理解和詮釋觀點而言，並非如同改編為文本般重新再創造出一個獨立文本。

3　由於繡像畫、刻、印三工合作，以下談及繡像的集體創作者時，為簡便將簡稱「畫工」代替。

的意境轉為圖像的展現，更甚者將自己化身為聰明的讀者隱藏於視角與窺視人物，帶領我們進入他的領會與批評，進而對小說內容有更深一步的理解。若畫工的創作意圖不僅為依附於小說之「插圖」，而是另一種形式的「再創作」，則繡像便「可以看作為文本的一種形式，也可以看作特殊的詮釋方式，是評點書籍整體設計的一環，我們必須對這些圖像作出閱讀」。[4]

畫工必須依從回目作畫，但在圖文轉換過程中，即使完全依從回目仍有許多方面由畫工選擇，如構圖與佈局、場景的選取、人物的姿態與觀看等，諸如此類的選擇，即是畫工發揮一己創作之所在。因此本章探討崇禎本《金瓶梅》完全依從回目的繡像如何運用其他方式進行對小說的再創造：茲由視角的選取，討論全知與現知視角下對於主題的彰顯與隱藏；場景的選擇，研究散點透視是否符合萊辛「富於包孕的片刻」的原則，和不同於其他小說版畫採取定點透視的用意；回目提示下窺視人物的指引觀看，此不僅是私密空間的展示與世情窺視的滿足，亦是隱含讀者的後設評點。最後綜觀劇情轉折的構圖暗示，舉出攸關李瓶兒、潘金蓮、春梅等三人的命運轉折或類似場景，看畫工是否運用了類似構圖或轉換視角的方式暗示興衰。

第一節　可遊不可遊——視角的選取

小說有所謂的限知或全知等不同的敘事角度，圖像則透過構圖與佈局呈現不同視角。繡像的構圖與佈局有時不僅為了藝術審美所需，更是代表了畫工所選取閱讀的角度。小說版畫為了使視點不受時間與空間限制，往往採取俯瞰式角度，[5]如此將不同地點與時間的人物與場景擺置於畫面中，使一幅繡像中包含了此回許多重要人物與場景。這樣的構圖傳統其實來自國畫，傳統國畫的構圖視點採取鳥瞰式的構圖，不拘於一點，也不受時間空間限制，是屬於「以大觀小」的「散點透視法」。「以大觀小」是宋代沈括所提出的繪畫方法之一，類似小說所謂的「全知觀點」，所以像人看假山，可以登高伏低、

4　楊玉成：〈閱讀世情——崇禎本《金瓶梅》評點〉，《國文學誌》第5期（2001年12月），頁120。

5　小說版畫的構圖繼承中國山水畫的傳統採取鳥瞰式構圖，祝重壽於〈《中國古代版畫叢刊》總序〉也說明了崇禎本《金瓶梅》繡像的特點是：「插圖在藝術上也有很高的成就，構圖採用中國傳統鳥瞰式構圖，遠近按上下布置，下遠上近，場面開闊，近景、中景、遠景，層次分明，一目了然。畫面上人物眾多，三教九流，個個生動傳神、活靈活現。人物與人物，人物與環境（景物），互相呼應，互相襯托，相得益彰。整個看上去自然寫實，如同電影畫面一般。」祝重壽：《中國插圖藝術史話》（北京：清華大學出版社，2005），頁51。

左右偏側，面面觀之。這樣不固定在一個焦點上的構圖法，稱為「散點透視」：[6]

> 所謂散點透視，是指畫家打破固定視圈的限制，將其在不同的視點上，不同的視圈內所察得的事物，巧妙地組織在一幅畫裡，畫面裡有幾條不同的視平線，幾個不同的主點。又因為在一幅畫裡出現了幾個不同的視平線與主點，視點似乎就是在移動了，所以又叫動視點透視。……中國畫由於採用散點透視，在結構上有更大的完整性，它因不受視圈的限制，便於將不能出現在同一空間，同一時間之內的，但又相附聯繫著事物，很完整的處理在一幅畫裡……它便於將故事發展的來龍去脈，有頭有尾的敘述出來，利於表現複雜的情節內容。[7]

正因為散點透視強調「可遊」，有更大的「敘述性」，甚且可以涵不同時空的景物、情節於同一畫面，成為有節奏性的構圖，不受時間的拘束，因此可以處理連續性的故事性題材。[8]崇禎本《金瓶梅》繡像也多採取俯瞰角度，然而回目中心的視點卻往往只有突出一個，且未必置於畫面中央，藉此突出此回中心與隱含的主旨；類似這樣特殊的場景與視角的選取，都足見畫工是在小說之上有意識的再創作。《金瓶梅》的繡像畫風，幾乎皆為極大廣角的俯瞰角度，依此突破小說直線的時間觀，去共時性的呈現回目場景。但同一個場景，不同的視角選取代表了畫工隱含的突顯或評價。

一、全知視角下主題的展示與隱藏

崇禎本《金瓶梅》小說有著宛如說書人的角度述說故事並加以評論，因此書中大多數是屬於全知視角。小說版畫則是為了完整容納此回的故事內容，故往往採取散點透視，企圖將不同空間的情景並存於繡像畫面，或是將同一空間的所有人事物呈現，讓讀者得以遊於全景更加理解故事重心。但是即使完全依從回目限制作畫，如何選取視角仍屬於畫工的創作範圍，在全知視角的鳥瞰畫面下，由畫面的佈局、視角的選取，仍然可見畫工對小說的特殊詮解。

例如第八十一回的「韓道國拐財遠遁」，此回言原本西門慶交代韓道國與來保帶著

6　沈括言：「大都山水之法，蓋以大觀小，如人觀假山耳。若同真山之法，以下望上，只合見一重山，豈可重重悉見，兼不應見其谿谷間事。又如屋舍，亦不應見其中庭及後巷中事。若人在東立，則山西便合是遠境，人在西立，則山東卻合是遠境，似此如何成畫？李君蓋不知以大觀小之法，其間折高折遠，自有妙理，豈在掀屋角也！」〔宋〕沈括：《夢溪筆談》卷十七〈書畫〉（香港：中華書局，1987），頁 170。

7　陳兆復：《中國畫研究》（臺北：兆青出版社，1986），頁 23-29。

8　胡萬川：〈傳統小說版畫插圖〉，《中外文學》第 16 卷第 12 期（1988 年 5 月），頁 41。

四千兩銀子到江南置貨，後來韓道國聽聞西門死訊，原本就有意拐走一半銀兩，最後還是在老婆王六兒的慫恿下拐走千兩逃跑：

> 老婆道：「……倒不如一狠二狠，把他這一千兩，咱雇了頭口，拐了上東京，投奔咱孩兒那裏。愁咱親家太師爺府中，安放不下你我！」……韓道國道：「爭奈我受大官人好處，怎好變心的？沒天理了！」老婆道：「自古有天理到沒飯吃哩。他佔用著老娘，使他這幾兩銀子，不差甚麼！想著他孝堂裏，我到好意備了一張插桌三牲，往他家燒紙。他家大老婆那不賢良的淫婦，半日不出來，在屋裏罵的我好訕的。我出又出不來，坐又坐不住，落後他第三個老婆出來陪我坐，我不去坐，就坐轎子來家了，想著他這個情兒，我也該使他這幾兩銀子」一席話，說得韓道國不言語了。夫妻二人，晚夕計議已定。……雇了二十輛車，把箱籠細軟之物都裝在車上。投天明出西門，徑上東京去了。

繡像畫的就是韓道國一家拐了一千兩並「雇了二十輛車，把箱籠細軟之物都裝在車上」遠遁東京的一幕（見右圖）。

徽派版畫的畫風原本就是景大人小，因此較人物佔了畫面三分之二以上的金陵建安版畫多了文人畫氣息[9]。但大多數的徽派小說版畫人物依然都是主角，因此比例大小仍清楚可觀。而此回繡像，幾乎已成為山水版畫，山水意境佔了畫面幾乎九成，揚州城鎮已遠遠的被拋在在畫面的中央右方，主角韓道國一家人則隱藏在畫面下方處，且被山坡遮住了大半身影，比例甚是微小，讀者遊於大片山水郊野之中，不細心還難以發現回目中售色拐財的主角。可見畫工

---

9 如周蕪言：「如若撇開共性，探討它的個性或較特殊性，我以為徽派版畫的細密纖巧、富麗精工、典雅靜穆、有文人書卷氣，也有民間雅拙味，可以作文人案頭讀物，也可為村婦書童所理解，真是雅俗共賞。」周蕪：《徽派版畫史論集》（合肥：安徽人民出版社，1983），頁 13。

所選取的視角是極為遠距離的隱蔽視角，目的在於突顯「拐財遠遁」，視角更為深廣，空間感加大，其意境造景似乎已非世情小說，而有如《唐詩畫譜》的氣韻[10]了。

韓道國受了西門慶的恩惠，西門慶死後卻忘恩負義拐財遠遁，原本該是世態炎涼的醜陋世情，畫工卻不同於其他回繡像的視角與比例，特別選取了深遠的視角並營造意境，除了是強調「遠遁」之外，一方面意境也是企圖為韓道國作一些微薄的平反。西門慶曾包占了韓道國的老婆王六兒，故王六兒企圖勸丈夫拐走所有錢財時說道：「自古有天理到沒飯吃哩。他佔用著老娘，使他這幾兩銀子，不差甚麼！」張竹坡便於此處夾批言：「西門如生，當亦無辭。」又於其後王六兒言去西門家弔唁時遭月娘的刻薄對待時夾批：

> 此處卻入月娘之失。見西門雖愚，使月娘能柔順以按物，或尚可挽回。即此一事，已知月娘無禮，無才，一味隨意驕人。西門死不數日，而千金之失由於一氣，月娘不肖為何如？此所以道國拐財必入月娘，而售色拐財，又為西門因果，月娘罪案也。

西門慶包占朋友老婆，交結的十弟兄又都是酒肉朋友，故一撒手人寰，家僕和朋友紛紛背叛。月娘乃書中的賢良女子，但是個性較軟弱，平時對丈夫的管教無方，面對來祭拜亡夫的王六兒忍不住出口相譏，實乃情由可原，只是張竹坡評點對於月娘有其主觀批判，故將罪總歸於月娘。此處月娘的些微反擊，崇禎本的評點則言：「怨失事。可見越是好人，越行惡事不得」，是較為公允的說法，即韓道國與王六兒拐財天理不容，但韓道國起先對於拐財遠遁的猶豫可見「良心何嘗不在」（崇禎本夾批），月娘原本是寬厚的好人，面對家中大變無法掌控，一時控制不住唇舌相激，反倒促成西門慶貪色遭叛的因果報應。畫工因此於此回繡像特別採取了較為特殊深遠的視角，用更大的空間感與山水去壓縮韓道國一家叛主拐財的惡劣，隱藏了世情醜惡，用視角為其作稍微的平反，彰顯了此為「勾消帳簿」[11]的真正意圖。

又如第二十五回上半回目「吳月娘春晝鞦韆」，此回言燈節剛過，吳月娘在家中花

10　《唐詩畫譜》同樣附有徽派所刻的木刻板畫，每詩配有一圖，且作畫不同於一般小說戲曲插圖，而展現更多的文人意趣。徽派的小說戲曲插圖雖然也景大人小，但主要仍以人物為主，人物仍佔有畫面一定的比例大小。《唐詩畫譜》的文本為文學正統唐詩，而非通俗的小說戲曲，因此作畫受到文人畫更深的影響，以山水造景為主，人物比例微小且時常隱藏於景物之中，企圖展現「詩中有畫，畫中有詩」的氣韻。

11　張竹坡於此回回前總批言：「夫西門慶吃藥而死，完武大公案也。李嬌兒盜財歸院，完瓶兒、子虛公案也。此回道國拐財，完苗青公案也。來保欺主，完蕙蓮、來旺公案也。一部剝剝雜雜大書，看他勾消帳簿，卻清清白白，一絲不苟。」

園架了一座鞦韆，趁西門慶不在家時，率眾姐妹遊戲一番。才剛要玩耍時，碰到了陳經濟自外邊來，吳月娘因此邀請陳經濟幫姐妹們打鞦韆：

> 月娘道：「姐夫來的正好，且來替你二位娘送送兒。丫頭們氣力少。」這敬濟老和尚不撞鐘——得不的一聲，於是撥步撩衣，向前說：「等我送二位娘。」先把金蓮裙子帶住，說道：「五娘站牢，兒子送也。」那秋千飛在半空中，猶若飛仙相似。李瓶兒見秋千起去了，唬的上面怪叫道：「不好了，姐夫你也來送我送兒。」敬濟道：「你老人家到且性急，也等我慢慢兒的打發將來。這裏叫，那裏叫，把兒子手脚都弄慌了。」於是把李瓶兒裙子掀起，露著他大紅底衣，推了一把。

月娘率領西門家的眾妻妾玩鞦韆消春晝之困，原是姑娘家的風雅。然而西門慶與月娘不察，讓陳經濟進了家門，現在又全不防備讓他進花園來幫忙送鞦韆，此回繡像畫的就是陳經濟送鞦韆的場景（見下圖）。只是畫工採取了非常特殊的視角，畫面中央既非在鞦韆上「飛在半空中，猶若飛仙相似」的潘金蓮或李瓶兒，亦非率眾家姐妹玩鞦韆的吳月娘，而是假借送鞦韆機會實際大吃眾姐妹豆腐的陳經濟。張竹坡於此回回前總批言：「夫敬濟一入西門家，先是月娘引之入室，得見金蓮。後又是月娘引之入園，得采花須。後又是西門以過實之言放其膽，以托大之意，容其奸。今日月娘又使之送秋千，以蕩其心。此時雖有守有志之人，猶難自必其能學柳下惠、魯男子，況夫以浮浪不堪之敬濟哉！又遇一精粗美惡兼收之金蓮哉！宜乎百醜指出矣。」月娘引陳經濟入西門家，猶如引狼入室，現在又使其送鞦韆使其心情蕩漾，看著飛仙般「露濃花瘦，薄汗輕衣透」的潘金蓮和李瓶兒，縱使有志節之人都難以把持住，何況是浮浪的陳經濟。畫工理解此回的重心其實不在「吳月娘春晝鞦韆」，而是假送鞦韆之名行貪賞春光之實的陳經濟，故採取鳥瞰式的全景，使讀者遊於春曉花園，視角卻特地鎖定陳

經濟一人為主要焦點置於畫面中央，如張竹坡回前總批所言：

> 大書吳月娘春晝秋千。夫月娘，眾婦人之首也。今當此白日，既無衣食之憂，又無柴米之累，宜首先率領眾妾勤儉宜家，督理女工，是其正道。乃自己作倆為無益之戲，且令女婿手攬畫裙，指親羅襪，以送二妾之畫板。無倫無次，無禮無義，何惑乎敬濟之挾奸賣俏，乘間而入哉！天下壞事，全是自己，不可盡咎他人也。

原本是妻妾春晝嬉戲的「名家臺柳綻群芳，搖曳鞦韆鬬艷裝」風雅情境，無端走入了浮浪弟子陳經濟，身為婦人之首的月娘卻毫無防備的邀請，使陳經濟得以更加大膽的掀裙摸佳人。畫工也明白此回的真正重心在於「家禍」陳經濟，故風雅如飛仙般被吃豆腐仍不覺奇怪的二妾，與邀請經濟打鞦韆並觀看姐妹露春光的月娘在畫面中都只是陪襯，只因春晝花園戲鞦韆的風雅早因陳經濟的進入，一切都成了「玉酥肩並玉酥肩」、「四隻金蓮顛倒顛」的情色諷刺，以陳經濟為畫面中心的視角正是諷刺「堪笑家麋養家禍，閨門從此壞綱常」的詮釋。

從以上例子可見，即使完全依從回目條件，由於媒材的專擅各有不同，圖像在轉換文字時往往必須展現出獨立性格進行「再創造」。又崇禎本《金瓶梅》繡像雖然大多也遵從「以大觀小」、「散點透視」的版畫傳統，只是大多數的繡像不同於其他小說繡像會切割畫面將不同空間的故事融於一景，而是單一場景，將同一場景的不同人物性格與互動表達出來，或甚至僅集中一人。讀者同樣可遊於公共空間的山水或私密空間的花園，但由於畫工透過視角將故事主要人物的隱藏或展示，便可以理解對於韓道國與王六兒拐財天理不容卻情由可原，以及陳經濟送鞦韆居心叵測的諷刺。畫工的佈局代表了其觀看所選取的視角，也代表了在小說中的閱讀位置。透過繡像展現這樣的閱讀位置，使以大觀小遊於全景的讀者也能輕易透過這樣的有利位置，藉此體味畫工所詮釋的小說重心，並配合自己的理解逐漸找到小說主旨。

二、限知視角下的彰顯

《金瓶梅》雖然有一個叨叨絮絮的敘述者說書人以全知視角觀照全書，但敘說故事時為求貼近人物心理描寫或製造懸念，有時也會轉換為限知視角。繡像為了能全面表現此回故事重心，加上版畫傳統自宋以來原本就是「以大觀小」的全景，往往是以全知敘述者的角度作畫，使讀者也可遊於全景，觀看書中此回所有出現的焦點。但是崇禎本《金瓶梅》繡像卻不同於其他小說繡像一貫的全知視角構圖，出現了限知視角的畫面，使觀者無法遊於多個景象，而被侷限於畫面提供的唯一視點。以限知視角作畫其實未嘗不可，只是小說版畫的功能在於娛樂讀者並透過具體形象化輔助閱讀，[12]大多採取全知視角，避免遺漏小說焦點。使用限知視角作畫的危險在於只呈現某部分的焦點，也許容易遺漏了重要的人物或場景，但是如同小說有時會轉換為限知視角以加強心理層面的描寫或製造故事懸念一般，以限知視角作畫，若是畫工處理得當反而得以凸顯圖像難以表現的心理描寫[13]或製造出懸念，使讀者彷彿也與畫面中的人物有所互動。高俯角的全知角度使觀眾如客觀的旁觀者，得以客觀的觀看整個場面；限知視角下的場景則使讀者成為正式的參與者，幾乎與人物角色融為一體，[14]「由小說人物引發的限知視角，具有較為獨特的文本功能，常可營造出身臨其境的氛圍,使得場景獲得一種真實的心理現實效果」，[15]得以完全感受小說中人物的心理感受或情感交流。

如著名的第四十二回「逞豪華門前放煙火」，此回言元宵節西門慶共設了四架煙火，自己打發了堂客喝茶後便約下謝希大、應伯爵往獅子街口去，並吩咐「四架煙火，拿一架那裡去」，安頓好之後，還問棋童「有人看沒有？」確定了「擠圍著滿街人看」後，才安頓下來：

> 少頃，西門慶吩咐來昭將樓下開下兩間，吊掛上簾子，把煙火架擡出去。西門慶與眾人在樓上看，教王六兒陪兩個粉頭和一丈青在樓下觀看。玳安和來昭將煙火安放在街心裏。須臾，點著。那兩邊圍看的，挨肩擦膀，不知其數。都說西門大官府在此放煙火，誰人不來觀看？果然紮得停當好煙火。

西門慶共設四家煙火，其餘三架僅簡略提過，而集中描寫最後一架。這不僅僅是由於篇

---

12 為了「通俗」而有了插圖。因為這類作品原本是為市民大眾提供休閒愉悅而有的讀物。而圖畫常能較文字敘述提供更為深切的形象，對於文學造詣不是甚深的閱讀大眾來說，能有圖畫配合，自能使故事人物更為具像鮮活，而獲得更多閱讀的情趣。見胡萬川：〈傳統小說版畫插圖〉，《中外文學》第 16 卷第 12 期（1988 年 5 月），頁 31。

13 傳統版畫既以線條表現為主，而插圖誘因限於書籍版面，所能運用的畫面既已不大，其所需布置的人物又常多，在此情形下，其所特長，便盡在於動作型態之描摹，而非內心情意之傳達。見胡萬川：〈傳統小說版畫插圖〉，《中外文學》第 16 卷第 12 期（1988 年 5 月），頁 46。

14 一般小說版畫皆以全知視角作畫，因為一回小說有許多內容，版畫卻有一幅或兩幅表現限制，為了在有限的畫面傳達許多情節內容，便需要將許多視點融合併置，使畫面外的讀者可以居高臨下遊於許多視點，與畫面有著一定距離也使觀看得以更加客觀。但是現知視角下僅表現了一個重心，迫使讀者必須專注於此，畫面儼然成為進入書中人物視野的通口，讀者雖是於畫面外觀看，但與事件零距離的視角，使讀者不再居高臨下的客觀觀看，而得以進入文本成為正式的參與者，所見乃是人物角色的主觀視野。

15 張燕：〈「窺視」的藝術情蘊——從《金瓶梅》到《紅樓夢》的私人經驗之文本呈現〉，《紅樓夢學刊》第 3 期（2007 年 3 月），頁 321。

幅有限無法全面照應，而是作者「旁敲側擊之法」的用心，如張竹坡於回前總批所言：

> 此回侈言西門之盛也，四架煙火，既雲門前逞放，看官眼底，誰不謂好向西門慶門前看煙火也。看他偏藏過一架在獅子街，偏使門前三架毫無色相，止用棋童口中一點。而獅子街的一架，乃極力描寫，遂使門前三架，不言俱出。此文字旁敲側擊之法。

特別集中描寫最後一架，門前三架卻能不言俱出，「實敘一架，能使前後二架不言皆見」，是屬於作者寫作功力。此回繡像也只畫出了一架煙火以及滿街的觀看人潮（見下圖），畫面右上方正是小說中「但見：一丈五高花樁，四周下山棚熱鬧。最高處一隻仙鶴，口裏銜著一封丹書，乃是一枝起火，一道寒光，直鑽透斗牛邊」的放煙火景色。小說中集中描寫第四架煙火，故繡像也僅畫出一架煙火可以理解，儘管小說版畫將場景拉遠以容納四架煙火是可行的，事實上在《水滸傳》中即有畫出三架煙火價的例子，但是繡像中並沒有畫出在樓上觀看的西門慶，也未畫出高樓，而「畫面略帶傾斜，取俯瞰角度，分明是『在樓上』的西門慶眼中的『放煙火』」。[16]畫工相當特殊是採取西門慶的視角，去觀看煙火以及擠圍街口只為看煙火的人群。使用西門慶的限知視角，故畫面中沒有出現獅子街口的高樓，也沒有出現西門慶，原本繡像的主要功能就不在完善表現小說內容，只要提供人物、情節的大致形象照應即可。加上此回重心西門慶放煙火「逞豪華」的心理狀態運用圖像實在難以完善表現，故畫工以西門慶的限知視角構圖，僅呈現了最後一架煙火以及擁擠的人群，透過表現西門慶眼中的視野，使讀者也親臨感受主角欣慰於「西門之盛」、「誰不謂好向西門慶門前看煙火也」，更

16　陳平原：《看圖說書——小說繡像閱讀札記》（北京：生活・讀書・新知三聯書店，2003），頁64。

能彰顯了架煙火只為了西門慶人物性格甚喜「逞豪華」的主題。

同樣採取限知視角作畫的尚有第四十八回「美私情戲贈一枝桃」。此回在交代曾御史參劾提刑官後，轉言西門慶由於生了官哥並做了千戶，還沒到墳上祭祖，加上「因墳上新蓋了山子捲棚房屋」，於是預先發柬，清明當天請了戲班與堂客，西們慶並「穿大紅冠帶，擺設豬羊祭品桌席祭奠」，當下西門慶與官客在前位，月娘以及眾妻妾與堂客在後邊捲棚內。捲棚內並佈置了三間房，奶子如意兒和迎春正抱著官哥兒玩耍，潘金蓮手中拈著一枝桃花兒自外邊走進來後也解開羅襪抱著官哥兒兩個玩親嘴，陳經濟卻又突然走了進來，看見金蓮與官哥玩耍也跟著逗孩子，兩人玩耍調情贈桃花，沒想到卻被西門大姐等人看見：

> 敬濟不由分說，把孩子就摟過來，一連親了幾個嘴。金蓮罵道：「怪短命，誰家親孩子，把人的髩都抓亂了！」敬濟笑戲道：「你還說，早時我沒錯親了哩。」金蓮聽了，恐怕奶子瞧科，便戲發訕，將手中拿的扇子倒過柄子來，向他身上打了一下，打的敬濟鯽魚般跳。……如意兒見他頑的訕，連忙把官哥兒接過來抱著，金蓮與敬濟兩個還戲謔做一處。金蓮將那一枝桃花兒做了一個圈兒，悄悄套在敬濟帽子上。走出去，正值孟玉樓和大姐、桂姐三個從那邊來。大姐看見，便問：「是誰幹的營生？」敬濟取下來去了，一聲兒也沒言語。

此回主要言墮落的時代上不行則下不正，如張竹坡回前總批所言「見西門之惡，純是太師之惡也。夫太師之下，何止百千萬西門，而一西門之惡已如此，其一太師之惡為何如也？」而於西門慶祭祖家寫此段的閒筆，則是藉由贈桃花帶出第五十八回「潘金蓮花園調愛婿」的伏筆，張竹坡於總批言：

> 內于西門祭祖文中，偏又夾寫金蓮、敬濟一段文字。忙中閑筆，已屢言矣。然未如有此段文字麗極。……寫西門祭祖，是正文，卻是旁文，寫弄私情是旁文，又是正文。桃者，兆也，挑也，總是隨處伏一挑剔至花園之調，方不突然也

潘金蓮與陳經濟暗底調情已非一時之事，此處的贈桃花圈也是兩人私情的證據，兩人玩的忘了孩子，奶子如意兒見他們玩的起進連忙抱過孩子，兩人還戲謔做一處。繡像所繪的正是如意兒已將官哥兒抱過來，潘金蓮贈桃花圈給陳經濟的場景（見下圖）。但是兩人私情正美以贈桃花時，實際上正值西門大姐、孟玉樓與李桂姐到來，何況大姐還問了陳經濟頭上的桃花圈來自何人之手，即使陳經濟默默取下不言語，也足見私情場面險被發現之尷尬。

繡像畫工所採取的佈局，卻以近三分之二的畫面表現「兩邊松牆竹徑，周圍花草，

一望無際」的庭園之景，右下角房屋內是抱著官哥兒的迎春和如意兒，房前潘金蓮正要悄悄將桃花圈套在西門慶的帽子上。小說中由於大多是人物情感交流或對話的場景，繡像人物視線往往相對。但此回繡像中如意兒、潘金蓮、西門慶等視線卻完全沒有交集，一致朝向畫面左方，此時應該要由花園走入看見的西門大姐、孟玉樓、桂姐等三人卻不在畫面之內。《金瓶梅》小說中窺視或觀看的場景出現頻率相當頻繁，且為了突顯觀看的重要性，就算回目沒有明確提示，畫工也會如實繪出，增加衝突或事跡敗露一瞬即發的戲劇張力。此回潘金蓮「美私情戲贈一枝桃」給陳經濟，正有三人出現觀看，兩人私情差點被人瞧出才顯現出張力，畫工卻未繪出月娘等人看見的關鍵，而畫面人物又朝向同一視線，推知畫工所採取的並非小說敘述者的全知視角，而是以西門大姐、孟玉樓與桂姐三人，或是旁觀小廝的角度來觀看此場面。

其實陳經濟自入西門家「見嬌娘」後，一直與潘金蓮有所曖昧，但到此回都只是逾舉，還沒有確切偷情的舉動。張竹坡於第五十二回總批言：「金蓮之於敬濟，自見嬌娘後，而元夜一戲，得金蓮一戲，罰唱一戲，至此鬥葉子一戲，乃於買汗巾串入花園之戲，方討結煞」，可見兩人是到花園調愛婿時才真正做為一處，第四十八回贈桃花時因被突然走入的西門大姐等人打斷，故兩人玩訕私情得以為美，桃花只能做其後花園的伏筆，真正的偷情信物要到第五十二回的汗巾了。張竹坡言此回弄私情是閑筆又是正文意義就於此，若非他人進入觀看，潘金蓮與陳經濟早已跨越彼此戲弄更進一步發展。然而此回圖像又不似第五十二回，兩人於花園偷情時，官哥被黑貓嚇哭引來了小玉和孟玉樓的高度衝突性，只要採取鳥瞰式的散點透視，焦點對立下即可呈現出劇情高潮。此回重心在於兩人私情被煞風景的打斷又怕被發現的尷尬心理層面，而心理層面的抽象概念又非圖像所擅長，加以兩人被看見時也沒有明顯的動作，所以畫工採取了限知視角，使讀者參與了西門大姐等人的觀看，藉此表現出潘與陳的心理狀態。

即使版畫傳統原本就如傳統繪畫習慣以鳥瞰式「以大觀小」的構圖，以散點透視使觀者可遊於許多焦點，並透過散點透視濃縮並置不同時間空間的場景已表現小說重心。但是繡像畫工所選取的視角仍然又著絕對的重要性，它決定了讀者是以疏離的旁觀者還是正式的參與者作為有利的閱讀位置：全知視角下讀者可遊於許多焦點，透過鳥瞰圖處於冷靜旁觀者的位置上，要能獨立判斷，不斷以自我觀點分析事件、評斷是非；而限知視角下則能使讀者十分投入故事中，幾乎和故事角色融為一體，可以完全感受劇中的心理層面的描寫以及無法言喻的情感交流。由以上例子可知，無論是版畫傳統下全知視角的客觀，或小說版畫甚少使用的主觀限知視角，其實都可見畫工完全依從回目下仍有著「詮釋」甚至「創作」的企圖心。視角的選取除了代表了畫工自身的理解與評點，也有著為讀者提供更有利的觀看位置去體會文本更深層意義的責任，所以畫工透過全知視角展示真正的重點人物或隱藏醜陋並為其謀取些許平反，透過限知視角使讀者親臨人物感受彰顯心理層面的故事重心。因為僅管文本只有小說主體，但觀看當中原本就充滿了不確定性，《金瓶梅》的意義也不單只有一種，更不僅限於文字和評點中，讀者來自不同的性別、文化、社會經驗、成長背景，會觀看出不同的東西。無論角色如何觀看、畫工所所呈現的畫面如何，最終的意義來自觀看者從自身的經驗脈絡中對文本所做的詮釋，而視角代表了畫工帶領讀者觀看的閱讀位置，從以上舉例可知畫工並非一味盲從小說的敘述者口吻，而是能轉換視角且如評點家能掌顯真正焦點並迫使讀者反思的「再創作」。

第二節　衝擊與孕育——場景的選擇

崇禎本《金瓶梅》的回目都已將場景限定，但許多回目其實涵蓋小說幾百字的段落，由許多情節與動作組織而成，即使完全依從回目所限定的範圍，在回目之內，畫工仍有許多場景可供選取。如何在全版的空間中作場景的共時並列以凸出衝突性，或選取最具代表性與戲劇性的一幕去凸顯回目主題，不可謂不費心。所謂的代表性與戲劇性，是指「在故事進行的一連串人物行動中，選擇其中最具衝突、緊張或關鍵性的一幕，加以凝結成瞬間的畫面。由觀眾的眼睛來看，那個瞬間凝結的關鍵性畫面，是個未完的情節，訴說著之前和之後的連續性，這就是版畫的戲劇性」。[17]繡像所選取的場景，往往代表畫工認為是此回重心或承先啟後的重要場面。而場景的選擇與並列，則代表畫工對此回甚至整部小說究竟如何詮解。

---

[17] 毛文芳：〈於俗世中雅賞——晚明《唐詩畫譜》圖像營構之審美品味〉，《通俗文學與雅正文學全國學術研討會論文集》第一集（臺中：國立中興大學中國文學系，2005），頁 339。

畫工選取場景依照何種標準，由於圖像表現手法與小說版畫的特性也各有不同。圖像不似文字可以透過上下文說明連貫的動作：作者可以用文字隨心所欲描繪每一個情節動作，將所有的變化曲折都順序說下去；圖像畫面中每個人的動作卻都是靜止的，一行文字，圖像也許要切分為好幾幅畫才能表現出那一行文字的所有曲折變化。因為文字擅長表現時間性的、抽象性的，而圖像擅長表現空間性的、具體的。連續性的情節變化中，圖像只能選用某一頃刻，此頃刻必須發揮最大的效果，最能誘發觀者想像自由活動。因此萊辛（Gotthold Ephraim Lessing）主張造型藝術場景應當選取「最富孕育的頃刻」，[18]就是劇情到達高潮前的那一刻，因為

> 在一種激情的整個過程裡，最不能顯出這種好處的莫過於它的頂點。到了頂點就到了止境，眼睛就不能朝更遠的地方去看，想像就被困住了翅膀，因為想像跳不出感官印象，就只能在這個印象下面設想一些較為軟弱的形象，對於這些形象，表情已達到了看得見的極限，這就給了想像畫了界限，使它不能向上超越一步。[19]

所以不論作畫或雕塑，所該選取的就應當是情緒或情節到達頂點前一幕。因為繪畫等造型藝術，在反映事物的發展及傳導人物的內心活動方面，有一定的限制，它只能把握住某一傾刻，因此就要盡量選擇最富有孕育性的一刻，才能給人以充分的聯想和想像的餘地。

但小說版畫的目的只是輔助表現小說內容，真正的主體還是小說本身，而不似西方敘事畫以圖像表現出所有文學內容或神話主題，所以繡像未必遵從萊辛所認定造型藝術選取場景該有的規律，原因是插圖的主要作用通常只是在「為文字內容嘗試提供一個可能較為『確切性』的形象說明而已[20]」。如胡萬川便表示事件頂點之時人物與型態的動作乃繪畫所擅長，所以版畫常常選取的場景不是最富孕育的頃刻，而是事件的頂點：

18　在永遠變化的自然中，藝術家只能選用某一頃刻，特別是畫家還只能從某一角度來運用這一頃刻；既然藝術家的作品之所以被創造出來，並不是讓人一看了事，還要讓人玩索，而且長期地反覆玩索，那麼……選擇上述某一頃刻以及觀察他的某一個角度，就要看它能否產生最大效果了。最能產生效果的只能是可以想像自由活動的那一頃刻了。……繪畫在它同時並列的構圖裡，只能運用動作的某一頃刻，所以就要選擇最富孕育最豐富的那一頃刻，從這一頃刻可以最好的理解到後一頃刻和前一頃刻。同時，詩在它的先後承續的模仿裡，也只能運用物體的某一特徵，所以詩所選擇的特徵應該能使人從詩所用的那個角度，看到那一物最生動的感性形象。〔德〕萊辛（Gotthold Ephraim Lessing）著，朱光潛譯：《拉奧孔》（合肥：新華書局，2006），頁 19、92。

19　〔德〕萊辛（Gotthold Ephraim Lessing）著，朱光潛譯：《拉奧孔》（合肥：新華書局，2006），頁 19-20。

20　胡萬川：〈傳統小說版畫插圖〉，《中外文學》第 16 卷第 12 期（1988 年 5 月），頁 45。

> 傳統版畫既以線條表現為主，而插圖誘因限於書籍版面，所能運用的畫面既已不大，其所需布置的人物又常多，在此情形下，其所特長，便盡在於動作型態之描摹，而非內心情意之傳達。情節高潮的前一幕，其緊張多來自人心內在之爭執與計謀等，此實非小版面之線條人物畫所能為工。而是事件頂點之際，則多為衝突等實際動作，不只畫面亦於構設，人物型態與動作之表達，亦自為傳統畫者所擅長。[21]

萊辛的場景選取標準是由於西方敘事畫模仿自然或史詩，身為模仿藝術本身就已經成為了主體。小說版畫則不然，小說沒有了繡像依然完整，反而繡像無法脫離小說而獨立存在，故繡像不會有完善表現小說內容的強大企圖，也沒有必要擔憂表現劇情頂點的場景會限制讀者的想像，因為主體仍然是小說，小說本身已能提供讀者極佳馳騁想像的場所，繡像不過是輔助情節具體化形象化的引子。加上小說最富孕育的頃刻往往是圖像不擅表達的心理層面描寫，所以小說版畫大多選擇事件的頂點場景作畫。然而崇禎本《金瓶梅》繡像即使完全在回目限制範圍下，也未必全然遵從表現是件頂點的原則作為場景選擇的標準，只是無論選擇了事件頂點與否，擇取的標準背後都有著畫工理解與詮釋的進入。

一、故事高潮的戲劇張力

故事進入高潮時往往已跳脫心理抽象的描寫，有著較大的動作與姿態，此正是圖像所擅長的空間式、具體化的描寫。因此回目通常就表示了此回劇情的頂點，繡像依從回目也就順理成章表現最具戲劇性、衝突性的劇情頂點場景作畫。

以第五回「捉奸情鄆哥定計」而言，回目提供的是鄆哥告訴武大潘金蓮與西門慶偷情使其去「抓奸情」的劇情，然而此回故事曲折變化，回目幾乎是一整回幾千字的統整與提綱，畫工於回目限制下其實有許多場景可以選擇。此回故事的頂點莫過於鄆哥與武大到王婆茶坊抓奸一團混亂的頃刻：

> 卻說鄆哥提著籃兒，走入茶坊裏來，向王婆罵道……那婆子卻待揪他，被這小猴子叫一聲「你打」時，就打王婆腰裏帶個住，看著婆子小肚上，只一頭撞將去，險些兒不跌倒，卻得壁子礙住不倒。那猴子死頂在壁上。只見武大從外裸起衣裳，大踏步直搶入茶坊裏來。那婆子見是武大，來得甚急，待要走去阻當，卻被這小猴子死力頂住，那裡肯放！婆子只叫得「武大來也！」那婦人正和西門慶在房裏，做手腳不疊，先奔來頂住了門。這西門慶便鑽入床下躲了。武大搶到房門首，用

---

[21] 胡萬川：〈傳統小說版畫插圖〉，《中外文學》第16卷第12期（1988年5月），頁46。

手推那房門時，那裏推得開！口裏只叫「做得好事！」

畫工於此回繡像（見右圖）選取了劇情的最高潮，並以「散點透視」透過樹木與茶坊作三個共時性場景的切割並置捉奸情的計畫，右上景是鄆哥使技「看著婆子小肚上，只一頭將撞去，險些兒不跌倒，卻得壁子礙著不倒」，頂住王婆防止阻礙接到丟籃暗號「從外裸起衣裳，大踏步直搶入茶坊裡來」的武大。左下是聽到王婆大喊「武大來也！」而「在房裡，作手腳不迭，先奔來頂住了門」的潘金蓮，以及「鑽入床下躲」的西門慶。畫工將武大置於右下方，以開放式場景呈現茶坊裡兩個場景的緊繃劇情，特地畫出鄆哥的奮不顧身與王婆的抵抗呼叫，去對比「慌作一團」衣衫不整去頂住房門的潘金蓮，以及驚慌躲入床下的西門慶。儘管後來潘金蓮以言語激西門慶開門踢武大，但一觸即發的抓奸場景正是此回最高潮迭起之處，故畫工選取了此共時場景突顯了此回的衝突性，並於小說內容之外特別以衣衫不整的穿著去暗示「奸情」與突顯潘之慌亂。

又如第七回的「薛媒婆說娶孟三兒」，在毒殺武大之後，作者並未直接寫西門慶與潘金蓮的後來發展，而是先寫娶孟玉樓之事。同第五回，此回回目所提供的材料依然相當籠統，畫工選取了西門慶與薛嫂至孟家與孟玉樓相見之場景。西門慶許多戀情其實中介人都佔有極為重要的腳色，此回畫工亦將薛媒婆置於畫面中央之處，並特別選取：

薛嫂見婦人立起身，就趁空兒輕輕用手掀起婦人裙子來，正露出一對剛三寸、恰半叉、尖尖趫趫金蓮腳來，穿著雙大紅遍地金雲頭白綾高低鞋兒。西門慶看了，滿心歡喜。

的場景（見下頁圖）。比起潘金蓮的「偷娶」、李瓶兒的「迎奸」，西門慶娶孟玉樓其實是相當正大的明媒正娶，也有許多大書特書之處，繡像卻特別選取小說中這段，代表畫

工理解西門慶娶孟玉樓除了是因其「生的長挑身材，一表人物，打扮起來就是個燈人兒。風流俊俏，百伶百俐，當家立紀、針指女工、雙陸棋子不消說……又會彈一手好月琴」之外，更是聽薛嫂言她家裡「手裡有一分好錢。南京拔步床也有兩張。四季衣服，插不下手去，也有四五隻箱子。金鐲銀釧不消說，手裏現銀子也有上千兩。好三梭布也有三二百筒」。如同張竹坡於回前總批所言

> 要知玉樓在西門慶家，則亦雖有如無之人，而西門慶必欲有之者，本意利其財而已。觀楊姑娘一爭，張四舅一鬧，則總是為玉樓有錢作襯。而玉樓有錢，見西門慶既貪不義之色，且貪無恥之財，總之良心喪絕，為作者罵盡世人地也。夫本意為西門貪財處，寫出一玉樓來，則本意原不為色。故雖有美如此，而亦淡然置之。見得財的利害，比色更利害些，是此書本意也。

自古直至明清時期，女子皆不可輕易露鞋，尤其是裹了小腳的人家。鞋其實是情色的象徵，三寸金蓮更是性之壓抑與表徵，薛嫂明目張膽去掀裙露腳與西門慶看，已不僅僅是外在形式的說媒，而是深入內在的情色與財力檢驗。正是因為如此，聰明的畫工於回目之內特別繪出此場景，說明自己所理解的整場說娶戲碼之高潮其實就是掀裙看鞋的一幕。此幕說明了西門慶娶孟三樓實因「見得財的利害，比色更利害些」，也說明了孟玉樓被掀裙看鞋「不是寫他被西門所辱，卻是寫他能忍辱」的人物性格。孟玉樓此時已非有夫之婦，清白的身家與正大說媒過程都說明了作者對於孟玉樓的特殊對待。然而這樣高眾妾一等的絕世美人，亦遭西門慶荼毒，由此幕可知是因孟玉樓能忍辱，所以嫁入西門家之後「既已荼毒之，卻又常屈之於冷淡之地，使之含酸抱屈」。[22]畫工認知此回的事件頂點在此場景，說媒過程中的掀裙看鞋就表現了西門慶對財色的貪求與檢驗，以及

22　此段引號內的引文皆出自張竹坡第七回的回前總批。

孟玉樓「能忍辱」的人物性格。

二、孕育頂點的隱藏主題

「詩文敘事是可以繼續進展的，可以把整個『動作』原原本本、有頭有尾的傳達出來。不比繪畫只限於事物同時並列的一個場面；但是他有時偏偏見首不見尾，緊臨頂點，就收場落幕，讓讀者得之言外」。[23]小說版畫附屬於小說，所以即使畫出事件的頂點，觀眾想像的空間也不會因此而縮減，因為小說本身的前後文就足使始觀眾想像進入。加上事件頂點的大動作與人物姿態較容易透過圖像表達，所以絕大多數繡像並不會遵守萊辛所謂造型藝術應選擇「最富孕育的頃刻」原則作畫。然而不是每一回的故事性質都適用於表現出故事頂點，畫工有時不願意表現出事件頂點的場景來混淆中心思想，所以選取的是即將達到故事頂點的前一刻，透過最富孕育的頃刻，使讀者自行聯想、想像，並藉此表現出畫工自身所理解的真正隱藏主題。

以情色場景為例，即使《金瓶梅》被稱為「淫書」，但比起真正的「枕邊之書」如《繡榻野史》、《隋煬艷史》等等，情色描寫的比例以及詳略都足見《金瓶梅》的寫作重心從來是就不是風月筆墨。[24]《金瓶梅》中有許多情色描寫，但「他總是把性欲、性行為與人的其他社會意識和行為聯繫起來」，[25]情色場景伴隨著表現出人物性格與劇情轉折，藉此映射晚名商人階層放縱病態的寓意。[26]繡像畫工若將《金瓶梅》理解為「淫書」，或為其作畫僅為了增加宣傳的噱頭手段，則繡像定不吝出現情色場景作為號召，即使小

---

23 錢鍾書：《七綴集》（臺北：書林出版公司，1990），頁 53。

24 如康正果言：「與大多數明清淫穢小說的突出區別在於，《金瓶梅》中的性描寫並不是小說的唯一內容，不是那種沒完沒了的色情連續劇。從這部小說的整體結構看，對性交場面的安排，對於這一方面的內容在敘述上的詳略、疏密、顯隱、熱冷，作者均有特殊的考慮。可以肯定地說，作為西門慶生活的一大樂趣，性活動始終同他滿足其他貪欲的追求緊密的聯繫在一起，並同樣被納入了由盛到衰的總趨勢。」康正果：《重審風月鑒》（瀋陽：遼寧教育出版社，1998），頁 230。另有許多學者也都寫了專文甚至專著證實了這一點，如劉輝也說明了《肉蒲團》裡提到的風月之書包括《如意君傳》、《癡婆子傳》、《繡榻野史》，卻沒有《金瓶梅》一書，淫書之作者尚且不把《金瓶梅》視為淫書。見劉輝：〈《金瓶梅》的歷史命運與現實評價——之一：非淫書辯〉，盛源、北嬰編：《名家解讀金瓶梅》（濟南：山東人民出版社，1998），頁 106-123。另如徐朔方〈論《金瓶梅》的性描寫〉、李時人〈論《金瓶梅》的性描寫〉、陳益源〈淫書中的淫書？——談《金瓶梅》與艷情小說的關係〉、胡衍南《金瓶梅到紅樓夢——明清長篇事情小說研究》第一章〈《金瓶梅》非「淫書」〉等皆有如此的主張。

25 李時人：〈論《金瓶梅》的性描寫〉，收入張國星編：《中國古代小說中的性描寫》（天津：文藝出版社，1993），頁 199。

26 胡衍南：《金瓶梅到紅樓夢——明清長篇事情小說研究》（臺北：里仁書局，2009），頁 73。

說中僅略提仍選取情色場景作畫。但實際上崇禎本《金瓶梅》繡像並不以春宮圖作為宣傳號召，即使情色描寫是此回故事頂點，若是畫工認為其「最富孕育的頃刻」更足以說明此回真正重心，且得以避免混淆視聽，那麼繡像便不會遵守畫出故事頂點的原則。

如第十三回「李瓶姐隔牆密約」，此回言西門慶一日與鄰居友人花子虛的妻子李瓶兒撞了滿懷之後，自此「就安心設計，圖謀這婦人」，每每將子虛留在院中住下喝酒，自己與李瓶兒久而久之「兩個眼意心期，已在不言之表」。一日李瓶兒託婢女綉春密約，西門慶便假借醉酒返屋，走到花園單等李瓶兒，迎春並搬梯請西門慶翻牆進屋，當夜兩人便飲酒交歡，小說並用了近百字的篇幅去描寫此情色場景。此回回目同樣只是總綱涵蓋了許多場景，且明顯故事頂點是兩人偷情、婢女迎春偷窺的場景。但是此回繡像畫工所選擇卻是西門慶首次翻牆密約李瓶兒時的場景（見下圖），分明是小說此段：

> 單表西門慶推醉到家，走到金蓮房裏，剛脫了衣裳，就往前邊花園裏去坐，單等李瓶兒那邊請他。良久，只聽得那邊趕狗關門。少頃，只見丫鬟迎春黑影影裏扒著牆，推叫貓，見西門慶坐在亭子上，遞了話。這西門慶就掇過一張桌凳來踏著，暗暗扒過牆來，這邊已安下梯子。李瓶兒打發子虛去了，已是摘了冠兒，亂挽烏雲，素體濃妝，立在穿廊下。看見西門慶過來，歡喜無盡，忙迎接進房中。

西門慶甫見李瓶兒便處心積慮圖謀婦人，而李瓶兒和西門慶開始相互有意時也逐步佈局，張竹坡於回前總批言「寫瓶兒幾番得露春信，俱用子虛往院中作間。……清西門往院中去一引，後用院中灌醉一間，剛兩番勾挑已出」，故二度撞了滿懷後，先遣婢女言「娘如此這般要和西門爹說話哩」，之後兩人以眾多暗號「打狗關門，喚貓上牆，雞叫過牆」偷情。繡像選擇便是翻牆幽會的場景，畫面左方的西門慶聽見貓叫正要翻牆過來，而婢女迎春早已準備好梯子迎接，李瓶兒則在畫面右下方的屋內掀簾窺視等待。儘管此回西門慶與李瓶兒的情色描寫篇幅並不算少，畫工仍然捨棄了情色場景，如陳平原所言：「有趣的是，第十三回中至關重要的道具春宮畫並沒有露面，單看翻牆幽會，你還以為是張生呢」。[27]可見畫工理解「翻牆」一幕更得以凸顯西門慶與李瓶兒乃是鄰居，且如同張竹坡於回前總批所言：

> 人知迎春偷覷為影寫法，不知其於瓶兒佈置偷情，西門虛心等待，只用「只聽得趕狗關門」數字，而兩邊情事，兩人心事，俱已入化矣。

兩人幽會交歡並遭婢女迎春窺視固是劇情頂點，但是迎春偷覷只是以第三人稱的視野帶出春宮畫，不如翻牆幽會之景，不僅畫出了交代兩人相見相會至關重要的牆，也畫出了兩人布置偷情、虛心等待，僅靠著暗號心意便已「不言之表」的行動。夜半翻牆至友人妻子院裡「如此這般」由讀者自行想像，選擇孕育的頃刻比起頂點的情色場景更能說明此回重心——兩人的互相佈置與勾情。

除了情色場景之外，還有另外一種情況畫工不能如實繪出劇情頂點，而必須選擇孕育高潮的頃刻使讀者自己去想像其後續發展，那便是兇殺或死亡的劇情。「就寫生的角度來說：繪畫似乎要比文學更能夠忠實的呈現原物的風貌，因為文字必須要配合讀者層次的提升，而繪畫可以帶給讀者立即性的理解」，[28]但是如果是極度可怖的場景，即使那是此回重心，若是如實繪出也只會使人更加的不舒服。繪畫可以把小說裡一瞬即逝的頃刻賦予一種永久性，若是兇殺或死亡的場景一經繡像固定，予以持久，就會使人感到不愉快。小說可以寫凶殺，可以寫死亡的可怖，但作為造形藝術的繡像卻無法如實做到，原因如同萊辛所言：

> 在詩裡形體的醜由於把空間中並列的部分轉化為在時間上中承續的部分，就幾乎完全失去它的不愉快的效果，因此彷彿也就失其為醜了，所以它可以和其他形狀更緊密的結合在一起，去產生一種新的特殊的效果。在繪畫裡情形卻不如此，醜的一切力量會同時發揮出來，它所產生的效果並不比在自然裡弱多少。因此，無害的醜不能長久的停留在可笑上面，不愉快的情感就會逐漸佔上風，原來第一眼看上是滑稽可笑的東西，後來就只惹人嫌惡了。[29]

27　陳平原：《看圖說書——小說繡像閱讀札記》（北京：生活·讀書·新知三聯書店，2003），頁55。

28　馬銘浩：《中國版畫畫譜文獻研究》，文化大學中國文學研究所博士論文，1997 年，頁 191。

29　〔德〕萊辛（Gotthold Ephraim Lessing）著，朱光潛譯：《拉奧孔》（合肥：新華書局，2006），頁 149。

繪畫會使得一閃即逝的可怖情景化剎那為永恆，加上它比文字呈現的真實度更強，所以一旦將最可怖的頂點繪出，令人嫌惡的強度不僅會超越小說，醜惡與嫌物並將成為永恆。所以畫工處理到兇殺、死亡等等類似場景時，就必須避開最使人不舒服的頂點，但又必須提示接下來的劇情，便得遵守「最富孕育的頃刻」原則，選取頂點前一刻的場景，使讀者自行想像感受其後的緊繃。

如第二十六回「宋惠蓮含羞自縊」，西門慶先前私淫了家僕來旺的妻子宋惠蓮，其後來旺兒透過孫雪娥知曉後，某日趁醉說了自己將不利於西門慶的話，此話後來傳到了西門慶耳裡，雖然宋惠蓮一再替自己丈夫請罪，但西門慶聽了潘金蓮的建議之後，還是決定使計讓來旺兒遞解徐州「斬草除根」。宋惠蓮雖然背著丈夫偷情，知曉此事後仍放聲大哭，一次自縊不成，後經潘金蓮使計與孫雪娥打罵之後，「忍氣不過，尋了兩條腳帶，拴在門楹上，自縊身死，亡年二十五歲」。儘管後來月娘等人經過惠蓮門首時發覺有異，但已來不及阻止悲劇。

此回由回目提示已知劇情頂點在於宋惠蓮自縊身亡，但是畫工若如實繪出惠蓮死狀則將可佈的瞬間化為永恆，所以繡像所選取的是月娘遣小廝跳窗救人之景（見下圖），小說此段言：

> 月娘送李媽媽、桂姐出來，打蕙蓮門首過，房門關著，不見動靜，心中甚是疑影。打發李媽媽娘兒上轎去了，回來叫他門不開，都慌了手腳。還使小廝打窗戶內跳進去，割斷腳帶，解卸下來，撅救了半日，不知多咱時分，嗚呼哀哉死了。但見：四肢冰冷，一氣燈殘。香魂眇眇，已赴望鄉臺；星眼瞑瞑，屍猶橫地下。不知精爽逝何處，疑是行雲秋水中。

小說透過上下文交代了宋惠蓮的死亡，如張竹坡夾批所言，是由於「忍氣不過」，而非「為來旺守節」。但是與李瓶兒和潘金蓮相較之下，宋惠蓮仍不甘心丈夫來旺遠去，即使小說透過文字是

可以完整寫出死亡的驚悚恐怖[30]的，作者仍然選擇透過詩詞對於死亡輕描淡寫。繡像畫工更為了避免劇情頂點的可怖，所以選擇了發現死亡的前一刻，畫面中巧妙的運用了屋外的視角避開了屋內自縊的宋惠蓮，而小廝們一個正在推門，一個正準備從窗戶跳進去。畫面左方還可見「慌了手腳」的月娘等人。透過這樣孕育悲劇的頃刻，不僅避開了直接繪出死亡的禁忌，也能讓讀者產生懸念：是什麼讓月娘與小廝等人如此慌張必須跳窗？宋惠蓮先前懸樑自縊不成此次是否真的香消玉殞？

宋惠蓮一般被視為潘金蓮與李瓶兒的對照人物，尤其此回宋的結局被視為是李瓶兒下場的前鑒。理解宋惠蓮自盡並非為了來旺守節，作者還是給予宋惠蓮比起「金」、「瓶」有著更高的評價與同情。宋惠蓮之死，從一開始潘金蓮勸西門慶將來旺「斬草除根」開始，到其後為爭寵唆使雪娥譏打，都可見是彰金蓮之惡。[31]所以如張竹坡於回前總披所言：

> 觀蕙蓮甘心另娶一人與來旺，自隨西門，而必不忍致之遠去。夫遠去且不甘，況肯毒死氣死之哉！雖其死總由妒寵不勝而死，而其本心卻比金蓮、瓶兒差勝一等，又作者反襯二人也。……蕙蓮本意無情西門，不過結識家主為叨貼計耳，宜乎不甘心來旺之去也。文字俱於人情深淺中一一討分曉，安得不妙。

宋惠蓮即使不忠，但相較其他人物仍差勝一等，所以作者寫宋惠蓮的下場相較於李瓶兒和潘金蓮的死亡書寫更顯的疏簡與含蓄，畫工因此更加隱諱。六十二回「西門慶大哭李瓶兒」、八十七回「武都頭殺嫂祭兄」雖然也畫的是死亡頂點的前一刻，卻都已畫出將亡之悽慘狼狽；此回畫工甚至連人物都未畫出，巧妙地以視角遮蔽，透過孕育高潮頃刻的選取，提升了此回的悲劇張力，使讀者有更大的想像與思考空間去作批判，彰顯此回宋惠蓮的死亡並非真正的重心，重點是妻妾之間的爭寵將會不斷出現犧牲者，主要爭端總在潘金蓮為自己爭取更多關愛與生存空間而起，月娘雖知卻總放任不管或所知甚遲而釀成大禍。

30　如萊辛言：「只是因為它（醜）經過文字的表達就大大的沖淡了，我才敢說，詩人至少可以運用可嫌惡的對象的某些方面，作為一種產生混合情感的因素，正如他用醜加強這種混合情感，可以產生很好的效果那樣。」〔德〕萊辛（Gotthold Ephraim Lessing）著，朱光潛譯：《拉奧孔》（合肥：新華書局，2006），頁 153。

31　見張竹坡於回前總批言：「先寫一宋蕙蓮，為金蓮預彰其惡，小試其道，以為瓶兒前車也。然而蕙蓮不死，不足以見金蓮也。蕙蓮死之死，不在一聞來旺之信而即死，卻在雪娥上氣之後而死，是蕙蓮之死，金蓮死之，非蕙蓮之自死也。金蓮死之固為爭寵，而蕙蓮之死于金蓮，便是爭妍，殆爭之不勝，至再至三，而終不勝，故憤恨以死。故一云『含羞』，又云『受氣不過』，然則與來旺何與哉！」

回目雖然限制了繡像的場景選取，但仍有許多回目只是總綱，畫工仍可依場景性質或自身理解去遵從不同的選取標準。造型藝術由於是如實繪出，所以必須避開醜，並選擇頂點前那「最富孕育的頃刻」，使讀者想像空間不至於受限；然而小說版畫只是附屬性質，所以未必要遵守此原則，反而選擇頂點更容易展現圖像擅長表現的空間式、具體式的動作。崇禎本《金瓶梅》繡像場景大多選擇劇情頂點來表現，或是採取散點透視並置場面突顯衝突性與戲劇性，或是自行選取最能代表人物性格的場面隱藏或彰顯主旨；對於某些情色場景或兇殺、死亡場景等，為了避免混淆重心，或迴避表現頂點的可怖醜陋，畫工就會選擇最富孕育的場景，使讀者用自己的想像去填補其後的發展，並透過最富孕育的場景彰顯此回隱藏的真正重心也暗寓對人物的褒貶。兩種選取的標準各有長處，而畫工能靈活運用於兩種標準地長處，選取最能表現出場景性質與回目重心的場景，並透過場景的選擇隱藏可怖並彰顯重心，可見即使完全依從於回目，透過場景的取捨也能說明畫工對小說的理解與觀看態度。

第三節　窺視人物的指引觀看

約翰伯格（John Berger）認為畫家的觀看方式，重構於他在畫布上的圖繪中，而我們也以自己獨特的信念與經驗反映了觀看方式，並以此觀看方式去感知或佔用某個形象。[32]《金瓶梅》繡像的畫工，也將他的觀看方式重構於二百幅繡像中，當我們觀看、閱讀繡像時，也以自己的獨特理解和經驗「再觀看」、「再閱讀」了畫工呈現的觀看。但觀看，尤其是遮遮掩掩或背地裡的窺視或偷聽，其實是一種權力的象徵，一種對他人私領域的侵犯，更是所謂的人性。

田曉菲稱《金瓶梅》是一部「充滿偷窺樂趣的小說」[33]，「窺視」的場景層出不窮，展現了大眾對窺探隱私的興趣，評點者張竹坡更將窺視視為敘述特意「露破綻」的手法，直接列為「批評第一奇書《金瓶梅》」讀法之一。[34]故不僅如前文所提及畫匠會以窺探的視角觀看與批評小說場景，小說回目之中有時也會明白提示窺視情節如「私窺」、「潛

32　詳見〔英〕John Berger：《看的方法——繪畫與社會關係七講》（臺北：明文書局，1979），頁 4。

33　田曉菲：《秋水堂論金瓶梅》（天津：天津人民出版社，2005），頁 45。

34　批評第一奇書《金瓶梅》」讀法第十四條言：「《金瓶》有節節露破綻處。如窗內淫聲，和尚偏聽見；私琴童，雪娥偏知道；而裙帶葫蘆，更屬險事；牆頭密約，金蓮偏看見；蕙蓮偷期，金蓮偏撞著；翡翠軒，自謂打聽瓶兒；葡萄架，早已照人鐵棍；才受贓，即動大巡之怒；才乞恩，便有平安之才；調婿後，西門偏就摸著；燒陰戶，胡秀偏就看見。諸如此類，又不可勝數，總之，用險筆以寫人情之可畏，而尤妙在既已露破，乃一語即解，絕不費力累贅。此所以為化筆也。」

蹤」、「私語」、「竊聽」。在如此的回目之下，畫工往往也會如實的描繪出，在回目之內畫出窺視者，而此窺視者：

> 既是作為敘述者的詩人自己，也是作為畫面構成的畫家自己，更是畫家將觀眾直接帶入畫中的一種做法，他們的作用一方面是點景，另一方面，正是隱含的觀眾，參與畫面，觀看畫幅中的景物情節。[35]

繡像中的窺視者，不僅僅是小說中在旁觀看或偷聽的小人物，更佔據此回重要場景最有利的觀看位置，引誘畫面外的讀者雙重窺視。以往版畫處理窺視場景，皆以被窺視的場景置中為主體，畫面外的讀者地位如同畫面邊緣的窺視者，共同窺視此場景。但崇禎本《金瓶梅》繡像處理窺視有兩種方式：窺視者若是如應伯爵或家僕婢女等小人物，則採取版畫的傳統作法，主體為被窺視的場景；窺視者若為小說的重要人物如潘金蓮、孟玉樓等人，則主體為窺視者，被窺視的場警反而被安置到畫面邊緣。後者畫面外的讀者除了是較為客觀地窺視小說人物的窺視，也透過窺視者作為一個中介，去雙重窺視被窺視的場景。

人物這樣的「窺視」，常常伴隨著細微動作的描寫，促使故事情節推進人物心理的揭示或內涵情境的深化。如浦安迪認為小說中的窺視有些只是一系列偷看者的好奇張望（如第 13、22、27、50、52 回），似乎大半只是為了使敘述暫時停頓；在另一種情況下，私窺則常挑起一場衝突的威脅性因素（如第 24、83、99 回）。[36]「這些插圖更深的意義是，『觀看』本身就是慾望的一種形式，人們透過形象投射其想像世界，滿足內心的慾望，小說或插圖都深深植根於這種心理。可以說，插圖以沉默但鮮明的方式透露晚明另一種新的閱讀態度：窺視[37]」，畫工將窺視者置於繡像之中，不僅自己化身為窺視者帶領我們進入畫面理解小說，亦使我們成為隱含的觀眾[38]去參與文本。

此節分為兩個部分探討：一是如何透過窺視展開私密空間的視野，這樣的窺視目的是否如張竹坡所言在於展示「人情之可畏」，畫工又如何安排這樣的窺視以彰顯小說中

35　毛文芳：〈於俗世中雅賞——晚明《唐詩畫譜》圖像營構之審美品味〉，《通俗文學與雅正文學全國學術研討會論文集》第一集（臺中：國立中興大學中國文學系，2005），頁 341。

36　詳見浦安迪著，沈亨壽譯：《明代小說四大奇書》（北京：中國和平出版社，1993），頁 125-126。

37　楊玉成：〈閱讀世情——崇禎本《金瓶梅》評點〉，《國文學誌》第 5 期（2001 年 12 月），頁 121。

38　畫面外的觀者面對雙重窺視，一方面可見小說人物窺視情色之情狀，一方面可見窺視者所見之景。此時畫面中的窺視者乃是指引閱讀的中介，是畫工指引閱讀觀看的通口，引誘觀者進入窺視者的觀看位置，成為畫面中隱含的觀眾，進而體悟畫工如此安排的暗示與批判。

隱而不見的諷刺；二是探討小說中窺視場景往往出現於情色場景，[39]這樣的「窺淫癖」除了是引誘讀者「源于通過視覺，利用他人作為性刺激物件而獲得快感」，[40]畫工是否還於其中表現了對世情的反諷與批判？

一、私領域的窺探與世情

不同於其他四大奇書的宏偉敘事，《金瓶梅》作為世情小說的小說的起點，寫的是西門慶一家的興衰寫實與過度推砌的生活細節描寫，但正所謂「摹寫展轉處，正是人情所必至[41]」，所以小說中展示的場景也往往是個人的私密空間[42]。原本中國傳統的空間觀念「男外女內」是有著強烈的倫理意涵：

> 簡單地說，其中反映的空間環繞著中下層士紳家庭的家戶空間（包括房舍和庭園），家戶之內依禮制規定區別內外；家戶之外的場域更有明顯的性別差異：男性遊走之

---

39 崇禎本《金瓶梅》200 幅繡像相關窺視或潛聽的有 27 幅，情色窺視就佔據 16 幅，分別為第 8 回「燒夫靈和尚聽淫聲」、第 13 回「迎春兒隙底私窺」、第 23 回「覷藏春潘氏潛蹤」、第 27 回「李瓶兒私語翡翠軒」、第 34 回「受私賄後庭說事」、第 50 回「琴童潛聽燕鶯歡」、第 52 回「應伯爵山洞戲春嬌」、第 54 回「應伯爵隔花戲金釧」、第 61 回「西門慶乘醉燒陰戶」、第 64 回「玉簫跪受三章約」、第 83 回「秋菊含恨泄幽情」、第 85 回「吳月娘識破姦情」、第 86 回「金蓮解渴王潮兒」、第 95 回「玳安兒竊玉成婚」、第 97 回「真夫婦明偕花燭」、第 99 回「張勝竊聽陳經濟」。

40 Laura Mulvey 著，林寶源譯：〈視覺快感與敘事電影〉，《電影研究》第七卷第 6 期（1989 年 11 月），頁 24。

41 崇禎本《金瓶梅》第二回眉批言：「摹寫展轉處，正是人情之所必至，此作者之精神所在也。若詆其繁而欲損一字者，不善讀者者也。」

42 如張燕言：「由於中國文學『非個人的傳統』（夏志清語）相當強大，想要在文本中實現私人生活敘事這一目標是相當困難的，也很少有可資借鑒的文學範例。只有懂得私人生活的邊界性，感受到私人與公眾之間的張力，以及認識到私人經驗之價值的作者，才可以實現文學上的充分表現。精心設置的視角藝術也就顯得特別重要，而『窺視』，正是所有敘事策略中，最具有私人意味，最能體現出私人生活之邊界性的一種，作者正是要表現這種顯露與掩飾之間的張力或者其中被埋沒了的可貴生命經驗。因此，在《金瓶梅》、《紅樓夢》中大量出現『窺視』章法藝術，也就不難理解了。」見張燕：〈「窺視」的藝術情蘊——從《金瓶梅》到《紅樓夢》的私人經驗之文本呈現〉，《紅樓夢學刊》第 3 期（2007 年 3 月），頁 324。《金瓶梅》因其世情小說的性質，除了透過窺視展示了故事人物的私領域，事實上繡像原本就是極大比例的私密空間，如毛文芳所言：「公共空間並不特別反映在文學或圖繪的書寫上，反倒是公共空間的另一端：私密空間，蓬勃呈現在明末清初的休閒文化中。以崇禎本《金瓶梅》為例，兩百幅插圖中，雖少部分描繪街市、商店、酒樓、茶館等公共空間，更大部分呈現了如閨房、花園、男女等私密空間與情節。」見毛文芳：《物·性別·觀看——明末清初文化書寫新探》（臺北：臺灣學生書局，2001），頁 156。

空間較無限制，女性則被期望「不出閨門」。以男性的空間來說，除了家庭之外，「有山水可以遊玩，有朋友可以聚談」。……女性空間主要即是閒雜人等不准進入的「閨門」、「深閨」，亦即封閉的內室。……此一空間場景顯然呼應了上述「男主外、女主內」與「男女有別」的觀念，而此一觀念的根本設計是藉空間隔絕，貫徹性別隔絕之目的，以建立男女防線，減少性誘惑，並維繫社會秩序。……然而有意義的是（艷情小說中的）這些婦女也具有與當時性別制度「討價還價」的能力，有很多走「後門」、鑽禮教漏洞的機會。在豔情小說中所設計諸多偷情情節中，多是由男子主動出擊，千方百計進入深閨（所謂「鑽穴踰牆」），女子則處於被動，或是被密謀設計，或是半推半就。然而也有女子積極爭取他們所中意的男子，在有限家戶空間與禮教規範的制約之內，創造出自主遊走的領域。[43]

西門慶固然是出擊不惜「鑽穴踰牆」的主動男性，《金瓶梅》中的女性則相較於其他艷情小說有著更大的自主性，往往在西門慶覬覦圖謀之時，女性並順計而為甚至設計圈套給予機會。西門家的眾妻妾積極創造自主遊走領域，小說中的窺視場景便往往不是單純藉由某人的限定視角去窺探他人私領域，而與劇情複雜的人際相關，並進一步反諷出人物境遇興衰浮沉。依照小說文本與回目明顯的提示，畫工勢必將文字中窺視或竊聽的場面重現，且為了讀者能夠理解「窺視」的意涵，所以比照戲曲舞臺表演的門戶洞開，必要時更開一個實際上不存在的窗戶。書中有許多的窺視場景，而窺視往往引發的是其後的劇情轉折，畫工在窺視場景中帶領讀者進入畫面觀看，並透過視角暗示讀者注意其中的世情多詭與批判。

如第三十一回「琴童藏壺構釁」，琴童偷走壺引發了西門家妻妾婢女的爭亂，原因都在琴童偷窺注意到了玉簫與書童的不尋常所引發。此回言西門慶自到任提刑官後，收拾了大廳西廂房作為書房，由書童打理，早晨使丫鬟去房裡取衣服，取來取去，書童便「暗和上房裏玉簫兩個嘲戲上了」。一日玉簫與書童約好時間要說話，不想書童早已被西門慶交代做事，玉簫還趁著堂客飲酒間「拿下一銀執壺，並四個梨，一個柑子，逕來廂房中送與書童兒吃」，開了門發現書童不在，「恐人看見」放了東西就連忙出來。但是玉簫的私心還是被琴童發現了：

可霎作怪，琴童兒正在上邊看酒，冷眼睃見玉簫進書房裏去，半日出來，只知有書童兒在裏邊，三不知扠進去瞧。不想書童兒外邊去，不曾進來，一壺熱酒和果

---

43 見黃克武：〈暗通款曲：明清艷情小說中的情慾與空間〉，收錄於王瑷玲、胡曉真主編：《經典轉化與明清敘事文學》（臺北：聯經出版公司，2009），頁 249-251。

> 子還放在床底下。這琴童連忙把果子藏在袖裏，將那一壺酒，影著身子，一直提到李瓶兒房裏。……教迎春：「姐，你與我收了。」迎春道：「此是上邊篩酒的執壺，你平白拿來做甚麼？」琴童道：「姐，你休管他。此是上房裏玉簫，和書童兒小廝，七個八個，偷了這壺酒和些柑子、梨，送到書房中與他吃。我趕眼不見，戲了他的來。……」

琴童只是無意間發現了書童與玉簫的曖昧想稍作戲弄，想不到酒席散後因為少一了一把壺家裡亂成一團，「玉簫推小玉，小玉推玉簫，急得那大丫頭賭身發咒，只是哭」，其後西門慶返家，潘金蓮更直酸「若是吃一遭酒，不見了一把，不嚷亂，你家是王十萬！頭醋不酸，到底兒薄」，敘述者於此時跳出來說「金蓮此話，譏諷李瓶兒首先生孩子，滿月就不見了壺，也是不吉利。西門慶明聽見，只不作聲」，張竹坡也於潘說此話後夾批「金蓮幾失寵在此」，是說明了琴童偷窺藏壺的後果不僅是「構釁」，更讓許多人情浮上檯面，如張竹坡回前總批所言：

> 然則寫書童，乃又寫瓶兒受妒之時，外更有一以色進身、入宮見爐之男寵以襯之。見金蓮一妒而無所不用其妒。……藏壺一事而三用之：一見玉簫之私書童，二見金蓮之爭閒氣，三見西門之偏愛瓶兒、官哥也。「藏壺」、「偷金」二事，而於琴童竟不一問，于夏花則拶而且必欲賣之，其愛瓶兒處自見。

琴童並非有意偷窺，而是在上邊看酒，無心「冷眼瞧見」，但此一「覷玉簫」，不僅讓琴童發現了玉簫與書童的私事，尋壺不著後家裡「好不反亂」也讓潘金蓮與李瓶兒之間的爭鬥正式浮上檯面，西門慶聽見潘金蓮的譏誚卻不作聲，也證實了潘金連失寵爭風實是自己偏愛李瓶兒和官哥兒。偷窺所見的不僅是他人的私領域，且往往激發出許多臺面下的人情糾葛與妻妾爭風。繡像畫工顯然也很能體會這一點，所以繡像不僅畫出了重心「琴童藏壺」，更畫出了琴童偷窺的畫面；小說「覷玉簫」乃於藏壺之前，繡像則改為琴童拿了壺影身行走時，回頭偷覷捲棚裡月娘、玉簫與堂客擺茶飲酒之景。小說中對於琴童藏壺途中其實只以「影著身子」簡單帶過，由此四字其實已經說明了琴童偷窺到了玉簫的私心，藏壺準備提到李瓶兒房裡時，也害怕被人看見所以必須鬼祟影身行走。畫工加上自己的想像，在完全依從回目與小說條件下，使琴童藏壺影身之際，尚觀望上邊捲棚裡的玉簫等人是否發現自己的行跡。畫面下方琴童拿著酒壺，右手並舉起要一旁捂嘴竊笑的小廝安靜，一邊扭過面孔背對畫面回頭偷看畫面上方捲棚裡的情景（見上圖）。琴童冷眼睃見玉簫進入只有書童該在的房裡發現兩人曖昧，但選擇這個場景無法呼應回目的「藏壺構釁」，所以畫工在小說條件下加上自己的一點想像，繪出了「藏壺」也繪出了「偷窺」。這個場景不僅畫出了此回的藏壺重心，也透過琴童的回頭偷覷，暗示了其後妻妾之間的大亂以及爭風是非。此時琴童一心仍單純以為這一戲弄或許惹亂，然而「各人當場者亂，隔壁心寬，管我腿事」；捲棚裡的月娘與玉簫則未知潘金蓮會將此亂歸於李瓶兒「不吉利」、意圖「瞞昧這把壺」，正式挑起兩人爭端，亦未知西門慶不作聲其後又大怒罵金蓮間接證實了偏愛瓶兒。繡像此一偷覷雖非劇情開端，卻是劇情轉折即將引發妻妾人情爭端之險的重要場景，畫工在完全依從回目的條件下畫出了小說中未明確說出的偷覷，說明了小說中的人物為何總是互相伺機窺視，實乃許多暗潮洶湧驚險極至的「世情」所致。

窺視不僅推進劇情引發了人情糾葛，有時也是反諷人物境遇浮沉的關鍵。如八十九回「永福寺夫人逢故主」，春梅原本只是服侍潘金蓮的丫鬟，後雖受潘金蓮的寵愛經西門慶收用，基本上卻連一個妾的身分都沒有。西門慶死後，月娘發現了潘金蓮與陳經濟的奸情更賣了春梅，不給箱籠便罷，還交代小玉盯著讓春梅走時「休教帶衣裳出去」，所以後來春梅並未向月娘拜別，「揚長決裂」的由薛嫂領走出門，其後再嫁成了守備府小夫人。八十九回言清明節時春梅到自家香火院永福寺祭拜潘金蓮，恰巧月娘也領了一家人上墳時經過永福寺，見寺廟翻修的新鮮也進入觀看。月娘等人在僧房時知道有宅內小夫人來到，長老出門迎接又不見進來，詢問小和尚之後知道小夫人姓龐，正想著莫非是春梅，趁著門外小夫人下轎便從僧房內望外窺視，發現小夫人正是裝扮比過去不同的春梅：

> 但比昔時出落得長大身材，面如滿月，打扮的粉妝玉琢，頭上戴著冠兒，珠翠堆滿，鳳釵半卸，上穿大紅妝花襖，下著翠蘭縷金寬爛裙子，帶著玎璫禁步，比昔不同許多。

春梅下轎後，長老一心接待，後春梅聽寺內有幾位遊玩娘子請來相見，促成了兩人身分對調，今非昔比的尷尬場面：

> 那長老上面獨獨安放一張公座椅兒，讓春梅坐下。……只顧在旁一遞一句與春梅說話，把吳月娘眾人攔阻在內，又不好出來的。月娘恐怕天晚，使小和尚請下長老來，要起身。那長老又不肯放，走來方丈稟春梅說：「小僧有件事稟知小奶奶。」春梅道：「長老有話，但說無妨。」長老道：「適間有幾位遊玩娘子，在寺中隨喜，不知小奶奶來。如今他要回去，未知小奶奶尊意如何。」春梅道：「長老何不請來相見。」那長老慌的來請。吳月娘又不肯出來，長老見收了他佈施，又沒管待，又意不過，只顧再三催促。吳月娘與孟玉樓、吳大妗子推阻不過，只得出來，春梅一見便道：「原來是二位娘與大妗子。」於是先讓大妗子轉上，花枝招展磕下頭去。慌的大妗子還禮不迭，說道：「姐姐，今非昔比，折殺老身。」

繡像所繪的正是春梅坐於公座椅，要長老請月娘等人來相見，長老慌的來請，月娘想出來卻被擋於僧門簾後窺視的場景。畫面上方畫的是打扮風光坐於上座的春梅，長老位於中央以手指向僧房暗示寺內的「遊玩娘子」，而畫面左方邊際月娘等人則被阻擋「不好出來」只好於僧房門後望外窺視著春梅。繡像中月娘等人的窺視，不僅帶出了春梅當上守備府小夫人的風光裝扮，更帶出了兩人境遇浮沉的反諷（見右圖）。月娘身為西門家的繼室，曾經是一家妻妾的帶領者，由於當初苛刻賣春梅，想不到今日春梅已是守備府小夫人。張竹坡於第一奇書讀法第十六言：

> 於同作丫鬟時，必用幾遍筆墨描寫春梅心高志大，氣象不同；……後文春梅作夫人……見得一部炎涼書中翻案故也。何則？止知眼前作婢，不知即他日之夫人不特他人轉眼奉承，即月娘且轉而以上賓待之，末路倚之。然則人之眼邊前炎涼成何益哉！此是作者特特為人下針砭也。

月娘於此時的窺視與無法出來，正是因為他與春梅的境遇早已翻案。此時春梅不僅是周守備的夫人，永福寺更是自家香火院，昔日的丫鬟今日成了公座椅上的上賓；反觀月娘曾是西門家妻妾的主持，今日見到當初賣掉的丫鬟，卻只能躲在僧房內在門邊偷覷，以不再平等的視線窺探春梅早已今非昔比的私領域，就連長老也只顧著與春梅說話，將月娘等人攔阻在內。張竹坡於回前總批言此段是：「將春光極力一描，不啻使之如錦如火，蓋云：前此你在鬧熱中，我卻寒冷之甚；今日我到好時，你卻又不堪了」。窺視中照見了月娘和春梅的境遇浮沉，月娘由往日的上賓成為了無法泰然出面的窺視者，畫工更特別突顯月娘窺視中隱含的身分對調，故特別將畫面上方大幅空間繪出上座的春梅，而將窺視的月娘等人安排在前所未有的邊際門隙。窺視與被窺視者的身分並不平等，所以小說中除少數章節外，最常窺視他人的不是潘金蓮就是小廝婢女；過去春梅以丫鬟身分替金蓮探刺月娘等人的私密廂房，而今卻是月娘不經意窺探了守備夫人的私家香火院，窺視與被窺視者的身分對調，正可照見世情炎涼。為突顯窺視中隱喻人情炎涼，繡像中春梅與月娘在畫面中所佔比例懸殊，與月娘在畫面中視線必須由下望上看，都是畫工將小說中窺視場面深化為人物境遇翻案的「再創作」。

透過窺視，《金瓶梅》首次使讀者的目光窺見了隱秘的閨閣，以及西門慶那些久慣牢成妻妾僕婢的人際空間。除了坦白性愛，更以描繪女性相互間爭持的人際生活圖景、心理情緒的揭示為重心。[44]窺視的「險筆」背後，除了觀看、刺探他人私領域的快感，在小說中更重要的作用是照見「人情險惡處」。畫工顯然也理解了窺視在小說凸顯人情之險的重要性，完全依從回目，仍能透過想像，以最能突顯人情糾葛的窺視場景，或是以人物比例、視線等，強調窺視所即將帶來的妻妾爭亂，以及窺視者與被窺視者身分境遇的反諷。

二、情色窺視的引誘與批判

《金瓶梅》中更多的窺視是出現在情色場景，因為在以性愛為中心的私人生活與以道德倫理為規則的公眾生活之間，「窺視」存在著極大的張力。繡像中的窺視者成為重要的中介，串聯小說人物的窺視與畫面外讀者的窺探，既減緩了窺視的道德疑慮，也緩和了情色場景的衝擊。

傳統中窺視往往以男性為主體，女性是被看的客體，就連評點者觀看小說中的風月筆墨時，也常常是以品賞女性的角度發聲，如崇禎本眉批第四回「寫情處，讀者魂飛，

44　張燕：〈「窺視」的藝術情蘊——從《金瓶梅》到《紅樓夢》的私人經驗之文本呈現〉，《紅樓夢學刊》第 3 期（2007 年 3 月），頁 330。

況身親之者乎？」、第五十三回「寫佯推故就，字字銷魂」。窺視一般所注意的，通常是以男性為主體，以帶權利與慾望去觀看女性。在莫薇（Laura Mulvey）的偷窺理論中，窺視者透過電影的情色場景可以得到視覺快感，電影中的女性成為影像，男性是看的載體，偷窺影像的過程中男性將女性予以物化和異化，女性則將這種物化邏輯內在化。[45]但是《金瓶梅》顯然從小說文本就不是以男性中心做為出發點引誘觀看情色，小說中寫西門一家妻妾生活雖然有不少風月筆墨，偷窺與竊聽更是頻繁出現，目光卻並非集中在女體身上，就連最常作為窺視者的潘金蓮都是女性。大多數艷情小說如《浪史》、《肉蒲團》中也有許多偷窺的情節，其中亦不乏女性的窺視者。但誠如黃克武所言：

> 偷窺和偷聽對男女皆有吸引力，但男子這方面的需求似乎要超過女子。艷情小說中的男子窺視情節顯示：對男性而言，視覺刺激是激發情慾的一個重要媒介。男性目光的焦點不但包含女子的外貌，更包括女體中長久被遮掩的禁忌部位與男女交歡場面。此一書寫一方面固然有生理的基礎，但另一方面，在書寫／閱讀之中亦建構出男性的一項重要特質：藉由對窺視女體的高度興趣，進而強化對女體的好奇心，並進一步渲染偷窺所帶來的極度快感。與男性凝視相較，女性的目光是以往較少被關注的部分。……有不少有關女子偷聽、偷窺的情節，但是這些情節之中摻有不少男性對女性情慾的想像。因此文本所顯示的內容有一部分或許可以反應女子凝視，但有一部分則明顯是男子想像的「花痴」與「餓虎」化的女性形象[46]。

《金瓶梅》是少數有著風月筆墨且窺視者女性多於男性，並對女性窺視者心理狀態有所著

---

45 看（它可以在形式中給人快感）在內容上可以是帶有威脅性的，也正是作為表像／影像的女性使這種矛盾具體化。……男性控制著電影的幻想，在更高的意義上，也作為權力的代表出現：作為觀眾的觀看的承受者，他將這種觀看轉移到銀幕背後，從而把作為奇觀的女性所代表的外敘事空間（extra-diegetic）中立化。……與作為影像的女性相對照，主動的男性人物（認同過程中的理想自我）要求一個與鏡像識別相似的三維空間，而在鏡像識別中，異化的主體把他自己的表像——這個想像中的存在——內在化了。……影片中女性的表徵模式與圍繞著敘事空間的慣例之間存在著張力。它們都各自與一種觀看相聯繫：一種是觀眾與女性形體之間直接的窺淫性接觸，這些女性形體正是為了供其享受（這暗含著男性幻想）而展示出來的；另一種則是觀眾對存在於自然空間幻覺中的、和他相像那一類的影像的迷戀，並且觀眾通過該影像獲得了對敘事空間中的女性的控制和佔有。見莫薇（Laura Mulvey）著，林寶元譯：〈視覺快感與敘事電影〉，《電影研究》第七卷第 6 期（1989 年 11 月），頁 23-26。

46 語見黃克武：〈暗通款曲：明清艷情小說中的情慾與空間〉，收錄於王瓊玲、胡曉真主編：《經典轉化與明清敘事文學》（臺北：聯經出版公司，2009），頁 257。

墨的文本，故筆者以為小說中女性窺視情色的場面未必是屬於男性想像女性情慾的想像，或是將潘金蓮「餓虎」化的單純形象塑造。除了生理層面如踰越限制之快感和感官愉悅之外，小說大量的窺視背後主旨，也許正是藉由揭露女性去窺刺競爭者的私領域，鞏固自我生存空間之「險惡人情」，給予批判與同情。

雖然繡像呈現情色窺視經常受到回目的限制，未必得以照應小說窺視者的性別比例，但是處理女性窺視情色時，往往也會在視角、佈局等方面獨具匠心，呼應小說敘述情色窺視的態度與批判。如第二十七回「李瓶兒私語翡翠軒」，言西門慶夏日時到花園翡翠軒捲棚內看著澆花乘涼，金蓮拿了花戴在髮鬢走到後邊後，只剩李瓶兒一人：

> 西門慶見他紗裙內罩著大紅紗褲兒，日影中玲瓏剔透，露出玉骨冰肌，不覺淫心輒起。見左右無人，且不梳頭，把李瓶兒按在一張涼椅上，揭起湘裙，紅裩初褪，倒掬著隔山取火幹了半晌，精還不泄。兩人曲盡「于飛」之樂。不想金蓮不曾往後邊叫玉樓去，走到花園角門首，想了想，把花兒遞與春梅送去，回來悄悄躡足，走在翡翠軒槅子外潛聽。聽夠多時，聽見他兩個在裏面正幹得好，只聽見西門慶向李瓶兒道：「我的心肝，你達不愛別的，愛你好個白屁股兒。」……李瓶兒道：「不瞞你說，奴身中已懷臨月孕……」西門慶聽言，滿心歡喜。

潘金蓮原本在花園裡時拿了花戴就要去找孟玉樓，走到角門首時又想了想，悄悄躡足回來，果然聽見了「西門慶氣喘吁吁，婦人鶯鶯聲軟」，但是窺淫除了是人物享受視覺與聽覺快感，更重要的是突顯了潘金蓮的「妒寵爭妍」。若非潘金蓮對於李瓶兒有戒心，何須走到角門時又回頭躡足到翡翠軒外潛聽？加上聽見西門慶言最愛李瓶兒的身體白淨，便於其後二十九回「暗暗將茉莉花蕊兒攪酥油定粉，把身上都搽遍了，搽的白膩光滑，異香可愛，欲奪其寵」；聽見李瓶兒懷有身孕，連吃冷糕亦酸之：「我老人家不怕冰了胎，怕什麼？」

潘金蓮為何對於李瓶兒如此窺伺與妒恨，其實與她在西門家的尷尬地位息息相關。潘金蓮作為五房，充其量不過是個小妾，還是謀殺親夫「偷娶」進門。李瓶兒雖同樣是殺夫「迎奸」作為六房，但論姿色、錢財等優勢都足以埋下潘金蓮妒根。所以潘金蓮必須時時窺伺偵防，如今李瓶兒又懷上了身孕，自己無法「母以子貴」做為鞏固家中寵妾地位，潘金蓮就更加必須無時窺伺他人掌握更多秘密，並以自己的身體做為爭寵的手段，故小說中窺視次數最多的也是潘。[47]

47　浦安迪：「（私窺引起衝突的威脅性）這種寫法最多見於潘金蓮一人身上。在故事鋪敘過程中，我們發現他有過偷看（或至少是竊聽）行為不下八次之多，而且每一次都使矛盾加劇、好處到手，終

小說中窺視情色者確實如浦安迪所言大多由潘金蓮承擔，窺視者的女性比例也較其他艷情小說高出許多，只是小說文本與繡像窺視情色者的性別比例不一，16 福窺視情色的繡像，窺視者女性僅有潘金蓮 3 幅、吳月娘 2 幅、迎春 1 幅，其餘都是應伯爵、書童兒、琴童兒、張勝等男性小腳色。繡像與文本的性別比例差異，主要在於繡像受到回目的限制，無法全面照應之故。但是藉由繡像重現女性窺視情色的特殊安排，仍得以與文本的開創相互呼應。

《金瓶梅》中的情色窺視場景不僅僅是窺淫，更得以窺視家中妻妾爭寵妒恨的戰場。情色場景的重要性還在其次，窺淫所引發的人情事端才是小說重心，所以即使完全依從回目，繡像畫工亦不將雲雨中的二人置於畫面中心，畫面中央的往往都是窺視者或潛聽者，一方面削弱淫邪，一方面暗指窺視下的惡趣與世情。此回繡像便是如此，西門慶與李瓶兒雲雨空間被安置到畫面的右上角落，翡翠軒槅子外聽覷的潘金蓮反而置身於畫面上方的中央（見左圖）。如同張竹坡於讀法中所言「翡翠軒，自謂打聽瓶兒」，回頭躡足潛聽的動機本身就是爭風窺伺，潘金蓮「聽夠多時」主要並不在窺淫的樂趣，而是欲打探李瓶兒相較自己的受寵程度。

雖然《金瓶梅》的評點者不免以男性角度凝視小說中的女性嬌態與情色，然而在小說原有的窺視中，並非被物化、異化的女性書寫，而是透過窺探妻妾與家僕必須透過情色來鞏固自己的生存空間給予女性更多的關注與同情。繡像畫工顯然也不以引誘讀者觀看春宮圖為樂，所以依從回目描繪窺視、潛聽情色場景時，往往是以窺視者作為畫面主角，暗示情色場景其實並非此回重心，真正的主旨乃是窺視者與被窺視者的人情事端角

致引向更危險的下場。尤其是潘金蓮窺視他的競爭對手與西門慶同床的情景，作者一再反覆描寫這件事本身似乎遠遠超出情節發展的需要而是另有所指。」浦安迪著，沈亨壽譯：《明代小說四大奇書》（北京：中國和平出版社，1993），頁 126。

力。

畫工構圖巧妙安排窺視者於畫面上方的中心，突顯潛聽「鶯聲」乃是其次，「私語」才是真正目的；更甚者，畫工所採取的也是類似偷窺的視角：此回繡像並無其它焦點，依照版畫傳統應可置於畫面中央，畫工卻將窺視與被窺視的重心場景都集中移至畫面上方，中央純粹是花園的雕欄與流水，可見畫工亦透過遠距離的視角帶領讀者再度窺視此窺淫場景，並透過構圖，畫工重構翡翠軒的「私密」，雙重窺視視野的建構，使讀者保有畫面外客觀的視野，亦能進入潘金蓮的主觀視野，指引閱讀重心不僅是窺視了人物的私密性愛，更是西門家女性間互相爭寵探刺的世情風景。

這樣的構圖能使雙重窺視的空間感拉大，增加私領域的私密感，明顯的構圖創新，促使一般讀者讀圖習慣的改變，並從改變中體會畫工之暗示與批判。明朝自書籍附圖成為時代風氣後，插圖由上圖下文發展為兩頁全幅版畫，版面空間感擴大，讀者讀圖的訓練益加進步。但是小說插圖的讀者並不限於文人階層，同樣的圖像暗示，未必能使讀者領會。潘諾夫斯基將圖像的解釋分為三個層次：第一個是前圖像學的描述（pre-iconographical description），主要關注於繪畫的「自然意義」，並由可識別出來的作品（例如樹、建築物、動物、人）和事件（餐飲、戰役、對列行進等）構成。第二個層次是嚴格意義上的圖像學分析，主要關注於「常規意義」（將圖像中晚餐識別為最後的晚餐，或把戰役識別為滑鐵盧戰役）。第三個層次，也是最後一個層次，是圖像研究的解釋，它不同於圖像學，因為它所關注的是「本質意義」，換句話說就是「皆是一個民族、時代、階級、宗教或哲學傾向基本態度的那些根本原則」[48]。若是一般市井百姓，讀圖可能僅限於第一個層次，僅能理解繡像人物窺視情色，並識別畫中私領域景觀；欲指引市井百姓讀者也能進入第二個層次，理解窺視情色下的人情糾葛，需要明顯的構圖錯置，拉長雙重窺視的空間間距，置中的窺視者成為強勢的引導中介，迫使主觀視野中的情色不再是畫面重心得以直觀，並促使讀者以客觀視野，體悟情色窺視背後的家庭爭端。

然而亦有窺視情色的場景，繡像將情色置於畫面中央的，如第五十回「琴童潛聽燕鶯歡」。西門慶早於第三十七回時包占了韓道國的老婆王六兒，此回言西門慶到王六兒家睡。玳安兒奉月娘之命尋西門慶到家上壽也到了韓宅，問了琴童知道西門慶還在房裡睡便與老馮走到後邊。如前文所提，窺視者或潛聽者大多是潘金蓮或家僕小廝，此回的窺視者便是小廝琴童，他趁玳安與老馮走後，走到臥房窗子底下聽覷西門慶王六兒試胡僧藥：

48　詳見〔英〕彼得·柏克（Peter Burke）：《圖像證史》（北京：北京大學出版社，2008），頁43。

> 原來西門慶用燒酒把胡僧藥吃了一粒下去，脫了衣裳，坐在床沿上。……西門慶於是移燈近前，令婦人在下直舒雙足，他便騎在上面，兜其股蹲踞而提之；老婆在下一手揉著花心，扳其股而就之，顫聲不已。西門慶因對老婆說：「等你家的來，我打發他和來保、崔本揚州支鹽去。支出鹽來賣了，就交他往湖州織了絲綢來，好不好？」老婆道：「好達達，隨你交他那裏，只顧去，留著王八在家裏做甚麼？」……這裡二人行房，不想都被琴童兒窗外聽了。玳安從後邊來，見他聽覷，向身上拍了一下，說道：「平白聽他怎的？趁他未起來，咱們去來。」

《金瓶梅》小說中情色場景雖多，更多的卻是潛聽者。原因就在於除了聽覷情色的樂趣之外，更重要的是交歡時的對話表現出妻妾爭風或各有所圖。所以情色場景有更多的潛聽者，透過他們所聽到的對話引發其後的人情爭端或是表現人物心理性格。如此回言琴童「潛聽燕鶯歡」「聽個不亦樂乎」，然而燕鶯歡聲中還夾雜了王六兒藉交歡圖謀錢財的對話，如張竹坡於夾批言：「與六兒交合時必講買賣，見六兒原利財而為此，西門亦止以財動之也」，說明了兩人雲雨實際各有打算，西門慶貪色，王六兒貪財，所以兩人一處時必談及買賣，如同潘金蓮往往於雲雨時向西門慶多討好處，床鋪不僅是爭寵的戰場，身體更是為自己撈取更多利益的籌碼。繡像難得將情色場景置中，窗下聽覷的琴童以及勸其離開的玳安則在左方，原因就在於此時琴童並未涉入情色場景的人情糾葛，而是純粹以品賞的角度聽覷並因此得到樂趣，兩人的雲雨終究才是回目重點，只是兩人的歡聲與談買賣在小說中可透過文字暗示重心，在圖像中則無法表現聲音與交談內容，故畫工特別選取玳安出現勸離的場景削弱窺淫的樂趣，隱諱的表示此情色場景實是財色的需求交換（見右圖）。

琴童所聽見的不只是鶯燕歡，更是荒誕世道下各取所需、利益交換的商業談判。如

張竹坡於讀法時所言：

> 寫王六兒乾，專為財能致色一著做出來。你看西門在日，王六兒何等趨承，乃一旦拐財遠遁。故知西門於六兒，借財圖色，而王六兒亦借色求財。故西門死，必自王六兒家來，究竟財色兩空。王六兒遇何官人，究竟借色求財。甚矣！色可以動人，尤未如財之通行無阻，人人皆愛也。然則寫六兒，又似童講財，故竟結入一百回內。

此時西門慶正值發跡變泰之時，王六兒身為朋友妻仍一味奉承由其包占，目的實乃「借色求財」，故交合時必講買賣。而西門慶自見婦人後「心搖目蕩」，便「界財求色」包占時總是使韓道國做事討婦人歡心。但是各有所圖的雲雨，西門慶一死終究是財色兩空，王六兒與韓道國最後拐財遠遁，可見王六兒自始自終都只為財。

《金瓶梅》的色情窺視，可能與明代流行的春宮畫的趣味相類似，是一時之風氣，卻能夠一筆而鈎出兩面：書中人之間由於各種算計紛爭關係的「窺視」欲望與動機，與讀者對於觀照世情驚險的「窺視」欲望與動機。正是其雙重藝術效應[49]。繡像畫工處理窺視情色的場景時，也會顧慮到此雙重藝術引領讀者「再觀看」，並暗示情色後的真正人情主旨：為了避免淪為春宮圖僅使讀者品賞趣味，往往將情色場景移至角落，透過置中的窺視者，以及畫工帶領的窺視視角，提示偷窺的不僅是情色，更是妻妾相互爭風偵刺的角力場域。若窺視者或潛聽者並不涉入情色場景的人情糾葛，而只是透過其聽聞窺探了色欲下的真正意圖，則窺視者便退到畫面角落，由場景的擇取或姿態暗指鶯燕聲中的各自意圖。所以情色場景的窺視未必只是透過視覺或聽覺探究他人私密性愛的快感與趣味，小說中為何有許多風月筆墨且總是有人偷窺或竊聽，是因為情色場景往往帶出了家庭中地位不平等的妻妾人情反亂，甚至主角人物心理性格，在風月中總見人情之險惡。

從以上例子可見《金瓶梅》中的窺視，其實不僅是晚明市民窺視成風刺探他人私領域的反映，更重要的是在窺視或潛聽中總是能照見人情險惡與人物境遇的反諷。而由小說本身窺視情色的敘述以及窺視者的性別比例，亦可知《金瓶梅》不同於其餘色情小說是以女性作為被看的客體，即使評點者多不認同此書適宜女性觀看[50]，但事實上比起將

49　張燕：〈「窺視」的藝術情蘊——從《金瓶梅》到《紅樓夢》的私人經驗之文本呈現〉，《紅樓夢學刊》第 3 期（2007 年 3 月），頁 326。

50　如張竹坡於讀法言：「《金瓶梅》切不可令婦女看見。世有銷金帳底，淺斟低唱之下，念一回于妻妾聽者多多矣。不知男子中尚少知勸戒觀感之人，彼女子中能觀感者幾人哉？少有效法，奈何奈何！至於其文法筆法，又非女子中所能學，亦不必學。即有精通書史者，則當以《左》、《國》、《風雅》、經史與之讀也。」

女性物化的許多作品，《金瓶梅》本身已暗寓了對弱勢女性生存必需不擇手段的憐憫與同情。小說中偷窺與竊聽層出不窮除了是窺淫的惡趣外，最主要的因素仍是來自人物之間彼此的窺伺偵防。透過繡像將小說窺視的具體化表現，讀者除了觀看畫面中的窺視外，也被引誘成為了當中的窺視者，反覆的進入畫面後，逐漸了解書中的人情炎涼與色空的意境：

> 我們漸漸明白過來，原來自己實際上也湊在潘金蓮以及其他窺春者的背後，想看個不亦樂乎。這是本書構思一個至關緊要的成分：用誘使讀者感受別人苦樂而確認幻想境界為實際存在的方法，作者終於把現實和虛構之間原來即為抽象的相互暗通關係具體化了，而且向張竹坡暗指的「不空」意境前進了一步。[51]

繡像受限於回目限制，無論是情色窺視的反覆，亦或窺視者的性別比例，無法全面表現小說內容。回目提示下，繡像情色場景中的窺視者，比起西門家的妻妾，更多的是無關緊要的男性配角，這可能與回目整體設計相關，亦可與崇禎本《金瓶梅》評點慣以超越道德的品賞角度相互照應。[52]但在其中仍可見畫工嘗試表現一己詮釋之企圖，透過視角與佈局指引讀者每一個窺視或潛聽場景，暗示聽覷不僅侵犯並展現了私密空間，此空間更是妻妾為鞏固彼此地位爭寵引妒的戰場，女性或男性都會以自己的身體做為籌碼為自己的生存空間奮鬥，亦或是作為利益交換。每一次的窺視潛聽也都是表現人物心理以及許多險惡人情浮現的契機，是故繡像透過窺視人物指引觀看的劇情場景或情色場面，實際上真正的重心與批判皆在「險之人情」。

儘管回目是畫工必須依從的限制條件，但因圖文的特性不同，小說文字無法場面細節一一交代，即使《金瓶梅》一書原本就不同於其他四大奇書的宏偉敘事而是交代日常生活瑣碎細節，[53]但若要說到如此細碎使繡像一刀一筆都有所依據，則成了流水帳失去了文學美感。「詩歌是以文字來塑造如畫般的意象，而後再達成『言志』或『緣情』的目的，而繪畫則是比較接近寫實的方式，透過對自然景物的描寫，回復意境的審美，以

51　浦安迪著，沈亨壽譯：《明代小說四大奇書》（北京：中國和平出版社，1993），頁 127。

52　崇禎本評點大多是簡約、感悟式的賞評，對小說綱常淪喪的世界，給予超越道德的美學品賞。觀照角度是多元的，既不排除傳統小說教化的原則，對人性的內容以道德的針砭、揭示人性向善的美德，更以同情理解的眼光，展現多種閱讀、批評的空間，實是晚明以來諸家評點、研究《金瓶梅》中最不具道德偏見的批評。李梁淑：《金瓶梅詮評史研究——以萬曆到民初為範圍》，國立臺灣大學中國文學研究所博士論文，2002 年，頁 162。

53　《金瓶梅》寫其日常瑣碎精細程度，正如張竹坡於讀法所言：「讀之，似有一人親曾執筆，在清河縣前，西門家裏，大大小小，前前後後，碟兒碗兒，一一記之，似真有其事，不敢謂為操筆伸紙做出來的。」

傳達出創作者所欲表達的情志」。[54]也正是因為繪畫相較於文字更接近寫實，所以即使完全依從回目，仍有許多文字無法顧及之處使畫工必須加上自己的理解與想像，諸如視角的轉換、場景的選取以及窺視人物與場景的佈局等都是小說文字不會詳細交代的，這些地方也就是需要畫工「再創作」之處，視角代表了畫工帶領讀者觀看的閱讀位置，能不一味盲從敘述者角度轉換視角，且如評點家能掌顯真正焦點並迫使讀者反思；對於場景的選擇則能靈活運用於兩種標準的長處，選取最能表現出場景性質與回目重心的場景，並透過場景的選擇隱藏可怖並彰顯重心；對於小說的窺視場景則能透過視角與佈局暗示人物心理性格與真正的主旨「世情」。有了畫工的理解與詮釋，繡像便不再只是通俗娛樂之作，而是另一種形式的評點，代表了畫工的閱讀態度與位置，並引領讀者閱讀。

54　馬銘浩：《中國版畫畫譜文獻研究》，文化大學中國文學研究所博士論文，1997 年，頁 191。

第四章　說圖
——回目之外繡像於小說的再創造

本章討論宕出回目提示與小說文本之外繡像的創造之處是否為畫工的閱讀理解。首先討論《金瓶梅》繡像與其他明清小說的特別差異——留白的運用，是否是突破小說文字描寫世情之醜的轉化與昇華，並由情色場景的遮掩與突顯、虛幻與現實場景的分離作用二處分析之，又後二十回之繡像的大量留白是否與小說後二十回的倉卒結束相關，或是印刷壓力下的犧牲。之後探討類似場景相同構圖的運用，舉以密謀場景的批判高俯角、相同場景的構圖因果提示等探究。以及繡像另一特出之處：新增窺視者——隱含讀者的創造，此一超出小說文本的窺視人物代表畫工引領畫面外讀者對於隱藏主題的指引閱讀，更象徵著晚明風氣下情色場景的窺視癖，以及其中的讀者意識。

第一節　世情之醜的轉化與昇華——留白的運用

《金瓶梅》是世情小說的起點，但文字與圖像特性不同，即使小說交代精細，畫工依從小說作畫仍必須有所創造，包括畫面構圖的營造等，且面對小說世情之醜，圖像必須必醜為美，崇禎本《金瓶梅》繡像中的許多留白便是其不同於其他小說版畫的特色與畫工用意所在，[1]且這些大量的留白與小說文字特色和評點說法密切關聯。崇禎本《金瓶梅》繡像並非全部二百幅繡像都有著大量留白，因如此一來就是畫工的粗造濫製而非有意而為。本節試圖仔細分析，崇禎本《金瓶梅》繡像較其他明清小說繡像的特出之處何在，其文學性是否為畫工依從小說的「再創造」。並以其特色之一「留白」作為切入點，探討圖文轉譯下繡像是否正確表現了小說主旨與特色，如何運用繡像之「美」詮釋世情之「醜」[2]，又如何將市井語言表現的戲劇張力表現於圖像？留白常出現於情色場景，是用

1　詳情請見本書第二章第一節第三點「入醜而美——《金瓶梅》繡像與其他小說繡像的特殊性」。

2　《金瓶梅》全書實難以一「醜」字涵括，故如本書第二章所言，本文之醜乃採取較為廣泛之定義。原因在小說有許多面相，其中世情醜惡又是圖像最難以具體表現的，故勉強以定義較為廣泛之「醜」

以遮蓋世情之醜或是突顯畫工對此回詮釋的重點所在？又作為現實與虛幻場景的分離作用，留白還代表著什麼詮釋觀點與符號？用於主客彰顯的留白，所欲彰顯的主體是否完全依從回目或是有著畫工自己的詮釋？後二十回的繡像構圖大抵相同，且留白的運用過於誇張，是文字轉譯圖像的侷限或是畫工能力與書坊刊刻壓力使然？透過留白，亦可知《金瓶梅》繡像是對小說單純的摹仿，或是畫工有意識的「再詮釋」與「再創造」。繡像有大量留白之處，大多出現於情色場景、有虛幻與現實兩個空間同時出現時以及為了凸顯某些重點人物時，而後二十回四十幅繡像有留白的比例則是大幅增加。如果留白通常用於以上場景，則畫工的用意為何，以下將分述之。

一、情色場景的遮掩與突顯

《金瓶梅》中有許多情色場景，這是明末肯定人本能與慾望的風氣使然，讀者因其情色書寫一直有著矛盾的閱讀態度，視為「淫書」，[3]又肯定其「寄意於時俗」、[4]「另闢幽蹊，曲中奏雅，《水滸》之亞」，[5]魯迅承欣欣子序觀點於《中國小說史略》將其定位為「世情書」，[6]之後許多學者亦肯定《金瓶梅》的寫實成就，並指出其中的性描寫實因明末風氣所致，[7]後期學者研究大多以此為基礎。要為這樣的小說作插圖版畫，畫工勢必

作為小說主要重點。

3 如袁中道於《遊居柹錄》言董其昌推薦自己此書，卻又言「決當焚之」，後袁中道搜求到完整抄本後也推薦給沈德符，也稱此書「誨淫」。沈德符聽聞此書言「恨未得見」，卻也不願意將此書付梓印行：「此等書必遂有人版行，但一刻則家傳戶到，壞人心術。他日閻羅究詰始禍，何辭置對？吾豈以刀錐博泥犁哉！」可見明末以來文人對於《金瓶梅》大多喜愛，卻總視其淫書。見袁中道：《遊居柹錄》卷九，收入《珂雪齋集》（上海：上海古籍出版社，1989），頁 1315。

4 欣欣子〈金瓶梅詞話序〉：「竊謂蘭陵笑笑生作《金瓶梅傳》，寄意於時俗，蓋有謂也。」〔明〕蘭陵笑笑生著，梅節校訂：《夢梅館校本金瓶梅詞話》（臺北：里仁書局，2007），頁 1。

5 楚黃張無咎《批評北宋三遂平妖傳敘》云：「《玉嬌麗》、《金瓶梅》另闢幽蹊，曲中奏雅，《水滸》之亞。」轉引魯迅：《中國小說史略》（香港：三聯書店，2001），頁 96。

6 諸「世情書」中，《金瓶梅》最有名……故就文辭與意象以觀《金瓶梅》，則不外描寫世情，盡其情偽，又緣衰世，萬事不綱，爰發苦言，每極峻急，然亦時涉隱曲，猥黷者多。然或略其它文，專注此點，因予惡諡，謂之淫書；而在當時，時亦時尚。……然《金瓶梅》作者能文，故雖間雜猥詞，而其他佳處自在。詳見魯迅：《中國小說史略》（香港：三聯書店，2001），頁 112。

7 如沈雁冰繼魯迅觀點，提出《金瓶梅》性描寫，實因明代風氣；鄭振鐸於〈談《金瓶梅詞話》〉一文中，亦推許《金瓶梅》是一部偉大的寫實小說。高羅佩亦於《秘戲圖考》言明朝遷都北京後，南京及蘇、杭薈萃了許多文人、畫家、刻工、商賈，以及一大批在歌舞方面訓練有素的美麗標致的姑娘，成為風雅而奢靡的文化中心。這些自命風流、放蕩不羈的文人，熱中於閱讀、讚賞春宮畫與色情小說，並使得二者的創作互相交融。《金瓶梅》就是這樣社會風氣下的產物。詳見〔荷〕高羅佩著、楊權譯：《秘戲圖考：附論漢代至清代的中國性生活（公元前二〇六年至公元一六四四年）》

面臨到春宮畫與否的問題：

> 為這麼一部長期被作為「淫書」欣賞／批判的小說插圖，並非易事。首先碰到的，是如何處理與春宮畫的關係。就像小說家一樣，畫工似乎也不希望將其做成「性學教科書」。明顯的例證，便是全部插圖緊扣小說情節，不做過多的發揮，也沒有「特寫鏡頭」。二百幅圖像中，確有不少性描寫，但也頗為講究章法。若「琴童潛聽燕鶯歡」之刻畫，依然是情節性的。[8]

若繡像畫工將此書理解為「淫書」，或為其作畫僅為了增加宣傳的商業噱頭手段，則繡像中定不吝出現情色場景作為號召，即使小說中僅略提仍選取情色場景作畫。但二百幅繡像中，我們發現畫工所繪之情色場景僅約佔百分之二十。[9]可見畫工明白《金瓶梅》並非性書或淫書，即使回中有著性描寫，畫工也考慮此橋段是否為此回要點，確定此景掌握了回目重心才選取作畫。

《金瓶梅》的人物性格與劇情轉折的細節往往就出現在情色場景中，就算畫工正確理解了小說的定位，受到回目的依從條件，繡像仍會出現情色場景。且出現情色場景的三十九幅繡像中，往往有著大量的留白，與傳統春宮畫的作畫方式相當不同。

春宮畫不僅在中國自漢代即出現，在世界各地也早有源頭；作為房中術的情趣之用，春宮畫不僅是教學之用，尚有更大的娛樂與裝飾性質。所以世界各地的春宮畫儘管各有風格，但畫風精細、不留空白卻是共通的，且常出現隱喻生育的瓜果作為裝飾。[10]春宮圖作畫來自院畫，講求畫面豐富，筆調寫真風格宮麗。崇禎本《金瓶梅》繡像出現情色場景卻總是伴隨著大量留白，而留白是來自老莊哲學的文人畫傳統。

傳統文人畫講究構圖上的「重虛留白」，作畫者在構圖造境的同時，總是要仔細推敲斟酌，故意在畫面留出幾處不畫。空白成為整幅畫的有機組成部分，給他人留下馳騁想象的自由天地，「意存筆先，畫盡意在」、[11]「虛實相生，無畫處皆成妙境」，[12]給人以豐富聯想。雖無筆墨的點染卻有畫家精神的寄託，情思的流露。《金瓶梅》繡像特

（深圳：廣東出版社，2005），頁 125-137。

8 陳平原：《看圖說書——小說繡像閱讀札記》（北京：生活・讀書・新知三聯書店，2003），頁 55。

9 在一百回回目中，近八成的文本提及情色場景，100 回回目中明顯暗示的有 40 回 54 句，但繡像真正畫出情色場景的僅有 31 幅。

10 詳見林玉麟：《晚明春宮版畫圖像與社會意識之探討》，私立東海大學美術研究所美術史與美術行政組碩士論文，2003 年。

11 〔唐〕張彥遠：《歷代名畫記》卷二（臺北：臺灣商務印書館，1971），頁 78。

12 〔清〕笪重光：《畫筌》，收於俞崑：《中國畫論類編》（臺北：華正書局，1978），頁 129。

意將傳統文人繪畫的「留白」進入版畫製作，且運用於情色場景，可見畫工是突破版畫與春宮畫傳統的有意而為。面對文字與圖像特性不同，留白有時是不得不的妥協，但是情色場景是圖像擅長的形貌呈現故不成問題；那麼，就有可能是將情色醜惡的世態予空白以遮蓋，一方面凸出實筆強調醜，一方面以虛筆增其氣韻擴大讀者想像，畫工的言外之意也在留白和與其相對彰顯的主角出現。

以第十二回上半回目「潘金廉私僕受辱」為例，此回言西門慶與李桂姐交好便冷落了潘金蓮，潘遣小廝請西門慶回家不成，氣憤之於說李桂姐為淫婦，碰巧被李嬌兒聽見。潘金蓮因為遭冷落「捱一刻似三秋，盼一時如半夏」，便與小廝琴童一處。琴童一日說溜嘴被李嬌兒聽見，於是李嬌兒與孫雪娥便向西門慶告發，「這西門慶不聽萬事皆休，聽了怒從心上起，惡向膽邊生」，惡打了琴童後並對潘金蓮脫衣審問：

> 吩咐春梅：「把前後角門頂了，不放一個人進來！」拿張小椅兒，坐在院內花架兒底下，取了一根馬鞭子，拿在手裏，喝令：「淫婦，脫了衣裳跪著！」那婦人自知理虧，不敢不跪，真個脫去了上下衣服，跪在面前，低垂粉面，不敢出一聲兒。

此回其實有些類似虐待且帶著情色場景，但是畫工並未貪戀畫出情色，繡像中潘金蓮是背對讀者的，且身邊有著大量的留白（見左圖）。常理而言場景出現在豪門院中，畫工可以多添假山石花草作為裝飾，而畫面卻僅有邊邊角角的盆栽花木與上方的門堂，用許多空白突顯受辱的潘金蓮。潘金蓮一直以來都是西門慶最受寵的妾，至少西門慶最常進入她的房門；儘管她不像月娘是明媒正娶的老婆，也不如李瓶兒皮膚白淨又有錢，更不似孟玉樓也有著美貌與錢財。但是從此回開始，潘金蓮開始明白自己的處境艱難，連自己的婢女春梅也逐漸受到西門慶的重用，先前所受到的專寵，在這次的受辱中證明了一切如水中之月不切實。張竹坡評此段：

寫金蓮受辱處，是作者特地示人處寵榮之後，不可矜驕也。見得如西門之於金蓮，可謂寵愛已極：可必其無《白頭吟》者矣。乃一挫雪娥，便遭毒手，雖狡如金蓮，猶使從前一場恩愛盡付流水。寵榮之不可常恃如此。

畫工理解了此回目不僅僅是情色性虐場景，故採取使主角背對的視角避免混淆回目的真正重心；重心不在受辱場景的再現，而是展現了潘金蓮在西門家的地位艱難，此事發生之前的受寵與滿足私慾其實是相當脆弱。故畫工以大量的留白襯托畫面中受辱的潘金蓮，突顯即使狡詐如她，在西門家的寵榮與地位其實岌岌可危，此次李嬌兒與孫雪娥的告密，就使得她無依無財的生存壓力浮出檯面。畫工顯然理解了此回真正用意，故以視角沖淡了情色意味，並畫面的留白突顯了潘的生存困境。

留白另一種作用則是突顯實筆，如第二十七回下半回目「潘金蓮醉鬧葡萄架」，言西門慶與潘金蓮在葡萄架下的情色場面，也是屬於性虐待的場景，潘金蓮更因此差點喪了性命。但是比起其他回此回小說情色細節描寫更細，不論動作順序或情色與身體的細部描寫等都相當詳盡，加上背景是園林中的葡萄架，畫工其實可以比照春宮圖的畫法，極力突顯情色場面與裝飾版面。繡像的確如實出現了這情色場景（見右圖），但比起潘金蓮的身體與西門慶與春梅觀看的畫面比例，留白更佔據了將近一半以上的版面。此回西門慶與李瓶兒和潘金蓮都有發生關係，但是西門慶對待二人的態度截然不同。張竹坡於此回前總評言：

是金蓮、玉樓、瓶兒、春梅四人相聚後，同時加一番描寫也。玉樓為作者特地矜許之人，故寫其冷，而不寫其淫。春梅又為作者特地留為後半部之主腦，故寫其寵，而亦不寫其淫。至於瓶兒、金蓮，固為同類，又發深淺，故翡翠軒尚有溫柔濃豔之雅，而葡萄架則極妖淫污辱之怨。……內寫西門，心知金蓮妒寵爭妍，而

> 不能化之，乃以色欲奈何之，如放李子不即入等情。自是引之入地獄，己亦隨之敗亡出醜，真小人之家法也。

此回可以看出西門慶的大男人主義以及面對四個妻妾的不同態度，同樣受到西門慶寵愛且同樣背負淫婦之名，李瓶兒尚受到溫柔對待，潘金蓮卻是幾乎賠上性命的遭虐。張竹坡言此段為「妖淫污辱」，事實上這段也顯示了潘的善妒爭寵與不擇手段，以及西門慶對待世事人情的變態強霸。面對這樣的場景，畫工無法迴避情色場面的呈現，卻又不能將細部描寫的世情之醜刻繪出，留白便是最好的權宜之計。以大片的留白突顯性虐場景，突顯其醜又增其韻味，此處的大量留白強化了實筆的情色，卻又同時更多的虛無引發讀者想像。

崇禎本《金瓶梅》繡像情色場景的大量留白不屬於版畫以及春宮畫的作畫傳統，可視為是畫工有意為之。既然從情色場景出現的比例見畫工對於小說的正確理解，那麼留白應該也是隱藏了畫工的閱讀態度以及詮釋。由以上舉例可知，比起春宮畫的刺激與噱頭，小說的情色場景畫工以留白代替了春宮畫傳統的宮麗與隱喻性背景，藉此沖淡或凸顯情色以示世情醜惡，甚至轉而昇華到小說未直接說明的人物生活處境以及性格處世等。暗示了世態人情雖亦由床笫細節彰顯，但圖像無法表達以及小說有些未直言的世態人情，也許才是其文本價值所在。

二、主客彰顯

中國傳統繪畫在乎「意」更甚於「形」，所以有著虛實對立統一的傳統。清畫家華琳在《南宗抉秘》中言：「夫此本筆墨所不及，能令畫中之白，並非紙素之白，乃為有情，否則畫無生趣矣」，[13]作為虛筆的留白，能使畫面主體得以充分突出的表現。虛實反差愈強烈，畫面直觀主體就更集中，形象就更引人注目。清畫家笪重光言：「大抵實處之妙，皆因虛處而生，故十分之三在天地布置得宜，十分之七在雲煙斷鎖」[14]便說明了留白與景物的佈置巧妙在乎「虛實相生」。留白是虛筆，是意韻所在，也是畫面中得以阻斷並彰顯實筆的技法。留白除了作為虛實的分離作用，繪畫中也常用以主客彰顯，留白使主體更加突出和醒目，畫面上有筆墨處須靠無筆墨處來映襯，有形象處靠無形象處來烘托。其他小說版畫若有範圍較大的留白者，大多是此用途。崇禎本《金瓶梅》繡像也有用於主客彰顯的留白，只是範圍更大。

---

13 〔清〕華琳：《南宗抉秘》，收入俞崑：《中國畫論類編》（臺北：華正書局，1978），頁 164。

14 俞崑：《中國畫論類編》（臺北：華正書局，1978），頁 165。

畫工運用留白作為虛實分離還運用於夢境，但夢境時有劇情走向之預言，此時夢境就未必是虛幻之客體，而是預告命運之主體了。如第七十一回「李瓶兒何家托夢」，此回言李瓶兒死後托夢給西門慶，告訴自己已尋屋舍，雲雨之外並告誡西門慶：「我的哥哥，切記休貪夜飲，早早回家。那廝不時伺害於你，千萬勿忘！」之後挽西門慶相送至自家門口：「到一小巷，見一座雙扇白板門，指道：『此奴之家也。』言畢，頓袖而入。西門慶急向前拉之，恍然驚覺，乃是南柯一夢。」通常對於虛幻的夢境，繪畫與版畫的定式都是以線條區分現實與夢幻，線條外的現實栩栩如生，而線條內的夢境除了人物外則是雲霧或是空白。葫蘆狀的線條與內部的留白空疏，為一般夢畫或魂圖的套語結構。如柯律格所言，由於印刷術和其他複製手段的增多，明代的作坊中製造了大量約定俗成的主題圖畫，不同的畫家可能模仿同一題材做畫，這樣的圖像套語一旦被約定俗成，圖像就成了一種力量和商品，觀者一見即可知所代表的涵義[15]。

此回繡像也的確以線條作為現實與夢境的分離作用，不同的是畫面中的現實卻是一片空白，反而是夢境中李瓶兒與西門慶及屋舍花草等如實繪出（見右圖）。李瓶兒是早已身亡卻放心不下心上人的魂魄，其屋舍也是屬於陰間，人物與空間入西門慶夢中，真正屬於現實的西門慶與家宅在畫面中卻是一面空白，反而是虛幻的夢境中栩栩如生。如此不同於一般夢畫套語的安排，除了是受到小說側重寫夢境的提示之外，也代表了畫工理解到這樣的世態其實有時虛幻比現實更真實，事實上也證明了李瓶兒托夢以告是暗喻了西門慶之後的報應。張竹坡眉批言：「必如此實描，見後文臨死黑影一捕，印證夢語，不言可知為子虛、武大之靈。若云搗鬼，固是寫夢；若云報應，又是分明不爽。與上文寫潘道士遣將一樣巧滑筆法，特避牛鬼蛇神。」此

15 Craig Clunas. 2007. “Empire of Great Brightness: Visual And Material Cultures of Ming China, 1368-1644” New York: University of Hawaii Press.

夢儘管避開鬼魂陰府藉由夢境昇華為唯美的虛幻，事實上卻是暗喻報應的結局。西門慶雖此時升官且生意壯大，但作惡的現世結果終究是貪欲而死，現實的錢財與美色不過是一場空。故畫工安排真實的現實世界在繡像中是一片虛無，反倒是線條內的夢境逼真繪出。

另如第十四回「李瓶兒迎奸赴會」，言花子虛發現自己好友與妻子李瓶兒私通後受氣身亡，李瓶兒雖喪夫但「雖是守靈，一心只想著西門慶」，一日「打聽是潘金蓮生日，未曾過子虛五七，李瓶兒就買禮物坐轎子，穿白綾襖兒，藍織金裙，白綾布鬏髻，珠子箍兒，來與金蓮做生日」，李瓶兒勾結西門慶害死親夫，卻在服喪期間盛裝打扮跑去幫潘金蓮作生日。繡像中畫的就是李瓶兒前去西門宅的路上（見左圖），畫面下方偌大的留白突顯「迎奸赴會」的李瓶兒，小說中詳細說明的盛裝打扮，畫工卻以轎子門簾遮去大半，並非此裝束不重要，事實上就如張竹坡眉批「一裝束，該死」一樣，正因為李瓶兒於服喪期間還盛裝迎奸的態度之醜惡，圖像無法像文字一樣以上下文的不言之言進行批判，若是如實繪出只會彰顯其美貌與裝束，所以畫工選擇了遮蓋。並在構圖時以留白突顯了主體李瓶兒，再以偌大的留白與掀簾遮身的人物遮蓋了小說的明確依從條件——裝束之華美，告訴讀者此回重心不在李瓶兒盛裝赴會，而是在花子虛屍骨未寒，李瓶兒服喪期間卻將自己與錢財送往西門家的背德。

又如第四十七回「苗青貪財害主」，此回言苗員外雖早遭僧人言面有災厄，其妻也告誡前程未卜不如不去，但苗天秀不信邪仍帶家僕苗青與安童上東京遊玩兼謀前程。苗青因與家主之妾有染遭苗員外發現後結下怨恨，途中與船夫商量謀財害命，繡像所繪的正是小說「那苗青故意連叫有賊。苗天秀夢中驚醒，便探頭出艙外觀看，被陳三手持利刀，一下刺中脖下，推在洪波蕩裏。那安童正要走時，吃翁八一悶棍打落水中」一節。謀財害命的可怖情節，畫工營造畫面卻如文人畫般有著山水幽遠的意境與大量留白。行船的場景中其實可以多加裝飾山水與波紋，畫工於此處留下許多空白，除了突顯這緊張的主體場面之外，也是定點性、空間性的圖像無法呈現連續動作緊張劇情的權衡之技，故以留白突顯謀財害主的主題。不將主題置中又以留白彰顯主客，是畫工理解小說寫謀主害命不是重點，重點在同是家僕與主人結怨，來旺兒也曾經醉言要殺西門慶，但是作惡枉法西門慶此時尚安好且能賄賂免事，反倒是「可憐苗員外平昔良善，一旦遭其僕人之害，不得好死，雖是不納忠言之勸，其亦大數難逃」的世事無奈。故以留白彰顯主題，並不畫出苗員外與安童遭害的可怖情狀，轉以圖像擅長的將發生的瞬間與人物定點姿勢表達小說動作，並透過留白與實筆互映昇華並彰顯世情無奈與醜陋（見右圖）。

留白於傳統繪畫中原本就常作於主客彰顯之用，後來版畫受到傳統繪畫的影響也運用其中。但是崇禎本《金瓶梅》繡像留白的版面卻往往較其他小說版畫更大。如《忠義水滸傳》也會有留白突顯畫面中的兩位梁山好漢，但畫面仍較《金瓶梅》繡像緊湊。但即使留白是版畫固有的用法，是時間性的文字轉譯為空間性圖像有所困難的遮蓋，由以上舉例可知《金瓶梅》繡像在主客彰顯時更多的留白，除了是入醜為美的造境昇華之必須，其實更隱喻了畫工對於小說內容的體味，也隱含了類似評點的批判。

三、後二十回的相同構圖與留白

《金瓶梅》以西門慶之死為界線可以大致分為兩個段落：七十九回前言西門慶家族的興盛，後二十回則言西門慶死後家道中落且遭朋友與家僕背叛，眾妻妾各奔前程樹倒猢猻散的情景。陳經濟並取代了西門慶成為書中主要男角，雖窮愁潦倒卻仍貪欲，最後每個人也都得到其因果報應。許多學者其實早就注意到了後二十回的敘事風格與前八十回不大相同：

> 演唱活動、戲曲文本及敘述方面的曲藝表達方式在《金瓶梅詞話》特別是後八十

回中大量出現的情況是有目共睹的，它破壞了故事敘述的連貫性和節奏性。……後二十回在敘述潘、陳偷情故事時所採用的戲擬《西廂記》的筆法具有明顯的反諷敘事的。前八十回大量使用白描或直接性的諷刺手法、意味，這就使得它與前八十回明顯不同從潘、陳偷情故事來看，後二十回的敘述風在第八十二、八十三兩回中，作者之所以將潘、陳兩人的偷情通姦的亂倫故事戲擬為流傳千古的崔、張兩人的真情故事，其目的並不是為了表彰而是在於調侃，屬於反諷敘事的範疇。格與前八十回明顯不同，錯訛疏漏之處也不在少數。可以看出，後二十回是由一個對戲劇比較熟悉但寫作水平尚不及《金瓶梅詞話》原作者的一位文人所補寫而成。[16]

且後二十回情色場景與兇殺場面頻繁的出現亦是其重點，此時書中人物逐漸離散死亡，同樣言家族衰敗，《金瓶梅》的結尾卻不似《紅樓夢》的唯美詩化「連出家的寶玉也還是披著一襲豪奢的大紅猩猩氈斗篷」，[17]而是極為可怖且血腥的「普靜師薦拔群冤」。就連文字有時讀者都無法接受，何況繡像必須以更具象的空間式呈現。加上後二十回情色場景佔了絕大多數，故後二十回繡像的留白雖不見得比前八十回的版面之大，卻更為頻繁的出現，二十幅構圖相同為佔據一角其餘留白的就有九幅。[18]

此種構圖往往於左上角或右上角留有近三分之一版面的留白，《金瓶梅》繡像構圖視角多變，後二十回此種構圖卻幾乎使用於情色場景。如第九十八回「韓愛姐翠館遇情郎」，就是採取留白左上角的構圖視角（見下頁圖）。此回言西門慶死後，春梅嫁與周守備，其後並收留了陳經濟，陳經濟因此得以到臨清馬頭搶奪謝家大酒樓做買賣，並因此與先前與西門慶往來的韓道國與韓愛姐相遇：

舊日又是大老爹府上相會過面，如何又幸遇在一處，正是有緣千里來相會。……敬濟跟他上樓，便道：「姐姐有甚話說？」愛姐道：「奴與你是宿世姻緣，今朝相遇，願偕枕席之歡，共效於飛之樂。」敬濟道：「難得姐姐見憐，只怕此間有人知覺。」韓愛姐做出許多妖嬈來，摟敬濟在懷，將尖尖玉手扯下他褲子來。

---

16 史小軍：〈《金瓶梅詞話》的敘述風格變異與作者問題——以潘金蓮與陳經濟的偷情故事為例〉，《文藝研究》第七期（2008年），頁60-65。

17 見田曉菲：《秋水堂論金瓶梅》（天津：天津人民出版社，2005）。

18 分別為八十二回「陳經濟美一得雙」、「潘金蓮熱心冷面」、八十三回「春梅寄東諧佳會」、八十五回「吳月娘識破姦情」、九十一回「孟玉樓思嫁李衙內」、九十三回「金道士變淫少弟」、九十四回「大九樓劉二撒潑」、九十八回「韓愛姐翠館遇情郎」。崇禎本《金瓶梅》繡像構圖視角的特殊筆者將另有專文討論，故此略題。

繡像所繪的即是此段。由於是情色場景，畫工也作了留白處理，連遠處的山景都只有勾勒出大致形狀的線條，上方留白的空疏簡單與下方木石的精心細筆描繪成為對比。情色場景的大量留白用意前已有所討論，但是後二十回的情色場景卻是幾乎回回出現，且九成皆是採取這樣的構圖與留白。原本《金瓶梅》繡像構圖多變，即使處理情色場景時多使用留白，也各有不同造境。後二十回情色場景重複類似構圖，應該是畫工有意識的重複強調。小說進行到後二十回，西門慶已貪欲喪命，目睹這樣的果報其他人物常理而言應有所借鑒，但是西門慶家裡的人尤其是陳經濟、春梅、潘金蓮卻變本加厲地沉溺色欲。八十七回潘金蓮才遭到武松的報仇挖心且身首異處，陳經濟卻仍不知悔改，在被春梅找回之後與春梅私通，此回又與韓愛姐作一處。如張竹坡如此回總批言：

> 此回以下複索足愛姐何？蓋作者又為世之不改過者勸也。言如敬濟經歷雪霜，備嘗甘苦，已當知改過，乃依然照舊行徑，貪財好色，故愛姐來而金道複來看敬濟，言其飲酒宿娼，絕不改過也。

不只陳經濟，小說中除月娘之外其他人的不得善終與離散死亡，其實都是不改過且貪欲更甚的果。繡像畫工對於榮辱相對或興衰存歿總會採取類似構圖[19]，因此後二十回對於情色場景可能也會以類似的構圖突顯人物的不知改過與醜惡，重複左上或右上角的大量留白，正是對世情之醜的遮蓋與昇華。由於情色場景的頻繁代表著人物即使見證生死榮辱仍執迷貪於色欲，故情色無法遮蓋或沖淡；但是圖像若如實繪出情色便與春宮圖無異，所以畫工使用了重複構圖用遠景的留白作為畫面餘韻，突顯情色與不知改過的醜惡，並

19　陳平原：「盛衰存歿，兩相對照，因此獲得一種節奏與韻律。畫工呢？似乎也很能領略這一點，故意採用類似的構圖，凸顯榮辱與生死……」詳見陳平原：《看圖說書——小說繡像閱讀札記》（北京：生活・讀書・新知三聯書店，2003），頁46。

反覆將無法如實表現的世情醜惡，昇華為畫面的虛無。

除了情色場景之外，後二十回也常出現死亡與兇殺場面，如第八十七回「五都頭殺嫂祭兄」，此下半回言武松遇赦回家，發現西門慶已死，潘金蓮在王婆家，便殺害潘金蓮為武大報仇：

> 這武松一面就靈前一手揪著婦人，一手澆奠了酒，把紙錢點著，說道：「哥哥，你陰魂不遠，今日武松與你報仇雪恨。」……說時遲，那時快，把刀子去婦人白馥馥心窩內只一剜，剜了個血窟窿，那鮮血就冒出來。那婦人就星眸半閃，兩隻腳只顧登踏。武松口噙著刀子，雙手去斡開他胸脯，紥乞的一聲，把心肝五臟生扯下來，血瀝瀝供養在靈前。後方一刀割下頭來，血流滿地。迎兒小女在旁看見，唬的只掩了臉。武松這漢子端的好狠也。可憐這婦人，正是三寸氣在千般用，一日無常萬事休。

小說此段的兇殺殘忍其實不亞於《水滸傳》，只是文字的敘述就足以使讀者害怕，如果將這一段文字轉換為圖像將會是更令人嫌惡且可怖的，如前文所言，圖像可以表現醜與嫌惡，但是作為立即性且空間式的藝術媒材，造型藝術往往拒絕表現醜。所以繡像畫的是武松行兇的前一刻，[20]畫面中留白雖然並未佔據太多版面，卻有著不合常理的雲霧與留白。繡像中可見場景發生並非在高樓，但是畫面中的屋簷卻有一帶雲霧留白，除了左上方的天邊空白之外，左上方也以線條與留白遮蓋了屋舍。小說文本題及此段確實發生在夜晚，但是並未提及

20 相關場景的選擇共有萊辛的「最富孕育的一刻」以及胡萬川所主張的「劇情頂點」兩種選擇，詳見本書第三章第二節，此不再述。此處採取劇情到達頂峰的前一刻，有更多的成分是因為頂峰的兇殺場面若畫出則太過具相逼真且令人害怕嫌惡，不僅不服造型藝術追求美的原則，也不服小說插圖的娛樂效果。所以此回繡像選取了事情即將發生的前一刻，此時不僅人物動作已經有所張力，且暗示了接下來的劇情。

有霧氣或是烏雲。且畫面看來雲霧與留白的造境既非虛實分離亦非主客彰顯之用。畫面右半的實筆細描木石，與左半的空疏留白，確實突顯了武松殺嫂的主體。但是上半部的雲霧與留白，版畫較常運用於山水背景或是高樓處突顯高度與氣韻，此幅並非情色場景需要遮蓋，且兇殺場面為何還需要雲霧留白的造境？便是圖像入醜為美的昇華。小說中常出現死亡與兇殺的場景，大多是得病死亡如李瓶兒、西門慶等，其後雖也寫到了陳經濟遭張勝刺殺，但繡像並未繪出。此回由於回目明顯的提示武松怒殺潘金蓮，兇殺場面無法避免，所以畫工在圖像不便直接表現恐怖與殘酷之際，選取了能表現情節又不至血腥的畫面，並於畫面之上加以雲霧與留白，此造境縹緲之筆是為了昇華小說中報應的殘酷與可怖。和情色場景相同，兇殺場面的留白也是對世情的遮蓋與昇華。

此幅雲霧與留白特別之處還可以與《水滸全傳》繡像作比較。《李卓吾先生批評忠義水滸全傳》所附繡像同樣為徽派刻工佳作，畫工為劉君裕，當中許多畫面其實是被崇禎本《金瓶梅》繡像所切割挪用的，例如《金瓶梅》第九回「武都頭誤打李皂隸」就切割挪用了《水滸全傳》的「怒殺西門慶」前景，只是將西門慶改為李皂隸。《李卓吾先生批評忠義水滸全傳》的繡像已經有了較多留白的運用，但是崇禎本《金瓶梅》繡像與之相較畫面有著更多留白；同樣是兇殺場面，「怒殺西門慶」直接繪出武松提著西門慶首級且幾無留白之處，《金瓶梅》繡像刻畫武松殺潘金蓮卻較為隱晦，並加上了雲霧留白作以昇華。也正好一映照了兩本書評點者對同樣場景的不同閱讀態度，容於堂本《水滸傳》李卓吾於此情節眉批：「惡則惡矣，趣實趣也」，彷彿享受著惡有惡報的血腥快感；相對崇禎本《金瓶梅》的眉批：「讀至此不敢生悲，不忍稱快，然而心則惻惻難言矣」，可見得同樣是武松殺潘金蓮的場景，《金瓶梅》所引導的閱讀態度已較轉為憐憫。《水滸傳》的俠盜兇殺與《金瓶梅》所描繪的世情貪欲都是醜惡，但是崇禎本《金瓶梅》繡像的畫工更有意在世情醜惡中表達批判甚至於憐憫，所以在處理情色與兇殺的世情之醜時，往往加以留白及雲霧遮蓋或昇華。

在世情小說的版畫插圖運用文人畫的氣韻虛白，不僅是由於《金瓶梅》的潑辣時間性文字難以轉為空間性的圖像創造，更是畫工有意的入醜為美。後二十回以重複構圖的留白遮蓋並沖淡情色，突顯小說人物不知悔改的反覆耽溺於慾望，留白不僅是世情之醜的遮蓋，也昇華為畫工對小說人物不言之批判與憐憫；也以留白作為殘酷的昇華，加入遠景或雲霧的留白氣韻沖淡畫面的可怖與衝擊，突顯人物生存的無奈與沉淪，是較《水滸全傳》繡像突顯英雄形象與更凸顯醜惡更深刻體會世情之再創作。

小說版畫雖然依從文本與回目作畫，但是由於時間性的文字轉為空間性的圖像勢必有許多地方無法轉譯，因此圖像為了完整呈現小說內容必定有依從之外創造之處，而造境構圖的留白便屬於繡像於文本之外的再創造。崇禎本《金瓶梅》繡像與其他小說的不同之處在於有大量的留白，且留白常用於三種場景與作用，另外後二十回的留白則又其他特殊之處。由於世情小說有著大量的情色場面，但由出現比例與留白則可知，畫工理解小說非淫書，所以不大量強調情色作為宣傳，作畫也不以春宮圖的繁複為傳統，反而有許多留白，此留白不僅是情色的沖淡與遮蓋，更是畫工理解情色場面其實是要帶出小說人物的生存困境與處世態度的昇華與同情。傳統繪畫與版畫中留白常作為虛實分離與主客彰顯之用，《金瓶梅》繡像也有繼承此傳統但留白更大，除了是入醜為美與呈現主題的必須，也可由畫面實筆與留白的比重見畫工對於世情的批判。小說後二十回言西門慶死後妻妾離散死亡，眾人不知改過且貪欲更甚導致惡報的恐怖段落，情色場景幾乎回回出現，故畫工特別以類似構圖所突顯的留白進行批判與同情，並於暴力場面也使用雲霧與留白。氣韻與情色和暴力的衝突，其實是表現了文本之外，畫工在創造繡像時將自身的理解與憐憫融入其中。留白有時也是圖文由於特性不同轉譯困難時的權宜之計，《金瓶梅》的特色在於瑣碎日常與生活對話，但崇禎本繡像的留白看來卻非單純的畫工技窮，反而是畫工突破版畫傳統為世情之醜所作的遮蓋與昇華，透過遮蓋彰顯理解的小說真正主題，並昇華為評點的批判與同情。

第二節　批判視角與提示——相同構圖的運用

小說有所謂的限知或全知等不同的敘事角度，圖像則透過構圖與佈局呈現不同視角。故繡像的構圖與佈局有時不僅為了藝術審美所需，更是代表了畫工所選取閱讀的視角。《金瓶梅》的繡像畫風，如同傳統小說版畫幾乎皆為極大廣角的俯瞰角度，依此突破小說直線的時間觀，去共時性的呈現回目場景。但同一個場景，不同的視角選取代表了畫工閱讀觀點，也在其視角和構圖中隱含了畫工讀者意識的突顯或評價。

一、密謀場景的批判高俯角

版畫傳統採取鳥瞰式構圖，所以幾乎所有的小說版畫都採取俯角，遠近按上下布置，下遠上近，藉此分出層次感，或透過屋舍、樹木等切割畫面安排回中許多劇情。不同於西方的「定點透視」，傳統版畫是採取「散點透視」，共時性地並列安置其他場景，[21]如此把多個同時進行或前後發生的故事融在同一個畫面，用空間並置的圖像自身優勢去彌補表達文字時間連續性不足。[22]常理而言，繡像會將主要場景安置於畫面正中央，若非

21　散點透視，請見本書第三章頁58-59。

22　正因為散點透視強調「可遊」，有更大的「敘述性」，甚且可以涵不同時空的景物、情節於同一畫

如此安排，則往往是由於散點透視需要將多個重要視點並置的結果。崇禎本《金瓶梅》繡像誠如第三章所言，許多幅都並未安排在畫面正中央，卻又並非出自於散點透視的劇情並置規範，特別將某些場景安置於畫面邊緣，可能是畫工以自己的閱讀視角進行批判。

如第三回「定挨光虔婆受賄」，回中一開始就承接第二回的劇情，故第二回下半回目「老王婆茶坊說技」與此回「定挨光虔婆受賄」其實是同一場景，但畫工卻採取了截然不同的視角。第二回中西門慶有心求於王婆卻又不便直接吐露，王婆眼中明瞭西門心意卻佯作不知，張竹坡評：

> 看西門慶問「茶錢多少」，問你「兒子王潮跟誰出去」，又云「與我做個媒也好」，又云「回頭人兒也好」，又云「乾娘吃了茶」，又云「間壁賣的甚麼」，又云「他家做的好炊餅，我要問他買四五十個拿家去」，都是口裏說的是這邊，心裏說的是那邊，心裏要說說不出，口裏不說忍不住。有心事有求於人，對著這人，便不覺醜態畢露，底裏皆見。而王婆子則一味呆裏撒奸，收來放去，又自報腳色，又佯推不睬，煞是好看殺人。至一塊銀子到手，王婆便先說你有心事，而西門心事，一竟敢於吐露，王婆且先為一口道出。寫得「色」字固是怕人，寫得「財」字更是利害，真追魂取影之筆也。讀《金瓶》後，而尚複敢云「自能作小說」，與讀《金瓶》後，而尚不能自作小說，皆未嘗讀《金瓶梅》者也。

到了第三回西門慶已直言目的，王婆也拿到了銀子，兩人開始秘密計畫如何安排西門慶與潘金蓮偷情：

> 話說西門慶央王婆，一心要會那雌兒一面，便道：「乾娘，你端的與我說這件事成，我便送十兩銀子與你」。王婆道：「大官人，你聽我說：但凡「挨光」的兩個字最難。怎的是「挨光」？比如如今俗呼「偷情」就是了。要五件事俱全，方才行的。大官人休怪老身直言，但凡挨光最難，十分，有使錢到九分九厘，也有難成處。……這十分光做完備，你怎的謝我？」西門慶聽了大喜道：「雖然上不得凌煙閣，乾娘你這條計，端的絕品好妙計！」

第二回繡像照傳統安於畫面正中央，原本版畫傳統是「人物活動盡量採取正面角度，就

面，成為有節奏性的構圖。……由於不受時間的拘束，因此可以處理連續性的故事性題材。……插圖既是文字內容的輔佐，在於提供讀者一個文字欣賞之餘，能有「神情相對」的畫面，當然往往就選取故事中情節高潮或熱鬧的所在以為配圖構想。……在小說中，放火的放火，殺人的殺人，奔跑的奔跑，原是一件接著一件敘述的，事情也不是同時發生的，但是在這一幅裡，卻似乎就同時發生了。胡萬川：〈傳統小說版畫插圖〉，《中外文學》第16卷第12期（1988年5月），頁41。

像戲曲舞臺對觀眾開放一樣」，[23]西門慶於此回前半段幾乎皆由王婆主導耍弄，故繡像中西門慶採取背對畫面的方式突顯王婆的奸巧主導（見上左圖）。同樣的場景與人物，到了第三回王婆和西門慶已開始密謀，繡像畫的就是西門慶與王婆定挨光的場景（見上右圖）。此回並無其他場景出現於畫面中，可見得並非出自於版畫範式「散點透視」的安排，但人物活動的主要場景卻移至上方。其實處理密謀場景徽派畫工也常常會把單一重心場景移置上方遠景以提示「密謀」、「定計」的秘密性，例如《水滸全傳》的「母大蟲定計」即有類似構圖。但是崇禎本《金瓶梅》繡像對密謀場景所採取的視角卻往往更加隱蔽。例如此回同樣人物集中於畫面上方，但佔據上方中間的既不是王婆亦非西門慶，而是連小說文本都未出現的微不足道茶坊婢女，真正應該作為重心所在的畫面中央卻是一片留白。高角度的俯角與集中於上方（即遠景）的構圖，代表畫工選取了一個「窺視」的視角，彷彿知情的第三者爬至高處窺探此二人的賄賂與密謀。此回畫工透過視角暗示了他的批評，並帶領讀者參與「窺視」此背德的場景，見證了西門慶的貪色與王婆的貪財。如同張竹坡的夾批「只贊好計，與各人心事，如畫」，兩人謀計各懷心事共謀的醜惡，畫工採用了比一般傳統鳥瞰法構圖更高的高俯角，並特意將場景轉為上方的遠景角落，中央的留白是圖像無法表現語言醜惡的遮蓋，此視角則對於密謀下世情對財色不擇

[23] 毛文芳：《物·性別·觀看——明末清初文化書寫新探》（臺北：臺灣學生書局，2001），頁19。

手段執著的不言之批判。

畫工對於賄賂與密謀場景多半如此處理，同樣的窺視角度亦出現於第六回的「何九受賄瞞天」。此回潘金蓮與西門慶聽了王婆的建議買砒霜摻於心疼藥中鴆了武大郎，為避免殮屍之何九發現此事，大官人西門慶特地約何九於小酒館中「向袖子裏摸出一錠雪花銀子」放在何九面前，直言：「別無甚事。少刻他家自有些辛苦錢。只是如今殮武大的屍首，凡百事周全，一床錦被遮蓋則個」。《水滸傳》中何九雖然受賄，但是使計佯病防範，且將西門慶給的銀兩留下，與武大的兩塊酥黑骨頭作為證據，成為日後武松向西門慶尋仇的重要證人。《金瓶梅》中的何九雖一開始也想保留證據，但隨後「這兩日倒要些銀子攪纏，且落得用了，到其間再做理會便了」，最後更順了西門慶的意瞞天過海，阻擋了火家懷疑武大的死因。張竹坡解釋：

> 寫何九受賄金，為西門拿身分，不似《水滸》之精細防患。蓋《水滸》之為傳甚短，而用何九證見以殺西門。今此書乃尚有後文許多事實也，且為何十留地故耳。

何九的身分從《水滸傳》幫助武松的證人，到《金瓶梅》中轉為西門慶的共犯，此回繡像畫的就是西門慶買通何九的場景（見右圖）。如此賄賂買通之回目主題，亦是單一主要場景，畫工卻將其隱於畫面的左上角落，並以近五分之四版面呈現小酒館的門口與擺設、販子的走動吆喝、廚房的忙碌等背景。比起第三回的下半回目繡像，此回用了更高的俯角與更隱蔽的回目主題，無關緊要的酒館小販反而置於畫面中央。並非酒館小販乃是此回重要的小人物，而是畫工透過更遠更隱密的主題佈局，帶領我們再一次的去「窺視」密謀與賄賂的場景。此次的嚴重性可關乎武大的生死冤屈，故窺視的角度更為隱蔽，除了提示「何九受賄瞞天」的暗中交易，也暗喻了畫工為此回所作的褒貶。

二、關鍵場景的雷同構圖提示

《金瓶梅》中有許多果報對應的劇情，許多關鍵性的場景其實都對應了某個人物的命運或是曾經的所作所為。對於作者具有深意的穿插安排，如果沒有經過仔細閱讀，將難以發現。崇禎本《金瓶梅》繡像的畫工卻相當注重細節，情節相對應的部分，繡像也往往採取雷同的構圖，呼應了小說文本的前後對照，有提示了讀者兩相對應，使繡像不僅是小說文本的具體化，更能起到提示與批評的作用。

例如第五回「飲鴆藥武大遭殃」就是對應著第七十九回「西門慶貪欲喪命」，兩幅繡像也採取雷同的構圖對照。第五回「飲鴆藥武大遭殃」言王婆使計，由西門慶拿砒霜讓潘金蓮把毒加在心疼藥中毒殺武大：

> 武大哎了一聲，說道：「大嫂，吃下這藥去，肚裏倒疼起來。苦呀，苦呀！倒當不得了。」這婦人便去腳後扯過兩床被來，沒頭沒臉只顧蓋。武大叫道：「我也氣悶！」那婦人道：「太醫吩咐，教我與你發些汗，便好的快。」武大再要說時，這婦人怕他掙扎，便跳上床來，騎在武大身上，把手緊緊的按住被角，那裡肯放些鬆寬！……那武大當時哎了兩聲，喘息了一回，腸胃迸斷，嗚呼哀哉，身體動不得了。

武大抓奸未果，換來的卻是王婆、潘金蓮與西門慶的合謀毒殺，三人之狠心使張竹坡直言「此回文字幽慘惡毒，直是一派地獄文字。夜深風雨，鬼火青熒，對之心絕欲死。我不忍批，不耐批，亦且不能批，卻不知作者當日何以能細細的做出也」，甚至言「看此回而不作削髮想者，非人心」。在此回中西門慶是出砒霜的共犯，故張竹坡於此回總批「拿砒霜來，是西門罪案」並於夾批言：

> 此蓋作者于此一篇地獄文字完，特特將七十九回一照，使看官知報應不爽，色欲無益。覺《水滸》用武松殺西門，不如用金蓮殺之也。

對應第七十九回「西門慶貪欲喪命」，此回西門慶甫與王六兒作一處，回來昏睡時又遭潘金蓮貪欲餵多了藥：「這婦人取過燒酒壺來，斟了一鍾酒，自己吃了一丸，還剩下三丸。恐怕力不效，千不合，萬不合，拿燒酒都送到西門慶口內。醉了的人，曉的甚麼？合著眼只顧吃下去」，一夜不洩後於是：

> 初時還是精液，往後儘是血水出來，再無個收救。西門慶已昏迷去，四肢不收。婦人也慌了，急取紅棗與他吃下去。精盡繼之以血，血盡出其冷氣而已。良久方止。婦人慌做一團，便摟著西門慶問道：「我的哥哥，你心裏覺怎麼的！」西門

慶亦甦醒了一回，方言：「我頭目森森然，莫知所以。」金蓮問：「你今日怎的流出恁許多來？」更不說他用的藥多了。

作者於此段後總結「一己精神有限，天下色欲無窮。又曰『嗜欲深者生機淺』」道盡西門慶貪欲喪命的原因。儘管後來西門慶甦醒，卻也從此一病不起，最後嗚呼哀哉，斷氣身亡。

兩相對照之下，第五回中西門慶提供砒霜讓潘金蓮參心疼藥餵殺武大，到了第七十九回自己也因貪欲遭潘金蓮餵藥而死，故張竹坡批評：

此文要與「貪欲喪命」一回對讀，見報總一般。（第五回總批）

並於第七十九回金蓮餵藥食夾批「與武大吃藥時一般也」，又如崇禎本《金瓶梅》第七十九回批語：[24]

此藥較武大藥所差幾何？此吃法較武大吃法所差幾何？因果循環，讀者猛醒。

可見這兩回的關鍵餵藥場景兩相照應證明了西門慶的果報，故畫工於兩幅繡像特別採用雷同的構圖（見下頁圖），同樣都以偏右的高樓作左高左低的佈局，人物都在高樓中，佔據畫面的中央偏右，兩個場景中同樣是餵藥者的潘金蓮姿勢雷同，只是為了突出西門慶貪欲喪命的真正主題，七十九回並非採用潘金蓮餵藥的場景，而是採用西門慶已遭餵藥脫陽，月娘著急之餘四處尋醫來治，潘金蓮卻還一心欲交合之處作畫：

月娘慌了，打發桂姐、吳銀兒去了，又請何老人兒子何春泉來看。又說：「是癃閉便毒，一團膀胱邪火，趕到這下邊來。四肢經絡中，又有濕痰流聚，以致心腎不交。」封了五錢藥金，討將藥來，越發弄的虛陽舉發，麈柄如鐵，晝夜不倒。潘金蓮晚夕不管好歹，還騎在他身上，倒澆蠟燭掇弄，死而復甦者數次。

若要突顯西門慶與潘金蓮的貪欲，與其繪出潘金蓮餵藥，不如繪此場景更有震撼力。第五回武大抓奸時遭西門慶一腳踹中而換了心疼病，之後潘金蓮的毒藥更是雪上加霜的致命傷；對照此回西門慶遭潘金蓮餵多了胡僧藥而重病，潘金蓮對月娘等妻妾矢口否認罪行外，還不知好歹在垂死病人上尋魚水之歡，更足以突顯西門慶「貪欲喪命」的主題。

24　崇禎本《金瓶梅》原本就附有批語，但目前學界對於批語作者是誰則尚未有所定論，可以肯定的是崇禎本批語和張竹坡有著前後相承的影響關係。浦安迪（Andrew H. Plaks）：「我自己在對照了這兩種評注後，發現有許多評論實際上是完全相同的。」見〈瑕中之瑜——論崇禎本《金瓶梅》的評注〉，收入徐朔方編：《金瓶梅西方論文集》（上海：上海古籍出版社，1987），頁 301。

第五回西門慶貪潘金蓮美色，偷情之事被武大發現後聽王婆之計出藥由潘毒殺，然而為突顯主謀，如張竹坡於回前總批言：

> 拿砒霜來，是西門罪案。後文用藥，是金蓮罪案。前用刁唆，結末收拾，總云是王婆罪案。

故畫面中出現了在小說中原本應該在茶坊聽暗號等候的王婆。但王婆跳脫文本於繡像的出現並未唐突，因她的觀看位置正代表了她是整起事件的主導人，牽領了西門慶與潘金蓮的偷情，也策謀了毒殺武大的計畫，儘管是潘金蓮餵武大摻了砒霜的心疼藥，真正的主謀卻是那彷彿要親眼見証毒殺場面的王婆。西門慶過度貪色縱欲到了第七十九回而喪命，關鍵點仍是潘金蓮所餵的過多和尚藥，然而如同武大原本心疼一時半刻死不了是因三人蓄意毒殺而死一般，西門慶也許在被餵藥後得病卻並非致命傷，真正的致命傷是許多庸醫的胡亂開藥與潘金蓮的求一己慾望不惜再度傷害。兩相對照下，雷同的構圖，同是餵藥而採不同場景卻有著畫工指引閱讀的深意：武大的藥是摻了砒霜的毒藥，真正的主謀是王婆；西門慶旁丫鬟餵的藥是真藥，真正的毒藥是騎在他身上的家人潘金蓮，主謀既是潘金蓮亦是他自身——為色欲而殺人也為色欲而死亡。

畫工應是在詳細閱讀過文本後，了解並體味兩回的對應關係，故採取了雷同的構圖提示讀者兩相對照，並透過不同的餵藥取景引導閱讀，如同評點呼籲讀者對看兩回一般，除了暗示報應不爽，也更加強了西門慶興衰皆於色欲的批判。「飲鴆藥武大遭殃」與「西門慶貪欲喪命」照應了西門慶的報應不爽，西門慶死後，陳經濟與春梅、潘金蓮等卻不知悔改反而更沉溺於色欲，故後二十回的繡像凡情色場景皆採與這兩幅繡像的類似構圖，[25]提醒讀者情色雖世情所愛，但重點是警世「因果循環，讀者猛醒」，故透過雷同構圖企圖使讀者對應並反思小說首回與此回都出現的詩詞主題「二八佳人體似酥，腰間仗劍斬愚夫。雖然不見人頭落，暗裏教君骨髓枯」，總結色字害人。

小說版畫為了使視點不受時間與空間限制，往往採取俯瞰式角度，如此將不同地點與時間的人物與場景擺置於畫面中，故一幅繡像中包含了此回許多重要人物與場景；崇禎本《金瓶梅》繡像也多採取俯瞰角度，然而回目中心的視點卻往往只有突出一個，且未必置於畫面中央，藉此突出此回中心與隱含的主旨；類似這樣特殊的場景與視角的選取，都足見畫工是在小說之上有意識的再創作。且徽派畫工向來以構圖佈局精麗、變化多端著稱，在崇禎本《金瓶梅》繡像卻有許多重複之處，其實是透過雷同構圖暗示讀者兩相對照，劇情互為因果或有所對應時，畫工往往透過雷同構圖行不言之批判。雷同構圖之外又在畫面上不惜出現了小說中沒有出現了人物場景，點出真正的主導者，並特別選取潘金蓮真正導致西門慶「貪欲喪命」的場景，點出真正兇手乃過度的慾望，警示讀者對應果報、自省道德，並以同情之筆繪出百般世情皆因色欲的批評。

第三節　興衰以對——劇情轉折的構圖暗示

崇禎本《金瓶梅》繡像除了會對特定場景或類似場景做雷同構圖提示外，對於同一場面或節慶則會以不同視角或構圖做興衰以對的諷刺。原本《金瓶梅》中除了每回兩兩相對的劇情之外，亦有兩回遙對，[26]全書由西門慶死後分為上下半部，書中場景與節慶、地點每每遙相對以見興衰。如何證實繡像畫工是對小說內容有著一定程度的理解並透過畫面引導讀者閱讀，從興衰相對的幾回繡像畫工每以視角突顯人物或是宕出小說文本之外自行轉換背景、構圖的雷同等，皆可見畫工在繡像上加上自己詮釋與創作的反諷與批判。以下分為三個面向探討：觀戲場景與李瓶兒的命運息息相關，畫工如何透過類似構

25　詳見本章第一節第三點「後二十回的相同構圖與留白」。

26　如張竹坡讀法言：「《金瓶》一回，兩事作對固矣，卻又有兩回作遙對者。如金蓮琵琶、瓶兒象棋作一對，偷壺、偷金作一對等，又不可枚舉。」

圖卻不同視角的手法突顯初娶李瓶兒的「鬧華筵」與李瓶兒祭奠後西門慶的「動深悲」；小說中又有許多題及元宵節的場景，元宵節西門妻妾的賞燈與遊行「賞」的重點都不在燈而在人，透過背景的轉換畫工更加突顯「笑賞翫燈樓」、「逞豪華」的喜慶其實如同煙火燈節「遇雪雨」一般脆弱易逝；而同樣是在高樓偷情，人物同樣是陳經濟與潘金蓮，透過類似構圖，一秋菊在樓下受罰，一隱身引領月娘「識破姦情」，兩幅正好是潘金蓮與陳經濟私情的開始與結束，畫工又如何透過雷同卻左右相反的構圖與視角反襯潘金蓮的命運。

一、觀戲場景與李瓶兒

《金瓶梅》中其實有許多觀戲、唱戲的段落，包括許多妻妾和家僕小廝也都會來一小段。然而當中最為盛大的兩個觀戲場景正與李瓶兒的命運息息相關，分別是第二十回「傻幫閑趨奉鬧華筵」與第六十三回「西門慶觀戲動深悲」。李瓶兒情感西門慶使其原諒了招贅蔣竹山一事，二十回時開始了真正的喜宴，喜宴上十弟兄除了花子虛外全數出席，筵席上方請了唱戲的、唱曲的，華筵上李瓶兒也正式成為西門家的六妾拜見親友：

> 西門慶家中吃會親酒，安排插花筵席，一起雜耍步戲。……樂人撮弄雜耍數回，就是笑樂院本。下去，李銘、吳惠兩個小優上來彈唱，間著清吹。下去，四個唱的出來，筵外遞酒。應伯爵在席上先開言說道：「今日哥的喜酒，是兄弟不當斗膽，請新嫂子出來拜見拜見，足見親厚之情。」

所以即使場面有彈唱的小優、有雜耍的戲子，但重點其實僅在新婦李瓶兒一人。此時李瓶兒出來拜見時敘述者以「恍似嫦娥離月殿，猶如神女到筵前」形容其貌美以及西門慶專程親身請出的受寵，此場景並引發了潘金連的不悅挑撥月娘：「他做了一對魚水團圓，世世夫妻，把姐姐放到那裏？」，如張竹坡回前總披所言：「瓶兒出見眾人一段，總是刺月娘之心目，使奸險之人，再耐不得也。而金蓮如鬼如蜮，挑挨其中，又隱隱伏後文爭寵之線」。理解了此回重點並不在幫閑而是李瓶兒，故繡像畫工選取的「鬧華筵」場景是李瓶兒被請出拜見之景，小說形容：

> 廳上鋪下錦氈繡毯，四個唱的，都到後邊彈樂器，導引前行。麝蘭靉靆，絲竹和鳴。婦人身穿大紅五彩通袖羅袍，下著金枝線葉沙綠百花裙，腰裏束著碧玉女帶，腕上籠著金壓袖。胸前瓔落繽紛，裙邊環佩叮噹，頭上珠翠堆盈，鬢畔寶釵半卸，粉面宜貼翠花鈿，湘裙越顯紅鴛小。……當下四個唱的，琵琶箏弦，簇擁婦人，花枝招展，繡帶飄搖，望上朝拜。慌的眾人都下席來，還禮不迭。

西門慶將下人趕走，關上儀門，親自請出裝打扮的李瓶兒，而原本在大廳軟壁後聽覷的吳月娘、孟玉樓、潘金蓮等人也出現在繡像中，此作用其實如前一章所言為了指引其後爭寵。重點是為了突顯觀戲場面中李瓶兒的重要性，畫工不僅專此挑選了李瓶兒出場拜見的場景，就連視角也是以李瓶兒為中心。畫面中央左方是被簇擁著出現的李瓶兒，後方尚有聽覷的月娘等人，西門慶與傻幫閑則是側身或背對畫面（見下左圖）。

同樣是觀戲場景的第六十三回「西門慶觀戲動深悲」繡像則採取完全不同的視角，簾後觀戲的妻妾雖如二十回同樣出現於畫面左上方，但畫面中央除了戲子外再無別人，西門慶也轉為正面角度突顯「動深悲」（見下右圖）。原因就在於同樣是觀戲，但此時李瓶兒已在爭寵鬥害加上喪子下肚腹血症身亡，昔日如嫦娥女神般現身拜見的美色佳人，如今化為墳下的幽魂以及肖像上的虛影。此回言辦完李瓶兒首七後，十弟兄的九人再度相聚，西門慶「叫了一起海鹽子弟搬演戲文」言兩世姻緣的《玉環記》，「堂客便在靈前圍著圍屏，垂簾放桌席，往外觀戲」，「右邊吊簾子看戲的，是春梅、玉簫、蘭香、迎春、小玉，都擠著觀看」，西門慶因聽到戲中文句想起李瓶兒而感傷落淚：

> 貼旦扮玉簫唱了回。西門慶看唱到「今生難會，因此上寄丹青」一句，忽想起李瓶兒病時模樣，不覺心中感觸起來，止不住眼中淚落，袖中不住取汗巾兒搽拭。

又早被潘金蓮在簾內冷眼看見，指與月娘瞧，說道：「大娘，你看他好個沒來頭的行貨子，如何吃著酒，看見扮戲的哭起來？」

此回繡像所繪的便是「觀戲動深悲」的關鍵場景，同樣是觀戲，主角已由二十回新嫁的李瓶兒轉為此時觀戲感傷的西門慶，故於此回的視角西門慶已非側面隱於角落，而是坐於上座，其餘幫閑則維持背對[27]。李瓶兒新嫁時即向月娘搬弄引妒的潘金蓮，不擇手段使其香消玉殞後仍不減妒意，「冷眼看見」西門慶感傷也不感念姐妹一場，反倒如二十回時再度挑撥月娘譏誚西門慶為扮戲而哭。為了指引人物存歿以及突顯妻妾爭風，兩幅繡像都出現了月娘、潘金蓮與孟玉樓，甚至不惜使她們由暗地聽覷轉為光大出現去窺視，並以視角使其同樣出現在畫面左上方。在兩幅觀戲場景的繡像中照見李瓶兒的命運，正如張竹坡回前總批所言：「瓶兒之生，何莫非戲？乃於戲中動悲，其癡情纏綿，即至再世，猶必沈淪海。故必幻化，方可了此一段淫邪公案也」。同樣的觀戲場景，畫工巧妙地新增窺視者，並運用類似佈局而不同視角，藉此突顯不同重點人物與心理造境，以及命運興衰下唯有妻妾爭寵不變的情理，如此的詮釋與創作，都可見畫工不僅能配合小說作者的用心對照，還能於繡像提示讀者兩相對照注意人生如戲的虛假以及人情的恆常。

二、元宵燈節的賞燈與賞人

除了觀戲場面，小說中的節慶場景亦是畫工發揮對照與創作所在。張竹坡認為小說中所跨越的時間大約是三五年間，[28]崇禎本《金瓶梅》提及元宵節的段落也正好分為四段，[29]計有「佳人笑賞翫燈樓」、「敬濟元夜戲嬌姿」、「賞元宵樓上醉花燈」、「元

27 如同陳平原所言：「（「西門慶觀戲感深悲」）將其與同是描寫觀戲的『傻幫閑趨奉鬧華筵』相比較，不難明白創作者的良苦用心。畫面中心均為正在表演的藝人，可一強調『鬧華筵』，故眾人簇擁，多為背影；一渲染西門慶『動深悲』，故突出西門慶，且正面刻畫。」陳平原：《看圖說書——小說繡像閱讀札記》（北京：生活・讀書・新知三聯書店，2003），頁 43。

28 張竹坡〈第一奇書《金瓶梅》讀法〉第三十七：「《史記》中有年表，《金瓶》中亦有時日也。……看其三四年間，卻是一日一時推著數去，無論春秋冷熱，即某人生日，某人某日來請酒，某月某日請某人，某日是某節令，齊齊整整挨去。若再將三五年間甲子次序，排得一絲不亂，是真個與西門計帳簿，有如世之無目者所雲者也。故特特錯亂其年譜，大約三五年間，其繁華如此。則內雲某日某節，皆歷歷生動，不是死板一串鈴，可以排頭數去。而偏又能使看者五色眯目，真有如挨著一日日過去也。此為神妙之筆。」

29 張丹、詹瑞在〈城市娛樂和《金瓶梅》中的中的元宵節慶〉中整理出小說中涉及書中人物在元宵活動的共有 4 年，總計不少於 10 回文字，分在不同的 4 個段落，分別為：第十五回「佳人笑賞翫燈樓　狎客幫嫖麗春院」、第二十四回「敬濟元夜戲嬌姿　惠祥怒詈來旺婦」、第四十一回「兩孩兒聯姻共笑嬉　二佳人憤身同氣苦」到第四十六回「元夜遊行遇雨雪　妻妾戲笑卜龜兒」、第七十八

夜遊行遇雨雪」等四個回目明確提及小說中的元宵活動。其中「佳人笑賞翫燈樓」、「賞元宵樓上醉花燈」都在私人空間的高樓，但樓中的人物早已轉換，儘管小說與評點亦皆未提及兩回之間的相關性，且兩回皆在小說的前半部並非前後照見興衰之作，但是透過這二幅繡像，畫工由視角與構圖卻早已預告讀者為何西門慶家中的妻妾生活總圍繞著人際爭端，每一次象徵團圓的元宵賞燈，都是一位介入西門家庭生活的新偷情對象出現破壞團圓，[30]「佳人笑賞翫燈樓」是沒有出現在畫面中的李瓶兒，「賞元宵樓上醉花燈」則是樓中座上唯一的女性王六兒。

十五回言元宵節正值李瓶兒生日，西門慶送了禮物過去，李瓶兒則「拿著五個柬帖兒，十五日請月娘和李嬌兒、孟玉樓、孫雪娥、潘金蓮，又捎了一個帖兒，暗暗請西門慶那日晚夕赴席」。元宵節當天請聲裝打扮的月娘眾人登樓，看燈玩耍：

> 那燈市中人煙湊集，十分熱鬧。當街搭數十座燈架，四下圍列諸般買賣，玩燈男女，花紅柳綠，車馬轟雷。……月娘看了一回，見樓下人亂，就和李嬌兒各歸席上吃酒去了。惟有潘金蓮、孟玉樓同兩個唱的，只顧搭伏著樓窗子望下觀看。那潘金蓮一徑把白綾襖袖子兒摟著，顯他那遍地金掏袖兒，露出那十指春蔥來，帶著六個金馬鐙戒指兒，探著半截身子，口中嗑瓜子兒，把嗑的瓜子皮兒都吐落在人身上，和玉樓兩個嘻笑不止。

潘金蓮不僅嬉笑，且「一回指道」、「一回又道」、「一回又叫」，「引惹的那樓下看燈的人，挨肩擦背，仰望上瞧，通擠匝不開」，此時潘金蓮等人不僅賞燈，亦賞燈樓下的遊客，小說特別交代月娘等妻妾的盛裝打扮，便在於元宵夜時女性難得有機會踏出私密閨閣拓展生活空間，既賞燈也賞人，自己亦成為被欣賞的風景之一，所以必須盛裝。樓上的潘金蓮極力的爭取自己成為樓下遊人的觀賞對象，甚至吐瓜子皮兒以吸引注意，主人李瓶兒卻隱於暗處，原因就在於此時潘金蓮已是西門家的五房，李瓶兒卻仍然只是西門慶偷情的對象，就連寄請帖都必須暗中行事。繡像為了突顯潘金蓮的張揚對照李瓶兒的幽隱，以及潘金蓮賞燈、賞人亦享受被遊人欣賞的浮浪，故繡像中燈樓未見李瓶兒；

回「林太太鸞幃再戰　如意兒莖露獨嘗」到第七十九回「西門慶貪慾喪命　吳月娘失偶生兒」。見張丹、詹瑞：〈城市娛樂和《金瓶梅》中的中的元宵節慶〉，《上海師範大學學報》第三十七卷第5期（2008年9月），頁78。

30　西門慶包括他周圍的一些女子每每在元宵偷情給人倫關係帶來的顛覆，以及情欲過度宣泄給生命帶來的失衡，也把人生送到了一種虛幻的光環中。每一次元宵，每一次偷情，作者總能剪出一位新上場女子的形象片斷，把人生的顛之倒之的一幕，撕破給人看。見張丹、詹瑞：〈城市娛樂和《金瓶梅》中的中的元宵節慶〉，《上海師範大學學報》第三十七卷第5期（2008年9月），頁81。

為了突顯燈樓下遊客與潘的互動，特地以一半的畫面繪出浮浪子弟直指談論，透過燈節賞燈、賞人並被欣賞的風俗直看人物心理（見上左圖）。身為主人李瓶兒其實也在樓上的酒席中，但並未扶定樓窗向下觀看，而任由潘金蓮大放異彩，表面上是月娘與潘金蓮等人踏入了李瓶兒的私人領域並藉此張揚，實際上李瓶兒早已悄悄介入了西門家的妻妾領域，此場景其實妻妾早已首次團圓於燈樓，只是李瓶兒尚未具備身分，只得隱藏於畫面之外。對於其他妻妾——尤其是潘金蓮——而言，李瓶兒的進入並非團圓而是破壞，此時李瓶兒並不介意提供自己的場所供潘金蓮張揚，因為她早已與西門慶暗中約定了真正意義上的團圓。

十五回的西門慶礙於李瓶兒尚未娶進門不好過早赴約，只好在麗春院與李桂姐消磨，心裡想的不是家中老婆而是花子虛的夫人李瓶兒。然而到了第三年的元宵節，西門慶的身旁又換了一個新歡：王六兒。小說中提及西門慶與幫閑貴客在高樓賞燈前，早已安排元宵夜希望與王六兒「團圓」，故安排妻妾在大門首看三架煙火，卻獨留一架在獅子街：

> 單表西門慶打發堂客上了茶，就騎馬約下應伯爵、謝希大，往獅子街房裏去了。吩咐四架煙火，拿一架那裏去。晚夕，堂客跟前放兩架。旋叫了個廚子，家下擡了兩食盒下飯菜蔬，兩壇金華酒去。又叫了兩個唱的——董嬌兒、韓玉釧兒。原

> 來西門慶已先使玳安雇轎子，請王六兒同往獅子街房裏去。玳安見婦人道：「爹說請韓大嬸，那裏晚夕看放煙火。」

其後王六兒便「打扮穿了衣服，玳安跟隨，逕到獅子街房裏來」。樓上的貴客後來陸續增加了謝希大、李銘、吳惠等人，兩個唱的董嬌兒、韓玉釧兒也出現了，但是繡像中卻只見王六兒一個女性座落於樓中且居於畫面中央（見上頁右圖）。此回樓下的燈樓、煙火、遊人等元宵風景都在上半回目「逞豪華豪門放煙火」的繡像中繪出，故此回繡像僅繪出了「貴客高樓醉花燈」的燈樓景觀與人物，而不似十五回強調賞人與被人賞的互動，樓上佳人與樓下遊人盡出。十五回的元宵節暗指了新介入西門妻妾群的李瓶兒，達到了未具真正名義上的妻妾團圓，但西門慶至少是心懸李瓶兒的；到了這一年的元宵節，團圓的西門妻妾集中於大門首看煙火，西門慶卻早已安排要與韓道國的老婆王六兒「團圓」，所以景狀如張竹坡回前總批所言「月娘眾妾看煙火，卻挪在王六兒身上寫」。

西門慶假借看煙火的名義要與其偷情，王六兒也早已明白，所以「頭上戴著時樣扭心鬏髻兒，身上穿紫潞綢襖兒，玄色披襖兒、白挑線絹裙子，下邊露兩隻金蓮，拖的水鬢長長的，紫膛色，不十分搽鉛粉，學個中人打扮，耳邊帶著丁香兒」，幫閑相聚的場合卻出現了如此裝扮的女性，莫怪董嬌兒、韓玉釧兒也要「看一回笑一回」，還被玳安兒開玩笑身分是「俺爹大姨人家」。元宵是團圓日，亦是熱鬧日；可笑的是西門慶一家儘管豪奢，有著放煙火、翫燈樓、走百病等活動，四年來的元宵卻從未真正的一家團圓過。其一是由於妻妾之間的身分不對等與總是爭風不斷，所以十五回繡像畫工特別忽略了燈樓主人李瓶兒暗示其身分未明，並採取由下而上的視角將潘金蓮與燈樓下浮浪子弟的賞人與被賞俱繪出，暗示其易爭風引妒惹人注意的性格；其二是西門慶的心性不定，十五回時與李瓶兒暗中赴約，四十二回時又假借看煙火要與王六兒作一處，且西門慶於四十三回放煙火逞豪華後其實已無心賞燈，真正想賞的僅有王六兒一人，故畫工於此回繡像省略了樓下元宵風景，樓中女性也僅畫出了六兒一人居畫面中央，反諷以色取財宛若大姨身分坐於樓中的尷尬。

元宵節的用意是使久違的親人故友得有機會團聚，但是在西門慶的慣例，卻只是一次又一次偷情的藉口。十五回與四十三回的繡像構圖皆特將燈樓接畫在繡像的右半部，目的就是透過李瓶兒的私人空間與西門慶的高樓突顯了元宵豪門的虛榮與豪奢，並透過李瓶兒的隱身與王六兒突兀出現，反諷了團圓夜西門慶卻總以偷情引起家庭生活其後的反亂。煙火和燈雖繁華刺目，卻都是一瞬即逝的，小說中在西門慶死後的元宵節關於妻妾的活動與風景皆再未出現，曾經的興盛豪奢終究成為了剩酒殘燈。相較於十五回的鉅細靡遺的高樓流蘇彩燈、街道的那著小魚鱉蝦蟹兒跟著的「大魚燈」、滾上滾下「玉繡球燈」、「婆兒燈」、「老兒燈」，繡像畫工於四十三回的元宵景物只繪出了樓上兩盞紗燈更顯孤寂，在西門慶「逞豪華」的一回以簡筆畫元宵，除了是由於上半回以畫出高樓花燈與煙火之外，也是與十五回同樣高樓賞燈作對照與暗示，因為小說其後再無元宵節的喜慶描寫，故以簡筆暗示不義之繁華與過度的色慾如同元宵節的花燈和煙火般，短暫燦爛後，剩下的是不堪的醜陋與灰燼。

三、高樓私情與潘金蓮

小說有許多可以兩相映照見人物境遇興衰轉折之處，但是有些是連敘述者甚至評點者都不會明言點出的小細節。在敘述者和評點者都尚未明言提示下，畫工還能找出遙相對應的兩回並透過類似的構圖或視角的轉換突顯出重點，事實上是超出回目限制之外的創作，足見畫工的閱讀深刻，以及試圖引導讀者兩相對照閱讀的苦心。如第二十八回「陳經濟徼幸爵金蓮」與第八十五回「吳月娘識破姦情」，兩幅正好是潘金蓮與陳經濟私情的開始與結束，因此畫工特別採用了極度類似的構圖突顯兩人私情的轉折與潘金蓮命運的浮沉。

二十八回時潘金蓮一覺醒來找不到自己那「大紅四季花緞子白綾平底繡花鞋兒」，氣憤要春梅去找，春梅則把責任推到秋菊身上，後來兩人在花園藏春塢找到了一只極度類似只是鞋上鎖線顏色不同的鞋，但因尺寸大小不同反而被潘金蓮發現那是宋惠蓮向西門慶討類似的鞋款，因而醋勁大發遷怒秋菊，要秋菊拿塊石頭頂著跪下。其實潘金蓮的鞋是在葡萄架時被小鐵棍兒偷拿走了，陳經濟發現後便起貪念：「我幾次戲他，他口兒且是活，及到中間，又走滾了。不想天假其便，此鞋落在我手裏。今日我著實撩逗他一番，不怕他不上帳兒」，便拿著鞋要進房找金蓮，門外看見秋菊還戲笑：「小大姐，為甚麼來？投充了新軍，又掇起石頭來了？」進門後不直接將交予潘金蓮，而是希望交換信物：

> 敬濟道：「你老人家是個女番子，且是倒會的放刁。這裏無人，咱們好講：你既要鞋，拿一件物事兒，我換與你，不然天雷也打不出去。」婦人道：「好短命！我的鞋應當還我，教換甚物事兒與你？」敬濟笑道：「五娘，你拿你袖的那方汗巾兒賞與兒子，兒子與了你的鞋罷。」婦人道：「我明日另尋一方好汗巾兒，這汗巾兒是你爹成日眼裏見過，不好與你的。」敬濟道：「我不。別的就與我一百方也不算，我一心只要你老人家這方汗巾兒。」婦人笑道：「好個牢成久慣的短命！我也沒氣力和你兩個纏。」於是向袖中取出一方細撮穗白綾挑線鶯鶯燒夜香汗巾兒，上面連銀三字兒都掠與他。……這陳敬濟連忙接在手裏，與他深深的唱

　　個啱。婦人吩咐：「好生藏著，休教大姐看見，他不是好嘴頭子。」

二十八回以前陳經濟與潘金蓮彼此有意而尚未有私情，此回潘金蓮的鞋輾轉落到了陳經濟手裡，陳自然不會放棄這個機會。表面上是要還鞋，實際上是希望撩逗彼此交換信物，潘金蓮以汗巾換鞋，還要陳「好生藏著」，便證實了潘亦有意，兩人交換信物的舉動如同張竹坡所言：「何啻山盟海誓（夾批）」，「因金蓮之脫鞋，遂使敬濟得花關之金鑰，此文章之渡法也。然而一遺鞋，則金蓮之狂淫已不言而盡出（總批）」，透過了交換信物，象徵兩人其實已確定了彼此私情心意，也才有其後一連串的「戲贈一枝桃」、「花園調愛婿」、「戲雕欄一笑回嗔」、「售色赴東床」、「美一得雙」。繡像完全依從了小說內容與回目，畫出了潘金蓮與陳經濟於樓上，陳經濟手上拿著鞋，就連婦人正「臨鏡梳頭」的小細節鏡子俱描繪出，畫面下方則是無辜頂石受罰的秋菊（見下左圖）。為何要特別拉遠鏡頭使秋菊也入畫，除了是貼合小說內容之外，更重要的是她也是之後指引月娘識破兩人姦情的關鍵人物。所以畫工特別將樓下的秋菊受罰也繪出，並於被識破姦情的第八十五回採取幾乎完全雷同只是左右相反的構圖（見下右圖）。

　　潘金蓮與陳經濟的私情自二十八回確定心意後便不斷發展，西門慶死後更是變本加厲，「無一日不和潘金蓮兩個潮戲」、「兩個就如雞兒趕蛋相似纏做一處」，終究於第

八十五回時有了私生子，便由陳經濟向胡太醫買了紅花打下孩子，但「家中大小都知金蓮養女婿，偷出私孩子來了」。秋菊其實早想洩漏兩人醜事與月娘知道，只是月娘不信，等月娘到了現場兩人早已安排妥當。到了這一回，終於被秋菊抓到了恰好時機：

> 一日，也是合當有事，敬濟進來尋衣服，婦人和他又在玩花樓上兩個做得好。被秋菊走到後邊，叫了月娘來看，說道：「奴婢兩番三次告大娘說不信。娘不在，兩個在家明睡到夜，夜睡到明，偷出私孩子來。與春梅兩個都打成一家。今日兩人又在樓上幹歹事，不是奴婢說謊，娘快些瞧去。」月娘急忙走到前邊，兩個正幹的好，還未下樓。春梅在房中，忽然看見，連忙上樓去說：「不好了，大娘來了。」兩人忙了手腳，沒處躲避。

繡像所繪的便是月娘聽秋菊所言來到前邊看見兩人醜事的場景，高樓下站的是月娘朝樓上觀看，而樓上的春梅背對畫面正大聲提醒兩人，只見兩人皆衣衫不整、慌了手腳的景況。為了對照交換信物的當初，畫工特別採取了極度類似只是左右相反的構圖佈局，二十八回特地使其入畫的秋菊，到了八十五回卻並未如同八十三回「秋菊含恨洩幽情」時亦入畫指引月娘觀看，原因就在於秋菊早已洩幽情，只是月娘不信，拖到此回才終於「識破姦情」。畫工使秋菊在此回繡像隱身，一來是由於小說文字只言「走到後邊，叫了月娘來看」，並無明確說出秋菊也在現場；二來是陳經濟與潘金蓮的醜事除了是兩人貪欲過錯以外，當初使陳經濟進入西門家的月娘更必須負擔「引賊人室之罪」[31]，識破後又並未明確處置「至後識破姦情，不知所為分處之計，乃白口關門，便為處此已畢」，直到其後陳經濟出言不遜說孝哥兒「倒像我養的」，被孫雪娥唆使後才將經濟趕出門，並將潘金蓮賣出。故畫工不再使早已嘗試洩幽情的秋菊現身，而將樓下「識破姦情」的人物僅繪出於月娘一人，突顯「家中大小都知金蓮養女婿，偷出私肚子來」，唯有月娘蒙

---

31 此處與其後括號引文皆出自張竹坡讀法第二十四：「《金瓶》寫月娘，人人謂西門氏虧此一人內助。不知作者寫月娘之罪，純以隱筆，而人不知也。何則？良人者，妻之所仰望而終身者也。若其夫千金買妾為宗嗣計，而月娘百依百順，此誠《關雎》之雅，千古賢婦人也。若西門慶殺人之夫，劫人之妻，此真盜賊之行也。其夫為盜賊之行，而其妻不涕泣而告之，乃依違其間，視為路人，休戚不相關，而且自以好好先生為賢，其為心尚可問哉！至其于陳敬濟，則作者已大書特書，月娘引賊人室之罪可勝言哉！至後識破姦情，不知所為分處之計，乃白口關門，便為處此已畢。後之逐敬濟，送大姐，請春梅，皆隨風弄柁，毫無成見；而聽尼宣卷，胡亂燒香，全非婦女所宜。而後知『不甚讀書』四字，誤盡西門一生，且誤盡月娘一生也。何則？使西門守禮，便能以禮刑其妻；今止為西門不讀書，所以月娘雖有為善之資，而亦流於不知大禮，即其家常舉動，全無舉案之風，而徒多眉眼之處。蓋寫月娘，為一知學好而不知禮之婦人也。夫知學好矣，而不知禮，猶足遺害無窮，使敬濟之惡歸罪於己，況不學好者乎！然則敬濟之罪，月娘成之，月娘之罪，西門慶刑於之過也。」

昧至今日方信，也進一步突顯了「經濟之罪，月娘成之」。

由以上例子可知，小說敘述者與評點者未明言提示的興衰以對劇情，畫工亦能透過類似的構圖提示兩相對照，並在構圖中以不同的視角或人物的顯隱去突顯身分以及心理狀態。可見畫工確實對小說有著深刻的理解，能關注到連續敘述者和評點家都未明言的劇情，體會到同樣節慶或場景下照應的是怎樣的世情興衰與境遇浮沉，並能宕出小說與回目之外進行改動，以視角的轉換突出景是人非，以背景的繁疏暗示團圓下的不團圓與其後的悲涼，或是以人物的顯隱突顯姦情之罪總歸咎於何人。繡像之「同」是畫工提醒兩相對照的顯筆，「異」則是表示了畫工理解詮釋所在與隱藏主題的彰顯，可見得除了小說類似說書人的敘述與評點之外，畫工也透過了繡像提供了另一種聲音表達了自己的閱讀態度，並不惜增減改動小說與回目的限制，為讀者安置出最有利的觀看位置，與類似場景或回數作連結，迫使對照下反思並理解反諷之所在。

第四節　新增窺視者——理想讀者的進入

崇禎本《金瓶梅》繡像常常會出現窺視者，但畢竟在小說中早有窺視場景或甚至回目也已明確暗示，嚴格說來仍不出對小說的依從性。但有時畫工為了點景，為了更明確暗示人物的重要性與劇情發展，會將小說中原本沒有的窺視場景加入於畫面中。此舉也許可以側面推出畫工可能是聰明的讀者：

> 插圖中經常可以發現隱於角落，或藏於窗台後的窺視者，崇禎本《金瓶梅》更有表現「窺視癖」的春宮畫插圖，這些窺視的次要人物可以看作是插圖所設計的隱含讀者，代替新興的讀者大眾，參與其中，觀看小說的一幕。插畫作者在畫面中預留了觀眾的位置，以滿足新興的中產階級之窺視癖，這些次要人物在插圖中的大量安排，正印證了當時讀者大眾的興起。[32]

窺視的次要人物並非隱含讀者，因為隱含讀者不可能出現在文本之中，[33]但窺視的次要

32　毛文芳：〈於俗世中雅賞——晚明《唐詩畫譜》圖像營構之審美品味〉，《通俗文學與雅正文學全國學術研討會論文集》第一集（臺中：國立中興大學中國文學系，2005），頁 341。

33　「隱含的讀者」這個概念表明了一個由本文引起讀者響應的結構組成的網絡，它強迫讀者去領會本文。因為對於它可能存在的讀者來說，本文必然具有容易發生變化的陌生程度，他們必須被本文安排在一個位置上，以便他們能夠把新觀點具體化。然而，這個位置卻不能在本文之中表現出來，因為它是讀者觀看被表現世界的優勢點，所以不可能是那個世界的一部分。〔德〕Wolfgang Iser 著，霍桂桓、李寶彥譯：《審美過程研究——閱讀活動：審美響應理論》（北京：中國人民大學出版社，

人物不妨可視為理想讀者所設置的本文出發點。由於繡像的主體仍是小說，畫工不可隨意增改小說原意，自然不可能新增小說主要人物如西門慶或潘金蓮等西門妻妾，故崇禎本《金瓶梅》繡像新增的窺視者往往是不重要的次要人物如小廝婢女等。然而這些新增的次要人物有其作用，他們為畫面外的讀者新增了另一種觀看文本的出發點，代表了畫工所詮釋並創造的最有利觀看位置，企圖引領讀者以此領略小說主旨。

《金瓶梅》小說文本原有的窺視場景已有相當多的數量，但畫工在未出現窺視的文本上創造了隱於角落或門內外的窺視者，此舉並非是對文本的挑戰，或純粹出自窺淫風氣的反映，繡像新增的窺視者往往是女性腳色，足見繡像畫工的閱讀態度並非如梅茲（Christian Metz）或莫薇（Laura Mulvey）所論述的由男性角度帶權力與欲望去凝視被物化與異化的女性，而是透過新增的窺視者更加關注小說的女性生存困境與繁複人情。畫工藉此強調人物於其後劇情發展的重要性，亦是特別出場的隱含讀者，透過窺視參與文本，進入繡像成為文本的一部分，見證畫工的批評的同時，也提點了畫面外讀者閱讀的角度。

此節便是探討畫工如何在不破壞、更動小說內容的情況下，在回目之外加入自己的想法。即繡像畫面中有著回目甚至於小說中未出現，或尚未出現的人物或場景。然而畫工這麼作的用意並非有意的破壞，而是希望透過這樣的獨創，增加讀者對於此回重心的理解，或是增加畫面的衝突性，以及人物的重要性。

一、隱藏主題的指引閱讀

小說版畫作為小說情境的具體化，畫工原本應遵從小說的所有依從條件。但如前文所說文字轉譯為圖像有著一定的困難，語言可透過上下文進行諧擬（parody）、諷刺，圖像若如實繪出往往適得其反。要證明崇禎本《金瓶梅》繡像畫工是聰明的讀者，將有意識的將繡像視為另一種文學形式的「再創作」，除了前文各面向舉例以外，最淺顯易見的證據就在於畫工有時會在畫面創造出宕出小說回目甚至文本依從條件之外的窺視者，而此窺視者作用常在於指引讀者閱讀小說的隱藏主題。

作者於作品中呈現了他的世界觀，但是這個小說文本未必呈現當時的真實世界或表面的主題，且「在閱讀過程中，本文的潛在意義永遠也不可能被讀者全部實現[34]」，若只觀照《金瓶梅》中西門慶的豪奢與各女子的色欲方面，容易使讀者以為是一般的以勸世包裝實質為提倡情色的「淫書」，而忽略了小說內涵的其他面向。一部成功的小說由

1988），頁45-46。

34 詳見〔德〕Wolfgang Iser著，霍桂桓、李寶彥譯：《審美過程研究——閱讀活動：審美響應理論》（北京：中國人民大學出版社，1988），頁30。

於遊移的視角與文學結構能引發許多讀者對主題的不確定性，小說文本的多種視野凝聚加上諸家評點的解讀，就是因為這些不確定性成分使本文能夠和讀者「交流」，他們引誘讀者既參與作品意向的形成，又參與對作品意向的理解，希望通過這種方式，讀者能實際體會被客觀論者假定、作為本文內在固有特性的所謂理想標準。[35]小說文本由各種視野組成，如 Iser 所言：

> 文學本文提供了一種關於世界的觀點（也就是作者的世界觀）。他本身也由各種各樣的視野組成，這些視野概述了作者的觀點，也為讀者預定要讓它實現的東西指明了道路。……在小說中一般存在四種主要視野：敘述者的視野、人物的視野、情節視野，以及虛構的讀者的視野。儘管這些視野可能由於其重要性而各不相同，但是它們之中沒有一個視野等同於本文的意義。他們所做的只是為讀者提供來自各不相同的出發點（敘述者、人物等等）的行動指南[36]……

繡像畫工經過閱讀將小說文字轉為圖像只是將文學作品「具體化」，然而文字與圖像的特性不同，為了表達個人解讀的小說內涵就必須有自己的「創作」。崇禎本《金瓶梅》繡像畫工甚至突破小說依從條件，於畫面繪出了文本此場景未出現的人物，是將評點之筆繪於畫面之中，同小說敘述視角與評點家視野一般提供了另一種閱讀和觀看位置，希望指引讀者體味文本的真正意涵。

茲以第一回「武二郎冷遇親哥嫂」為例。此回言武松打虎後被清河縣知縣封賞為都頭，正要回陽谷縣尋兄長武大，正巧在街上撞見：

> 當日兄弟相見，心中大喜。一面邀請到家中，讓至樓上坐，房裏喚出金蓮來，與武松相見。因說道：「前日景陽岡上打死大蟲的，便是你的小叔。今新充了都頭，是我一母同胞兄弟。」那婦人叉手向前，便道：「叔叔萬福。」

小說中是武大邀請武松到家上樓後才從房中喚出潘金蓮。但此回繡像（見下頁圖）繪出兄弟久違重逢的喜悅是選在將要踏入武大家門的場景，兩人尚未上樓，原本此時該在樓上房裡的潘金蓮已出現畫面左邊角落，半隱於家門後窺視二人。《金瓶梅》出自《水滸傳》又不同於《水滸傳》，如張竹坡所言：「《水滸》本意在武松，故寫金蓮是賓，寫武松是主。《金瓶梅》本寫金蓮，故寫金蓮是主，寫武松是賓。」《金瓶梅》裡潘金蓮才是

35　同上註，頁 31。

36　〔德〕Wolfgang Iser 著，霍桂桓、李寶彥譯：《審美過程研究——閱讀活動：審美響應理論》（北京：中國人民大學出版社，1988），頁 46-47。

主角，並且在碰到武松後開始真正展露人物性格，故繡像中潘金蓮跳脫文本已於樓下半掩門窺視，真正窺視的不是自己那「身不滿尺的丁樹」「三分似人七分似鬼」丈夫武大，而是「身材凜凜，相貌堂堂」的武松，暗示了之後她對武松的覬覦，如張竹坡於回前總批言：

> 篇內金蓮凡十二聲「叔叔」，於十一聲下，作者卻自入一句，將上文個一聲「叔叔」一總，下又拖一句「叔叔」，便見金蓮心頭眼底口中，一時便有無數「叔叔」也。

此回的回目為「西門慶熱結十弟兄　武二郎冷遇親哥嫂」，目的在突顯「無心撞著，卻是嫡親兄弟；有心結識，反不好敘齒。掩映處最難過，最難堪。（張竹坡首回回前總批）」的冷熱相對，但「武二郎冷遇親哥嫂」，畫工不選取兄弟返家與潘金蓮於二樓的首度相會場景，而是另選場景並新增了在當時尚不應出現的窺視者潘金蓮。新增的窺視者潘金蓮說明了《金瓶梅》中的許多「淫婦」往往不是純粹被觀看、品賞的影像，反而化客體為主體，希望透過偷窺探刺他人私密領域理解更多的人情，藉此拓展自己的生活空間，並暗示了讀者女主角早於初見時就已「思量」在心。繡像證明此脫出文本的創作代表了畫工閱讀後的理解，提供了另一個觀看出發點，希望讀者能了解此回故事重心不在「冷遇親哥嫂」，而是潘金蓮人物性格將影響兩兄弟此後命運的隱藏主題。

又如第三十五回「西門慶為男寵報仇」，此回言西門慶先前與書童兒作一處，此事被畫童兒和平安兒知道。之後平安兒將此事洩漏予潘金蓮，話傳到了書童兒耳裡，向西門慶訴苦。西門慶記住了男寵的委屈，為了幫書童報仇，為了朋友白來搶入門卻無人通報的小事，便小題大作惡整平安兒：

> 須臾打了二十，打的皮開肉綻，滿腿血淋。西門慶喝令：「與我放了。」兩個排軍向前解了拶子，解的直聲呼喚。西門慶罵道：「我把你這賊奴才！你說你在大門首，想說要人家錢兒，在外邊壞我的事，休吹到我耳朵內，把你這奴才腿卸下

來！」那平安磕了頭起來，提著褲子往外去了。

最後連畫童兒也連累，「拶的小廝殺豬兒似怪叫」的聲響引起孟玉樓注意並走到大廳軟壁後偷聽，剛從房裡走出來的潘金蓮看到孟玉樓的舉動也加入了偷聽的行列，並句句酸書童兒的得寵「不是這般說，等我告訴你。如今這家中，他心肝肐蒂兒偏歡喜的只兩個人，一個在裏，一個在外，成日把魂恰似落在他身上一般，見了說也有，笑也有。」「裏」指李瓶兒，「外」指書童兒。此回繡像畫的就是這個場景（見右圖）。畫面中除了西門慶於大廳上「為男寵報仇」的場面之外，畫工也將原本於軟壁後潛聽的孟玉樓繪出，甚至連原本沒有潛聽的潘金蓮也一併繪出，且儼然已由潛聽轉為更為大方的窺視了。

畫工將於壁後的兩人繪出窺視的樣貌，並非是出自無法繪出兩人偷聽的妥協；小說原本潛聽的只有孟玉樓，畫工則改為其後與孟玉樓討論的潘金蓮也於軟壁後窺視，此舉同樣並非畫工誤讀小說，而是希望透過兩人的更明確出現幫助點明主題。張竹坡於此回回前總批言「此回單為書童出色描寫也。故上半篇用金蓮怒罵中襯出」，因此畫工特別將潘金蓮轉為同孟玉樓在窺視之側，強調此回廳前的挾恨打罵與廳後潘金蓮孟玉樓對此事的怒罵對比才是重點：

> 金蓮道：「我要告訴你，還沒告訴你。……今日挾仇打這小廝，打的膫子成。那怕蠻奴才到明日把一家子都收拾了，管人吊腳兒事！」玉樓笑道：「好說，雖是一家子，有賢有愚，莫不都心邪了罷？」

潘句句狠毒暗批書童兒與李瓶兒，連張竹坡於夾批都要言「真有此等利口，可恨，可恨！」、「我願世世不見此等人！」孟玉樓明譏潘金蓮，因潘忌妒書童兒得寵，書童兒又與眼中釘李瓶兒交好故出此怒罵，卻句句如張竹坡旁批所言「似與己賭氣者」、「每語必插自己」、「是平時失寵語，是一時得意話」。畫工特亦將潘金蓮突破文本的討論者身分轉為窺視者，目的除了是畫面有限必須壓縮小說內容，使重要人物出場外，更在暗示讀者此回真正的重心除了小廝之間爭寵之外，實際上潘金蓮與眾妻妾的相處情形也是如此，潘金蓮與孟玉樓在壁後的怒罵其實也罵到了自己，為了突顯這一點，所以讓兩人也出現於畫面中並轉為窺視者的腳色，讓潘金蓮的刻薄言語與廳上書童兒的一時得寵、平安兒與畫童兒的失勢對比，實際上潘金蓮平時恃寵欺負挑撥他人次數不在其下。

由以上兩例可知繡像畫工新增窺視者不是出自對文本的閱讀不深或破壞，而是為了隱藏主題的指引閱讀。小說文本實際上已經透過許多視角暗示了故事重心，畫工作為真實讀者，也在創作繡像過程中化身為聰明的理想讀者，將自己的理解融於畫面，必要時提供真實讀者另一個立場，使讀者能夠由此出發觀察事物，能在文學文本的四個視野、評點家的視野之外有另一個出發點，繼而能在不同出發點的互相轉變找到匯聚的普通相遇處（meeting place），透過不同視野變換的優勢點找到本文的意義。[37]畫工所新增的窺視者是引導讀者另一個出發點的理想讀者，繡像的構圖、留白以及新增的窺視者等每一個具體化都表現了他對「隱含的讀者」[38]的一種有選擇的實現，未經武大呼喚救隱於門後

---

37 （各種視野）它們之中沒有一個視野等同於本文的意義。他們所做的只是位讀者提供來自各不相同的出發點（敘述者、人物等等）的行動指南，這些行動指南持續不斷的互相轉變，並以這樣一個普通相遇處——他們都在一個普通相遇處（meeting place）匯聚到一起。我們把這個相遇處叫做本文的意義，讀者只有從某一個立場出發去想像，本文的意義才能成為他的注意中心。……他們是從閱讀過程中顯現的；在這個過程中，讀者的角色是不斷佔據變幻的優勢點（這個優勢點是本文為一種預先構造的讀者活動準備的），從而把這多種多樣的視野填充到一個不斷展開的模式之中。這使他不僅能領會本文視野的不同出發點，也能領會他們的最終合併。見〔德〕Wolfgang Iser 著，霍桂桓、李寶彥譯：《審美過程研究——閱讀活動：審美響應理論》（北京：中國人民大學出版社，1988），頁 47。

38 「隱含的讀者」（the implied reader）為 Wolfgang Iser 所提出的一種理想讀者類型。伊瑟爾以為閱讀過程的完成歸結到大致三個方面：一方面，作者生產出的文本，本身是針對著一個隱含的讀者展開，它在作者有意無意地設計之下，具有一套指令系統，等待讀者參與完成開啟；一方面，讀者順著文本的指引，一步步將文本納入視野，在內心逐漸建構起形象；再一方面，文本與讀者之間存在一種互相作用彼此建構的關係。見 Iser：〈閱讀行為〉，收於朱立元編：《西方美學名著提要》（臺北：昭明出版社，2001），頁 195。Iser 以為隱含的讀者其本質牢固的存在於本文的結構之中；他是一種結構，絕不能把它和任何真實讀者等同起來。它一方面作為一種本文結構的讀者角色，另一方面作為一種構造活動的讀者角色。使我們有可能描述文學本文構造的效果。他標明了讀者的角色，後者可以根據本文結構和讀者在閱讀中被本文構造的活動來限定。它在不必然限定接受者的情況下其他的存在：這個概念預先構造了將由每一個接受者承擔的角色，而且即使看來本文有意地忽略他們可能存在的接受者或者主動排斥接受者，這一點仍然有效。因此，「隱含的讀者」這個概念表明了一個由本文引起讀者響應的結構組成的網絡，它強迫讀者去領會本文。「隱含的讀者」概念提供了一種描述閱讀過程的手段，借主於這種閱讀過程，本文結構就通過讀者的觀念化活動轉化成讀者的個人體驗。詳見〔德〕Wolfgang Iser 著，霍桂桓、李寶彥譯：《審美過程研究——閱讀活動：

窺視潘金蓮，以及窺視西門慶為書童兒報仇的潘金蓮和孟玉樓，他們都跳脫於小說文本而於繡像存在，化身為畫工理解小說視野的出發點——這個出發點有些與評點融合映證，有些則跳脫小說文本與評點，但都能指引讀者觀看另一種視野，引導讀者透過本文結構與評點、繡像等不同出發點的游移與合併走到觀看文本的優勢位置，使讀者在這的優勢位置能在閱讀過程與想像中理解本文的意義。

二、情色場景的窺視癖

崇禎本《金瓶梅》繡像新增窺視者更多是出現於情色場景。《金瓶梅》小說文本原本就有許多窺視情色的場面，但是繡像除了回目與小說文本的依從條件之外，有時會更加強「窺視情色」，諸如原本潛聽者於繡像轉為更大膽的觀看，甚至出現了小說中自始至中都沒有出現的窺視者。這些新增的窺視者其實也代表了畫工作為讀者評點的閱讀位置：

> 這些人物，既是作為敘述者的詩人自己，也是作為畫面構成者的畫家自己，更是畫家將觀眾直接帶入畫中的一種做法，他們的作用一方面是點景，另一方面，正是隱含的觀眾，參與畫面，觀看畫幅中的景物情節。[39]

繡像畫面中的人窺視情色，畫面外的讀者也透過畫工剖圖式的情色場景再度窺視。將私密空間作剖圖式方便讀者觀看原本就屬於版畫傳統，版畫於畫面原本就不受任何視點所束縛，也不受時間的限制，所以「好多作品，在對人物描寫時候，都是窗戶洞開，甚至作了房間的剖面圖，這種表現手法，就是不受空間的侷限，對主題的內容，作出了充分的交代」，[40]這樣的傳統來自於版畫早期受戲曲的影響，畫面組織常如舞臺場面處理，所以書室、閨房或廳堂，都作剖圖式方便觀眾觀看。[41]崇禎本《金瓶梅》繡像也會依版

審美響應理論》（北京：中國人民大學出版社，1988），頁45-51。

39　毛文芳：〈於俗世中雅賞——晚明《唐詩畫譜》圖像營構之審美品味〉，《通俗文學與雅正文學全國學術研討會論文集》第一集（臺中：國立中興大學中國文學系，2005），頁341。

40　王伯敏：《中國版畫史》（臺北：蘭亭書店，1986），頁78-79。

41　王伯敏言：「明代版畫的另一個特點是：對於畫面上的組織，如舞臺場面那樣來處理。」並就早期版畫流派金陵派、建安派所刻印的戲曲版畫歸納出四點：1.不論是背景或對空間的處理，都如舞臺場面，就連人物的手勢都採自演戲中的動作。2.從人物的距離與空間的深度來看，這顯然是如組織在舞臺場面上。人物靠的很近，戶內戶外往往只是一指之隔，即就寫戶外，一山之隔，人物大小都還是一樣。3.每幅插圖，人物大小都佔畫幅之半，背景道具，只是陳設而已。4.書室、閨房或廳堂，都作剖圖式。詳見王伯敏：《中國版畫史》（臺北：蘭亭書店，1986），頁 79。徽派與蘇派都較金陵、建安派晚期，所以風格更為纖細精緻，空間感也拉大拉深，人物從佔畫面半幅轉為景大人小，

畫傳統以剖圖式展現情色場景，加上書中時有窺視的情節，就算回目沒有提示，而只在小說文本內出現，繡像也會如實繪出。[42]有時小說文本中點到為止甚至根本沒有出現的窺視者也會在畫面中更加明目張膽的觀看。

如九十五回「玳安兒竊玉成婚」，此回言西門慶死後家中妻妾離散，來興兒與奶子如意兒私作一處被月娘察覺使其成婚。之後月娘又無意間發現了玳安兒與小玉之事，由於月娘溺愛小玉，故不似發現來興兒與如意兒時的大罵一頓，小說對此窺視場景甚是輕描淡寫：

> 到二更時分，中秋兒便在後邊竈上看茶，由著月娘叫，都不應。月娘親自走到上房裏，只見玳安兒正按著小玉在炕上幹得好。看見月娘推門進來，慌的湊手腳不疊。月娘便一聲兒也沒言語，只說得一聲：「臭肉兒，不在後邊看茶去，且在這裏做甚麼哩。」……擇日就配與玳安兒做了媳婦。白日裏還進來在房中答應，只晚夕臨關儀門時便出去和玳安歇去。這丫頭揀好東好西，甚麼不拿出來和玳安吃？這月娘當看見只推不看見。

月娘在《金瓶梅》中不是個會窺視情色場景的人，小說常見的窺視者，不是西門慶的十弟兄，就是潘金蓮或丫頭小廝。月娘會成為情色場景的窺視者，往往是有人告密偷情希望月娘去親眼證實並裁決。在此回雖然窺視的情節只有短短一句話「只見玳安兒正按著小玉在炕上幹得好」，篇幅之短，也不似其他窺視的情節會交代窺視者的心態，且下一句便言推門進來打斷。繡像卻對此次窺視場景相當重視，不僅畫出了月娘於上房屋外的窗櫺窺視情色，且將窺視的月娘至於畫面中央，玳安兒與小玉反而在畫面的左側（見下頁圖）。

在小說中沒有清楚交代月娘如何窺視，畫工卻著眼於此窺視情色的場面，目的在認為此回的重心不僅僅是由於回前詩所言的「家貧奴負主，官懦吏相欺」，月娘的「溺愛者不明，貪得者無厭」才是重點。如張竹坡於窺視情節夾批所言：「狠不知此為做甚麼乎？」月娘都看見了，明知何事口中卻問「且在這裏做甚麼哩」。除了是因為溺愛小玉與玳安之外，也與月娘的人物性格有關。月娘是西門慶的繼室，明清作為賢良婦女本應

是從受戲曲舞臺場面影響到受文人畫影響的轉變，但許多版畫傳統仍然保存，例如人物大小不因遠景近景改變、室內空間都作剖圖式方便讀者觀看等。

42 如 61 回「西門慶乘醉燒陰戶」、83 回「秋菊含淚洩幽情」、85 回「吳月娘識破姦情」等，都是回目沒有明確提示窺視情色的情節，但小說文本確實在情色場景有窺視的情形出現。繡像也都畫出了窺視情色的場面，可見畫工確實不是盲目的只有依從回目作畫，而是對小說文本有著一定程度的理解。

「不談私語、不聽淫聲」，小說中月娘確實少作為情色場景的窺視者，但是到了此回即使作者輕巧帶過，畫工依然用心著眼此處，暗示月娘私心所在，照應張竹坡於第一回的回前總批言月娘所言：

> 看者止知說月娘賢德，為後文能容眾妾地步也；不知作者更有深意。月娘，可以向上之人也。夫可以向上之人，使隨一讀書守禮之夫主，則刑於之化，月娘便自能化俗為雅，謹守閨範，防微杜漸，舉案齊眉，便成全人矣。乃無知月娘止知依順為道，而西門之使其依順者，皆非其道。月娘終日聞夫之言，是熱利市井之言，見夫之行，是奸險苟且之行，不知規諫，而乃一味依順之，故雖有好資質，未免習俗漸染。

月娘原本是「可以向上之人」，但是受到了西門慶家裡環境的影響，所以無法判斷賢惡，一味百依百順，對於丈夫的惡行與家中大小事總是全不管事，總是導致養成禍患。西門慶死後月娘為求安身立命，更是委曲求全，家族式微之際，已無法阻止家僕丫鬟作惡。崇禎本評點與張竹坡皆言月娘「狠毒」，於此回西門慶已死，家中離散，評點皆批判月娘明知家僕丫鬟惡至如此，卻總是依自己的私心寵眷或一貫不理事的態度。小說此回輕描淡寫月娘的窺視情色，繡像畫工卻將作者隱而不說的重點突顯繪出，暗示讀者書中許多的禍患諸如西門慶的為惡縱欲、陳經濟的進門、妻妾的鬥氣與通姦、家僕小廝的亂行等等，大多由於月娘的「百依百順」不管事的態度而養成。繡像明確畫出了小說中輕巧帶過的窺視場面，並將月娘難得作為窺視者的場景置於畫面中央，只是考慮到月娘於此境遇下不得已的無力性格，故構圖將小玉與玳安相處的上房採開放式，月娘置中卻被窗櫺隔絕，提示本回重心除了玳安與小玉之外，更是小說總結月娘地方之一，畫工並於構圖與視角表達對月娘的批判與同情。

又如九十七回「真夫婦明偕花燭」，言西門慶死後春梅改嫁到周守備家，一日碰巧聽聞周守備審問陳經濟後便一心尋他，終於到此回尋到，從此陳經濟於府裡住下，並與春梅勾搭，人都不知。周守備奉旨征剿宋江前並要春梅為陳經濟尋一門親事。因此春梅找來薛嫂兒幫陳安排與葛家小姐成親，並幫忙買了一個陪床使女金錢兒，六月初八成親：

> 到守備府中，新人轎子落下。頭蓋大紅銷金蓋袱，添妝含飯，抱著寶瓶進入大門。陰陽生引入畫堂，先參拜了堂，然後歸到洞房。春梅安他兩口兒坐帳，然後出來。陰陽生撒帳畢，打發喜錢出門，鼓手都散了。敬濟與這葛翠屏小姐坐了回帳，騎馬打燈籠，往岳丈家謝親。吃的大醉而歸。晚夕女貌郎才，未免燕爾新婚，交媾雲雨。

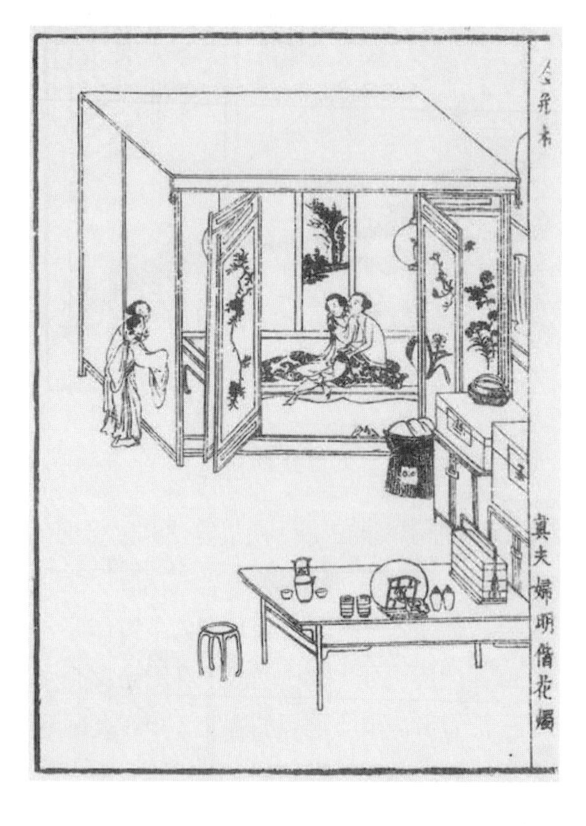

成親過程正大光明、三媒六聘，陳經濟和葛翠屏成了真夫婦。小說此段言娶親名正言順，即使洞房花燭夜也僅以少數篇幅帶過，更未見小說中有人窺視的場景，然而此回繡像除了房內雲雨的兩人，尚有於房外偷覷的兩人（見左圖）。繡像中的窺視者乃畫工宕出小說文本的新增，小說中也完全沒有提到有人窺視的內容；既然回目為「真夫婦明偕花燭」，為何繡像選取的並非兩人的洞房花燭夜的場景，兩者實則皆是畫工用意深刻所在。小說後面提到了春梅每日與夫婦倆口兒同在房中一處吃，彼此以姑妗相稱，同起同坐。丫頭金錢兒和媳婦無人敢說不，原因就是陳經濟的新房亦是春梅一手安排就近自己住處：

> 原來春梅收拾西廂房三間，與他做房，裏面鋪著床帳，糊的雪洞般齊整，垂著簾幃。外邊西書院，是他書房。裏面亦有床榻、几席、古書並守備往來書柬拜貼，並各處遞來手本揭貼，都打他手裏過。春梅不時出來書院中，和他閑坐說話，兩個暗地交情。

繡像裡明顯可見陳經濟和女子雲雨之處並非垂著簾幃的新房，從床榻、几席與桌上用具，可見場景是西書院的書房。此書房正是陳經濟甫到守備家中與春媒的偷情之處：

> 敬濟在府中與春梅暗地勾搭，人都不知。或守備不在，春梅就和敬濟在房中吃飯吃酒，閑時下棋調笑，無所不至。守備在家，便使丫頭小廝拿飯往書院與他吃。或白日裏，春梅也常往書院內，和他坐半日，方歸後邊來。

繡像場景既然是書房，也就是春梅和陳經濟一貫的暗地交情之處，畫面中與陳經濟的雲雨對象也就不是「真夫婦」的葛翠屏，而是「假弟妹」的春梅，床榻外窺視的便極可能是元配葛翠屏和金錢兒。兩人在此窺視既暗示了小說文本中每日春梅與陳經濟夫妻同處一起吃飯「丫頭養娘、家人媳婦，誰敢道個不字？」的處境，也回應了張竹坡夾批此回陳經濟進周守備府企圖勾搭婢女月桂時「寫諸婢總為守備不知作地」所言。

繡像依照回目作畫，通常見回目則繡像內容則大致可見。此回畫工選取的不僅不是「真夫婦明偕花燭」，反而是透過場景與新增窺視者暗示讀者明媒正娶的實際是為了更方便「假弟妹暗續鸞膠」，故場景不是垂著簾幃「翻的雪洞般整齊」的新房，而是方便兩人一貫偷情的西書院書房。如張竹坡於此回的回前總批：

> 至於假夫婦，滿部皆是，並未有一真者。有自己之妻而為人所奪，且其妻莫不情願隨人，是雖真而實假也。有他人之妻而己占之，是以假為真，乃假中之愈假者也。此處一寫假弟妹，結上文如許之假夫妻；一寫真夫妻，結上文如許之假弟妹。總之，為假夫妻結穴，見「色」字之空，淫欲之假。

繡像中實際與陳經濟雲雨的不是新嫁的葛家小姐，而是早已安排好一切的春梅。畫工還怕讀者不懂此回真正的重心，甚至畫出了不在小說中出現的窺視者——葛翠屏和金錢兒，兩人窺視偷情場景，提示了諸婢與媳婦、丫頭皆知兩人暗地交情非止一日，只是礙於守備與春梅為守備夫人不能作聲。繡像特意跳脫文本與回目限制，反而畫出假弟妹於真夫妻房中之事，並安排真妻子與丫頭窺視，突顯色欲之空假。

《金瓶梅》作為世情小說之其中一個特點就是「窺視」，小說中窺視的場景層出不窮，在回目中也有許多窺視場景的明示與暗示，因此繡像也常出現窺視場面，除了是世情窺視成風的反映外，畫面中的窺視人物更是畫工指引閱讀的化身：

> 《金瓶梅詞話》，不僅在章節安排上，明白置入窺視意涵的回目，大部分描繪私密空間中的男女情慾，亦呈現窺視的圖繪細節，此與當時世情小說發達有關，展現大眾對私密生活細節的興趣。版畫圖像以具體的視覺傳達，助長了異於傳統之觀看文化的流行，畫蹟與流行版畫的內容，反映了市民社會的生活百態，大量視覺傳達的媒介管道，顯露了人們窺視隱私的興趣。當時大批閒觀遊賞的文人，盡情觀覽四周景物，他們是鼓勵版畫閱讀的主要社群，也是鼓勵文學讀本的評點主流，

閒遊者在評點的世界裡，處於一個有利的觀看位置。[43]

繡像畫工依從回目作畫，卻非單憑回目提示，將回目沒有提示而小說中提及的窺視場景也點出，可見畫工實際上是經過閱讀才作畫的。在回目與小說文本的依從下，繡像甚至新增了超出文本範圍的窺視人物，這類繡像究竟是畫工的疏忽，或是有意識的將自己的理解進入文本再次詮釋，決定了繡像畫工是消極的匠之流或是一個聰明的讀者。由以上舉例可知畫工於情色場景新增的窺視者都是有深意的安排，用意在發揮晚明窺視私密空間甚至窺視情色的風氣，更指引閱讀隱藏主題，繡像新增這些宕出回目與小說文本之外的窺視者，目的是讓讀者透過圖像這樣直觀容易受到制約的強勢媒體，配合小說與評點等各種聲音之外作為一個有利的觀看位置出發觀看小說。

「在繪畫中，圖像不過是另一種形式的文學寫作」，[44]從繡像畫工以文人畫傳統的留白企圖遮蓋並昇華《金瓶梅》的世情之醜，便可知其對於小說的閱讀態度有著別於淫書之外的正確理解，並試圖透過繡像引導讀者正確閱讀。而雷同構圖的提示、興衰以對的構圖與視角、新增窺視者等，其實都足見畫工圖文轉譯的同時也「再創造」並參與了文本，將自己的觀點融入畫面中，甚至不惜宕出回目與小說文本限制作指引閱讀的提示，可說是一個理想讀者，善用了圖像容易強勢引導讀者接受的優勢，為讀者提供了一個有利的觀看位置，讀者得以繡像這樣的有利觀看位置入手，避免曲解了小說本文真正的意涵。隱含讀者不存在於本文的世界中，但繡像畫工透過新增窺視者為讀者建立了這個有利觀看位置，此位置是本文立場的具體化，有了繡像新增窺視者的引導與突顯，即使是試圖「只看零星淫處[45]」等不同類型的讀者，都得以由此強勢媒材主導的位置出發來觀看文本，這個位置也是了解本文意涵的眾多出發點之一，讀者透過多樣的出發點視野得以不斷變換，並找到普通相遇處，進而了解小說的真正意涵。

43　毛文芳：《物·性別·觀看——明末清初文化書寫新探》（臺北：臺灣學生書局，2001），頁159-160。

44　金慧敏：《媒介的後果——文學終結點上的批判理論》（臺北：臺灣商務印書館，2005），頁46。

45　張竹坡於讀法言：「《金瓶梅》不可零星看，如零星，便止看其淫處也。故必盡數日之間，一氣看完，方知作者起伏層次，貫通氣脈，為一線穿下來也。」、「凡人謂《金瓶》是淫書者，想必伊止知看其淫處也。若我看此書，純是一部史公文字。」可見每一位讀者所處文化背景不同，自然會以不同角度與態度去理解小說，而《金瓶梅》中的風月筆墨，又更容易使讀者僅讀片段而有錯誤理解了小說主旨。

第五章　匠之流或評點之家
——繡像畫工的再創造

本章探討不同媒介與表現技法下畫工圖文轉譯的妥協，以及繡像與評點的關係。圖像與文字的表現技法不同，故圖像轉譯時有許多詮釋的空間，相對的亦有許多侷限，如受畫面牽制或時間因素晚明家庭的豪奢與市井文化往往只能透過「以小見大」、以及世情小說市井百姓卻常出現「文人畫」式的背景、改以動作或人物隱藏與否表現小說的敘事特色。並進而探討繡像中的批評與讀者意識，以及繡像與「崇禎本」、「張評本」評點、文龍等明清等明清文人的評點異同，看評點是否有所影響繡像，以及繡像是否亦可代表明代文人的閱讀態度。又繡像雖依附崇禎本版行，大多數學者目前主張崇禎本與詞話本實際後來是依據兩種不同底本，故最後將比對繡像的再創造之處與詞話本進行比對，試圖探究繡像是否有融合詞話本與崇禎本的小說內容，或是與詞話本毫不相關，側面考證《金瓶梅》的版本流傳說法。

第一節　不可承受之重——圖文轉譯的妥協

崇禎本《金瓶梅》繡像與其他小說插圖有著不同之處，儘管未達「文人畫」的高度詮釋與韻味，卻如同出版時的小說內容改定與評點般，在讀者意識介入文本的「由俗而雅」過程中，繡像超越了純粹通俗娛樂的意圖，承載了部分文本之外，更加入了畫工的觀看位置指引讀者閱讀。即使在小說版畫逐漸帶有詮釋性質的晚明清初，也由於《金瓶梅》本身的文字特性以及情色書寫，使崇禎本繡像的詮釋有著超越世俗觀點的重要價值。圖像呈現了不同於文字的詮釋與評點方式，卻也因其特性帶來許多侷限：不僅是時間與抽象心理狀態，其他如嗅覺、觸覺、聽覺，以及氣氛性的景色、譬喻比擬等等，都是文字可以輕易駕馭，圖像卻難以轉譯的面相。再加上小說版畫受限於每回只能配二圖，縱然小說所呈現的風景浩瀚，也只能盡力「以小見大」，其中必有遺漏。至於市井風情的刻版難度較高，背景甚至有時會出現與文本不符之處，對於小說及至重要的人物表情與對話則更是木刻版畫不可承受之重。萊辛以為一篇詩歌之畫無法轉為物質之畫，因為詩歌的表現面比繪畫更為廣闊，[1]錢鍾書則承其說進一步以為文字的表現力也許比萊辛所想的更廣闊幾分，[2]都說明瞭圖像轉譯文字的侷限，即使這是小說版畫的非戰之罪，但是圖文轉譯的侷限以及與文本不符之處確實會削弱小說原有之精神。因此本節意在探討崇禎本《金瓶梅》繡像除了先前所提及的創新文學性之外，在創作數量有限、以刀代筆描摹世情極難，以及人物面貌和對話難以表達的情況下，是否仍有其遺憾與缺失。

一、以小見大的豪奢與市井

《三國演義》金戈鐵馬的沙場、《西遊記》神魔奇幻的空間，甚至《水滸傳》綠林好漢的山頭，都屬於時常轉換、不固定的公眾領域。《水滸傳》雖然地域空間已較為縮小，也逐漸開始出現了林沖、宋江、武松、揚雄等人的私家生活，但是真正以居家場所和私家花園為主要空間發展小說的，則直至《金瓶梅》這部家庭小說的出現。由於小說人物身分和主題的特殊，《金瓶梅》的活動範圍除了有時西門慶上京獻媚官員或是為了謀財出遠門，否則大抵不出西門宅第與修建的花園，崇禎本《金瓶梅》繡像因此比其他奇書版畫呈現出更多的市井風情與私人領域。

西門慶由「算不得十分富貴」的殷實平民，逐漸娶了富人遺孀累積財富，其後並升官發財有了暴發的財勢，耗資鉅款擴建翻修宅第與花園，目的皆為炫耀豪奢。只是小說裡庸俗華麗的建築園林在繡像中無法如實呈現，由於版面和數量有限，繡像只能「以小見大」由家具或是角落呈現出市井踰越階級的浮華，入畫的那些有限景物尚必須與人物、劇情融合呼應，因此畫工必須放棄全景式的建築宅第，盡量挑選床鋪、桌椅等等家具，不佔空間又能表現「物韻」與小說劇情相呼應的文化意蘊。畫工是作為同時代的物質文化見證者，只是恰好以圖像紀錄當時代的景物，或是真能「以小見大」是否真能以有限見無限，透過文本限制之外的繡像造景或許可見端倪。

如第四十回「抱孩童瓶兒希寵」，此時正逢西門慶生子加官、財富快速累積之際，這日西門慶為了李瓶兒生子上玉皇廟酬願回來，又與吳大舅等人喝了一夜酒，隔日沒上衙門就在西廂房內睡，月娘便要李瓶兒幫孩童穿上道士服給西門慶瞧瞧，李瓶兒便抱著官哥兒連同潘金蓮進房：

> 書童見他二人掀簾，連忙就躲出來了。金蓮見西門慶臉朝裏睡，就指著孩子說：「老花子，你好睡！小道士兒自家來請你來了。大媽媽房裏擺下飯，叫你吃去，你

---

[1] 見〔德〕萊辛（Gotthold Ephraim Lessing）著，朱光潛譯：《拉奧孔》（合肥：新華書局，2006）。

[2] 見錢鍾書：〈讀拉奧孔〉，收於錢鍾書：《七綴集》（臺北：書林出版公司，1990）。

還不快起來，還推睡兒！」那西門慶吃了一夜酒的人，丟倒頭，那顧天高地下，鼾睡如雷。金蓮與李瓶兒一邊一個坐在床上，把孩子放在他面前，怎禁的鬼混，不一時把西門弄醒了。

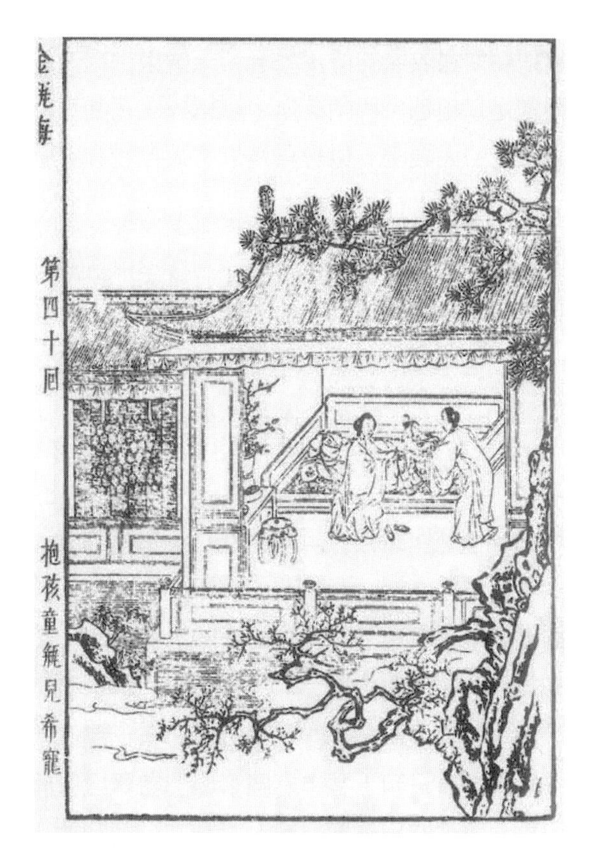

繡像可見西門慶面部朝內熟睡，李瓶兒和潘金蓮抱著穿的小道士服的官哥兒玩耍。畫面左方有著簾子，畫工並細細描繪出簾內的窗格；而右方西門慶臥的並非其他回繡像常出現有著立柱、橫架、隔窗、頂蓬、平臺等的「架子床」或「拔步床」，其後西門慶起身，潘金蓮一屁股坐在床上正中間，腳蹬著地爐子才發現是「套炕兒」——裡邊是炕，外邊鑲床的炕——且是「燒的滾熱的炕兒」。一般能使用到「架子床」和「拔步床」等「大床」就已是富豪人家，加上套炕基本上只有冬天才會出現，足見西門慶暴發戶對於生活品質的高度要求，連床鋪也隨季節需求轉換。畫面中套炕兒旁是一桌一椅，桌上有著盆栽，椅上並有著梅花圖樣的布墊，床上的褥子也有著精細的圖案，搭配西廂房的窗格與圍欄，可見西廂房內儘管有許多炫耀豪奢的擺設，繡像畫工卻能掌握小說內的要點「以小見大」去展示豪奢。

只是小說作為主體表現力畢竟略勝一籌，小說此回潘金蓮穿的「蜜褐色桃繡裙」、官哥兒「戴上銷金道髻兒，穿上道衣，帶了頂牌符索，套上小鞋襪兒」的樣貌、甚至套炕兒旁桌上「烘硯瓦的銅絲火爐兒」、床下「著地爐子」等皆未見於繡像。顏色本是單色木刻版畫之困難，但是官哥兒穿道服的樣貌或許可以不必如此簡筆以帽子帶過，小說道出這些瑣碎細節用意正是堆疊出西門慶以平民身分踰越階級的豪奢，僅用些許家具以局部代表全部，又無法如實表現衣飾等生活細節之浮華，就算徽派畫工精細，讀者恐怕也很難透過繡像理解西門宅超乎常理的物質追求。

居家領域尚有床舖、桌椅等家具提供畫工豪奢的「局部」，至於同樣是財富與社會地位象徵的花園，畫工就難以找出具有代表性之小處以見大了。《金瓶梅》善用花園意象連結傾國敗家的傳統，直到一個半世紀後才出現了更加集結文人意象的《紅樓夢》大觀園足以超越。西門慶重金修繕擴建花園是為了逞豪華，但是比起後來集文人雅趣意象之大成的大觀園，似乎只是以文人自居的虛張得意：

> 特別顯眼的是西門慶那間擺設華麗而庸俗的花園書房，那是唯有依仗金錢而躋身上流社會的見證。明智的讀者從宅院和花園的暴發式的浮華不難一眼看出這種權勢的脆弱性。即使就其原來建築而論，西門慶的房屋也已違反明朝禁止奢靡逾制的法令，商賈住宅不得超過五間門面。花園後來擴充的部分使西門慶的房產總面積增加了一倍。單憑它的範圍之大，花園本身就是西門慶妄自尊大、華而不實的一個恰當象徵。[3]

花園，也是外面社會規章制度鞭長莫及之處，花園裡人與人之間不受到德倫理制約，僅受至真之情支配。住在花園內的潘金蓮與李瓶兒、西門慶最常出現的書房和「藏春塢」，都顯示了花園是容納感官色慾的主要空間，體現家庭的等級關係之外，尚暗喻家庭與社會走向。花園美景無法永恆存在，當家庭由盛轉衰，妻妾離散，花園也會逐漸殘敗破落。十九回花園捲棚初落成時月娘尚與潘金蓮、春梅等妻妾結伴遊賞，小說並以長賦極寫花木亭臺之美；到了九十六回，西門慶與潘金蓮俱死，月娘早先賣出的春梅，如今卻以守備夫人的身分遊舊家池館，「見此成彼敗，興亡靡定」，[4]花園早已不是當初豪門的象徵，連女主人月娘都承認：「自從你爹下世，沒人收拾他，如今丟搭的破零零的。石頭也倒了，樹木也死了，俺等閒也不去了」，其後敘述者並再以一長賦寫花園敗壞與前文相對：

> 垣牆攲損，台榭歪斜。兩邊畫壁長青笞，滿地花磚生碧草。山前怪石遭塌毀，不顯嵯峨；亭內涼床被滲漏，已無框檔。石洞口蛛絲結網，魚池內蝦蟆成群。狐狸常睡臥雲亭，黃鼠往來藏春閣。料想經年無人到，也知盡日有雲來。

春梅和月娘的身分已不是過去的主僕，舊家池館也不見過去的美好與喧嘩，春梅以顯貴之姿重遊舊館，到李瓶兒舊樓只見「樓上丟著些折桌、壞凳、破椅子，下邊房都空鎖著，地下草長的荒荒的」，潘金蓮那邊「止有兩座廚櫃」，連過去潘金蓮「爭強不伏弱」向西門慶要買了的那張拔步床如今也沒了。今昔對比下人歿景頹的花園，使春梅不由得星眼酸酸的。此段重遊舊館張竹坡稱是「便使千古傷心，一朝得意，俱迴然言表」的好文

---

3 〔美〕史梅蕊著、沈亨壽譯：〈《金瓶梅》和《紅樓夢》中的花園意象〉，收入徐朔方編：《金瓶梅西方論文集》（上海：上海古籍出版社，1987），頁 177。

4 見張竹坡九十六回回前總批。

字，然而小說中至關重要的花園，在繡像中卻見不出半點殘破之感（見右圖）。

繡像中特別安排月娘與春梅等人安置於畫面末端，以騰出更多的空間展示花園，但是既未見李瓶兒與潘金蓮樓中的殘破空邊，亦未見「垣牆欹損，台榭歪斜」，畫面中央是有著大片留白的池塘，樓房僅在左上方露出臺階，一旁的桌椅則完好無缺，甚至建於池塘之上的小橋與怪石都完好如初，下方的樹木也都依然生機盎然，即使將此幅調換至十九回都不顯突兀。此時中央的大量留白在邊緣景物與小說文字極度不相襯的情況下，也難以給予讀者今非昔比的感傷想像。花園頹傾敗壞之景皆屬於木刻版畫所擅長空間式的具體物件，並非圖像表現侷限，畫工卻未能如實照應小說園景，可能是對此回認識不深，或是對畫面經營有堅持的獨特審美要求，不惜違反小說文本的提示也要完成畫面的完整與完美。只是這時的超出文本內容，已非有著深刻意涵的「再創造」，而是純粹損害小說興衰以對的精神與韻味。西門慶的居家建築與花園，有誇大的範圍以及難掩市井俗氣的裝飾，繡像要以有限畫幅「以小見大」實屬難事，居家場所尚能透過家具指涉市井空間與豪奢，花園則僅見與小說本身完全不同的文人雅趣了。

二、世情背景的「文人化」

誠如前文所言，《金瓶梅》由公眾空間走向私家領域，繡像背景因此市井街道和花園宅院遠多於山水野外。作者配置什麼樣的空間與環境，其實大多都與人物形象與身分照應，如西門家住在花園裡的是李瓶兒與潘金蓮，「她們與花園非常相襯，緊密連結，是不可分割的一部分，包括他倆在內，花園才顯得完整」。[5]人物所到的不同空間，也都

5　〔美〕史梅蕊著、沈亨壽譯：〈《金瓶梅》和《紅樓夢》中的花園意象〉，收入徐朔方編：《金瓶梅西方論文集》（上海：上海古籍出版社，1987），頁 180。

展現其身分與劇情所需，就算繡像是以人物為主亦不可隨意更改背景設定。小說經常出現的室內背景與室外的市井街道相對需要更精細的作畫與刻工，尤其最能表現市井風情的房舍與群眾困難度更高；加上晚明版畫開始受到了文人畫的影響，畫工有時為了作畫方便與營造意境的審美要求，便自作主張將世情背景的室內空間改為室外的花園，甚至將街道改為山水郊外。如陳平原所言：

> 《金瓶梅》的插圖，也不是全能照應小說的描寫。或出於審美的考慮，或基於程式的要求，畫師偶而也自作主張。[6]

崇禎本《金瓶梅》繡像確實因為文人畫的影響有了特殊的留白意境與構圖視角，並因此展現了畫工的詮釋與評點，但是擅自將世情背景「文人化」，雖然達成了所謂的審美雅趣，卻也因此誤導了小說文本的劇情走向，與前文所討論宕出文本的新增窺視者用意不同，此處極可能僅是逃避作畫困難或單純考慮意境的自作主張。

如第四十六回「元夜遊行遇雪雨」，此回言元夜吳月娘等人到吳大妗子家作客，發現下雪天寒遣人回去取貂鼠皮襖，穿著停當後返家：

> 當下月娘與玉樓、瓶兒俱是貂鼠皮襖，都穿在身上，拜辭吳大妗子、二妗子起身……琴童道：「頭裡下的還是雪，這回沾在身上都是水珠兒，只怕濕了娘們的衣服，問妗子這裏討把傘打了家去。」吳二舅連忙取了傘來，琴童兒打著，頭裏兩個排軍打燈籠，引著一簇男女，走幾條小巷，到大街上。陳敬濟沿路放了許多花炮，因叫：「銀姐，你家不遠了，俺每送你到家。」

吳月娘等人返家行頭是具豪奢氣象的貂鼠皮襖，由小廝打傘、排軍打燈籠浩浩蕩蕩

6　陳平原：《看圖說書——小說繡像閱讀札記》（北京：生活・讀書・新知三聯書店，2003），頁46。

地走胡同小巷到大街上，因此繡像無論選取任何場景都應該出現市井街道，即使版面有限，以局部屋舍提示亦可表現元夜的熱鬧街景。然而此回繡像背景卻是在此段絕無可能出現的山水草木，就算在畫面上方邊緣隱約可見屋舍牆角，下方也確有打著燈籠和傘的排軍小廝以及放花炮的陳經濟，整體看來讀者仍然會誤解這一簇男女遊行到了郊外（見上頁圖）。此幅刻工是刻過《忠義水滸全傳》的徽派名手劉啟先，捨棄了街道屋舍改以樹木草石之景，可能是考慮到自然景觀較能表現積雪的情狀，得以照應小說的「遇雪雨」。畫面中沒有葉片的樹木與雪堆確實能使人體會元夜下雪冷淒之感，也頗具文人畫冬景的留白雅趣。只是硬將小說的大街小巷轉換彷彿在郊外的背景，加上眾妻妾身穿的是飄逸的夏裝而非小說中的「皮襖」，正如陳平原的疑問：

> 可這一簇男女，本該「走幾條小巷，到大街上」，為何竟遊行到有山有水有草有木、唯獨沒有房屋的郊外？這還不算，如此天寒地凍，讓吳月娘等脫下皮襖，換成飄逸的夏裝，受得了嗎？[7]

正是因為兩家同在街市不遠處，月娘等人才得以「遊行」而非坐轎；也正是由於貂鼠皮襖不足，串出妻妾檯面下的心結與其後的離散，如張竹坡回前總批言：

> 要皮襖，乃月娘、金蓮終離之由，卻已於此處安根。必用皮襖，蓋欲於後文回顧既死之瓶兒，又掩映方張之如意，總收入月娘、金蓮文中。再從王六兒處插入申二姐，挽合春梅，總欲於此番一鬧，將眾人都合攏來，死者生者一齊開交，特與悲翠軒四人一合寫作映，而已於此處安根。針錢之妙，乃在一皮襖，與金扇明珠一樣章法也。

街景與皮襖都是此回不可或缺的背景與物件，畫工或許為審美所需改以自然景觀和飄逸夏裝替換，又或者純粹是逃避極費功夫的街市景觀與奢華皮襖，使畫面達到了審美雅趣並省去作畫功夫，但同時也偏離小說文本限制，損害了作者安排的巧思。如此的「再創作」便只是僅供娛樂的插圖了。

同樣的例子出現在第二十三回「賭棋枰瓶兒輸鈔」，此回言一日「臘盡春回，新正佳節」，趁西門慶與月娘都不在家，「午間孟玉樓、潘金蓮都在李瓶兒房裏下棋」，並賭「五錢銀子東道，三錢銀子買金華酒兒，那二錢買個豬頭來，教來旺媳婦子燒豬頭咱們吃。說他會燒的好豬頭，只用一根柴禾兒，燒的稀爛」，最後三人下了三盤，李瓶兒

7　陳平原：《看圖說書——小說繡像閱讀札記》（北京：生活·讀書·新知三聯書店，2003），頁47。

輸了五錢，依照賭約買了酒並請宋惠蓮燒了吃。繡像所繪的便是三人難得和樂下棋的場景，但是背景卻由李瓶兒房裡移駕到了室外（見右圖）。畫工特意改為室外可能是想藉由畫面的臘梅提示「臘盡春回，新正佳節」，比起房內，室外的臘梅春景與花草木石更能突顯「消閒永晝，逐隊成團，一堂春色[8]」。

畫工將背景轉為室外空間自有其考量與審美需求，但是場地之所以在李瓶兒房裡以及輸棋者為李瓶兒都是有意的安排。李瓶兒輸棋一段崇禎本夾批：「自然是他」，代表其後的受辱忍氣與早逝。而安排場地於李瓶兒房裡則是見妻妾領域的人情摹轉處。小說言李瓶兒輸鈔後：

> 金蓮使繡春兒叫將來興兒來，把銀子遞與他，教他買一罈金華酒，一個豬首，連四隻蹄子，吩咐：「送到後邊廚房裏，教來旺兒媳婦蕙蓮快燒了，拿到你三娘屋裏等著，我們就去。」玉樓道：「六姐，教他燒了拿盒子拿到這裏來吃罷。在後邊，李嬌兒、孫雪娥兩個看著，是請他不請他？」金蓮遂依玉樓之言。

在前回潘金蓮就已知曉西門慶與宋惠蓮有私情，所以才會提議賭金買豬頭請她燒，交代來興請她燒了再拿到孟玉樓房裡，言下之意是欲將宋惠蓮與孫雪娥等妾排除在外。處世較圓滑通曉的孟玉樓則打圓場，提議請宋惠蓮燒了直接拿到他們下棋之處，否則將主持廚事者排除在外不請她吃不見人情，請她吃又對不起同在後邊的李嬌兒、孫雪娥。崇禎本並於此處眉批：「沒一些要緊，說來卻是婦人極要緊心事。專從冷處摹情，使人不測」，拿到誰的房裡吃似乎是沒要緊事，但是此刻房間不僅是下棋吃飯的場地，更象徵著妻妾團體身分高低的領域，潘金蓮因知曉宋惠蓮是西門慶收用的，原先意欲排除在妻妾的聚會之外。孟玉樓不知曉此事，純粹基於人情考量請她直接送到她們所在之處，之後並請

8 張竹坡第二十三回回前總批語。

她一起品嘗，惠蓮邊奉承討好的說「小的自知娘們吃不的鹹，沒曾好生加醬，胡亂罷了。下次再燒時，小的知道了」其後「插燭也似的磕了三個頭」才在桌邊立著一起吃飯喝酒。

為何下棋場所必須是李瓶兒房裡，以及為何孟玉樓吃酒場地也要做如此考量的原因就在此。此時潘金蓮與李瓶兒爭寵的矛盾尚不明顯，「賭棋枰」顯現了妻妾團體間難得「逐隊成團」的合諧，反襯宋惠蓮的踰越身分的輕狂奉承，如張竹坡此回回前總批言：

> 則知「賭棋枰」，又不得不然之生法穿插也。然而玉樓、金蓮、瓶兒相聚一處，其消閒永晝，逐隊成團，一堂春色，又不得不加一番描寫，不必待「鞭靶」一回方始總描之也。早於吃車輪酒時一一描其勝滿之極矣。過此數回，至「生子」後，則金、瓶永不復合矣。故此處一描，為萬不可少。

金、瓶此時之好為往後交惡永不復合不可少的段落，此時三人的閑情與合諧反襯宋惠蓮的賣嘴討好，李瓶兒的房裡儼然成為妻妾身分旁人不可侵犯的領域，是故知曉偷情的潘金蓮原先意欲將其排除在外，不知情的孟玉樓基於圓融則意外使宋惠蓮得已踏入領域，其後得志輕狂以致自縊收場。作者使三人於李瓶兒房裡下棋，甚至孟玉樓於吃酒場地都深思考量的安排就在此，房裡的空間形成了無形的身分象徵和領域，潘金蓮有意維護且排除他人，對比宋惠蓮從中走入去討好奉承。畫工或許為了表示季節感，卻沒有考慮到場地遷移到室外，也就打破了作者原先在房內所打造出那妻妾間無形的領域界線。若在室外，潘金蓮無需使來興將豬頭送到孟玉樓房裡，孟玉樓也不必改建議請人逕行送來此處，宋惠蓮的出現與一處吃酒更不顯唐突。此回畫工作畫確實表現了「一堂春色」，可惜將室內背景轉為室外開闊如文人畫的庭院，可見無法體味並表現妻妾間沒要緊處的人情摹轉，無意間更破壞了文本中三人此時身分象徵的狹小領域。

三、市井語言的雅化描摹

《金瓶梅》的敘事語言是其一大特色，不同於其他奇書的宏偉敘事，「有的儘是些『市井之常談，閨房之碎語』，人物語言在作品中佔了相當大的比重，成了《金瓶梅》文學語言的重頭戲」。[9]人物語言的「性格化、平民化、市井氣」呼應了小說的主題，更成就其特色。繡像由於圖像媒材的限制無法表現出語言特色是相當可惜的，也正是因為無法表達這樣的語言藝術，所以崇禎本《金瓶梅》繡像表現的市井風情不如小說突出。少了語言特色的表現力，《金瓶梅》繡像相較於其他小說繡像便所差無幾，有的只是展現了更多私家宅院的私密空間；西門慶的「豪奢」與小說人物的市井氣息，在無聲的繡像中

9　見曹煒、甯宗一：《《金瓶梅》的藝術世界》（臺北：文史哲出版社，2002），頁 129。

被悄悄隱去，轉而隱現彷彿豪家名門般的文人家庭空間。這樣的雅化出自於圖像表現侷限的不得已，但確實已改小說原貌了。

本書已於第二章提及畫工為了彌補無法表現語言的缺憾，往往改以可具體表現的動作描摹代替抽象、時間性的「怒罵」、「醉謗」、「鬬氣」。但是人物語言未必與具體動作同時出現，這樣的情況下畫工只好改以人物手勢或大量留白作為妥協之計，邀請讀者閱讀文本後加入自己的想像在文本發動語言，或改以人物配置突顯語言展現的私情。

如第三十三回「陳敬濟失鑰罰唱」：此回前一連串的「元夜戲嬌姿」、「徽幸爵金蓮」下來陳經濟與潘金蓮已知彼此互相有意。這天西門慶不在，潘姥姥、潘金蓮到李瓶兒房裡喝酒，春梅在一旁侍立，碰到陳經濟因緞綢鋪子要尋衣服便順道把他拉來喝酒吃核桃。陳經濟喝完拿著衣服到鋪子才發現鑰匙不見了，回李瓶兒房裡欲拿回鑰匙，趁機被潘金蓮戲弄：「只說你會唱的好曲兒，倒在外邊鋪子裏唱與小廝聽，怎的不唱個兒我聽？今日趁著你姥姥和六娘在這裏，只揀眼生好的唱個兒，我就與你這鑰匙。不然，隨你就跳上白塔，我也沒有」。兩人一來一往的拌嘴調情，陳經濟便唱了「菓子名〈山坡羊〉」、「銀錢名〈山坡羊〉」：

> 初相交，在桃園兒裏結義。相交下來，把你當玉黃李子兒擡舉。人人說你在青翠花家飲酒，氣的我把頻波臉兒撾的粉粉的碎。我把你賊，你學了虎刺賓了，外實裏虛，氣的我李子眼兒珠淚垂。我使的一對桃奴兒尋你，見你在軟棗兒樹下就和我別離了去。氣的我鶴頂紅剪一柳青絲兒來呵，你海東紅反說我理虧。罵了句生心紅的強賊，逼的我急了，我在吊枝幹兒上尋個無常，到三秋，我看你倚靠著誰？
>
> 冤家你不來，白悶我一月，悶的人反拍著外膛兒細絲諒不徹。我使獅子頭定兒小廝拿著黃票兒請你，你在兵部窪兒裏元寶兒家歡娛過夜。我陪銅磬兒家私為焦心一旦兒棄舍，我把如同印箱兒印在心裏愁無求解。叫著。你把那挺臉兒高揚著不理，空教我撥著雙火筒兒頓著罐子等到你更深半夜氣的奴花銀竹葉臉兒咬定銀牙來呵，喚官銀頂上了我房門，隨那潑臉兒冤家輕敲兒不理。罵了句煎徹了的三傾兒擣槽斜賊，空把奴一腔子暖汁兒真心倒與你，只當做熱血。

《金瓶梅》中有許多市井小調，用的最多的就是〈山坡羊〉，總共出現了二十五次。〈山坡羊〉是曲牌名，在明朝是相當受到歡迎的民間小調，內容大抵言男女情愛。明代李開先言：「憂而詞哀，樂而詞褻，此古今同情也。正德初尚〈山坡羊〉，嘉靖初尚〈鎖南枝〉，一則商調，一則越調。商，傷也；越，悅也，時可考見矣。二則詞嘩於市井，雖兒女子初學者言，亦知歌之。但淫豔褻狎，不堪入耳，其聲則然矣」。[10]可知〈山坡羊〉在當時是初學者亦能朗朗上口的流行小調，內容多言男女情愛的悲憤、哀怨之情，《金瓶梅》第八回潘金蓮占鬼卦夜盼情郎西門慶時也是以這個曲牌說明等待的怨憤。

潘金蓮以鑰匙要脅戲弄索唱，陳經濟在此時唱的兩首小調，內容當然是有意涵的，「使的一對桃奴兒尋你」、「空把奴一腔子暖汁兒真心倒與你」除了是閨怨悲泣之詞，更是對潘金蓮索唱「手裡放你不過」的回應。此回「失鑰罰唱」的真正重心，在兩人從一見銷魂以來一次比一次大膽的調情，如張竹坡回前總批言：「一咱寫金蓮強敬濟吃酒索唱，總是從骨髓中描出，深成一片，不能為之字分句解，知者當心領其用筆之妙」，兩人的言語互動與歌詞內容都見調情愈發熟絡大膽，若非其後月娘走進打斷，恐怕兩人會真如潘金蓮的打算「罰唱到天晚」。可是繡像無法表現兩人互動語言的挑逗曖昧，加上此段並無打鬥、攔阻等大動作的姿態，故此回無法改以具體動作表現「失鑰罰唱」，只好將主角陳經濟安置於畫面中央並側對讀者，手中以箸代扇唱曲（見上圖）。畫面中潘姥姥、潘金蓮、春梅、李瓶兒，甚至房門臺階上抱著官哥的如意兒目光都集中在陳身上，潘金蓮手倚桌面注視聆聽，小說裡兩人的言語調情，在繡像中轉為中規中矩的演唱與聽曲，完全看不出文龍為何在此回評「此一回寫金蓮之淫，卻是繪水繪聲，繪山繪影。其刁難敬濟處，正是愛憐經濟處」。可見在僅有言語沒有出現具體動作的情節時，畫工即面臨無法表現回目真正人情重心的困難，褪去大膽熱情的語言互動，繡像表現的就僅存聽唱雅趣而未見私情發展的美圖了。

又如第五十六回「常峙節得鈔傲妻兒」，西門慶的朋友常時節由於時常被催討房租，欲向西門慶借錢又總是恰好碰不到面，連日空手返家都被妻子嫌棄埋怨。耐不過每日碎

10　王志民主編：《李開先研究資料匯編》（濟南：山東文藝出版社，2008），頁395。

罵，最後決定請應伯爵陪同到西門宅等到西門慶回來，得到了一包十二兩的碎銀，往後還有房子可住。之後開心的帶著銀子返家，迎面而來的就是妻子的一頓罵：「梧桐葉落——滿身光棍的行貨子！出去一日，把老婆餓在家裏，尚兀自千歡萬喜到家來，可不害羞哩！房子沒的住，受別人許多酸嘔氣，只教老婆耳朵裏受用」，常時節也不回嘴，等罵完了才輕輕的把那包銀子掏出來放在桌上，打開說道：「孔方兄，孔方兄！我瞧你光閃閃、響當當無價之寶，滿身通麻了，恨沒口水咽你下去。你早些來時，不受這淫婦幾場氣了」，看到了銀子妻子態度立刻轉變，「喜的搶近前來，就想要在老公手裏奪去」，被調侃道：「你生世要罵漢子，見了銀子，就來親近哩！我明日把銀子買些衣服穿，自去別處過活，再不和你鬼混了」，唬得妻子又是陪笑說「我的哥」，又是掉淚解釋平日絮絮叨叨「只是要你成家」，賭氣合好收到衣服後「歡天喜地過了一日，埋怨的話都掉在東洋大海裏去了」。

西門慶是個暴發戶，金錢得之既易，視之亦易，不甚愛惜金錢身邊便圍繞著不少想要分得好處的酒肉朋友。十二兩銀子西門慶根本不看在眼裡，卻足以使貧困的常時節夫妻引發風波，故張竹坡以為此回是寫「財的厲害」，使平日總被看輕碎罵的常時節得以「傲妻兒」，也使平日氣焰張狂的妻子陪笑落淚。兩人語言與態度甚至面部表情的大幅轉變都是小說諷刺與同情的重心所在，如文龍的批評：「至於常峙節夫婦之詬誶於無錢時，歡欣於見銀日；非虛語也，殆實情也。作者調侃世人不少矣」。繡像畫工顯然也明白此回重心在貧家夫妻見鈔的態度丕變，所以選取常時節甫開碎銀包於桌上，婦人「急情饞眼」欲奪銀子之狀。小說文字可表時間連續下的轉變，讀者可以感受到常二由整日挨罵的「行貨子」變為可以不楸不睬的驕傲丈夫，妻子由總是對丈夫發作的潑婦轉為親近喊著「哥」的嬌妻。但是圖像只能表現定格的瞬間，無法表現兩人語言的轉變，就只能退而選取有著較明確奪金動作的一刻，故畫面中的妻子伸手往桌上銀子去，常時節則背對妻子阻擋以示其「傲」（見左圖）。

此回之所以見財的厲害，足見「酒肉

朋友、柴米夫妻」的真實情狀，就在於常二得鈔後夫妻倆的言語互動轉變。如崇禎本眉批所言：

> 止此一物，其未得也，婦人怨之罵之而啞口不能對；其既得也，則冷譏熱訕，使之陪笑，陪笑不已，使之下淚。寫貧家一種有柴米而無恩愛夫妻情景，真令人欲哭。

未得碎銀時，婦人「聒絮了半夜」，怨丈夫求周濟也成了沒有回音的「瓶落水」，常時節只能「有口無言，呆瞪瞪不敢作聲」；得到了銀兩，婦人便親近陪笑，落淚以求諒解，常時節則冷潮熱諷，故不理睬。兩人得金前後語言態度對調的「柴米夫妻文字」，為作者同情為財生波的可悲可歎。可是這樣連續性、時間性的前後態度不一，圖像無法表現，僅能具體的奪金動作和背對的人物表示得鈔之傲，雖然畫工已經選取了最具孕育的一刻，但是少了言語前倨後恭、陪笑泣訴的強烈對比，繡像便無法突出同情的意味。

小說繡像原本就只是輔佐性質，無法脫離小說主體獨立存在，加上畫面與幅數有限，自然也就不必承載小說的所有內容，闊氣浮華的豪奢只能以小見大，無法表現語言等皆是圖像表現侷限的非戰之罪，但是具體可現的殘破園景、市井街道與房內場景，亦有硬是畫為完美花園、山水郊外或室外的缺憾，可見集體創作的畫工們未必皆為聰明的讀者，可能基於審美獨特的要求或是根本沒有認真體會小說細節，以致於明明可以表現的空間背景變成完全與小說不符的「文人畫」，降低了小說的市井氣息，也破壞了小說作者精心營造的前後對比與人際領域。小說情節若無明確動作姿態，繡像便無法彌補「村腔野調、賭氣啾啾」的失落，市井語言下隱藏的人情世道，在畫面出落為無傷大雅的場面。雖然晚明繡像原本就受到文人畫的影響開始走向雅化並帶有詮釋，但是崇禎本《金瓶梅》繡像不符小說或無法表現特色而變得過度雅化，可見畫工有時終究也只是「匠之流」，不比文人畫家插圖的高度詮釋與幾無破綻。但若以非文人身分的角度出發，崇禎本《金瓶梅》繡像的畫工儘管無法全面照應小說內容與特色，相較其他未有文人介入的小說繡像，卻已具備更多詮釋性與創新，此處所提不過如同浦安迪言崇禎本評點，是「瑕中之瑜」。

第二節　參與文本的繡像評點

崇禎本《金瓶梅》繡像附於小說出版，本質屬於書坊銷售手法的娛樂插圖，不似《水滸葉子》、《紅樓夢圖詠》等是可以脫離小說獨立存在的圖像文本。但是圖像與文字的表現專長不同，在圖文轉譯時畫工必須融入自己的理解與想法才能忠實表現小說場景。

有了畫工的理解進入，繡像也就不再是單純輔佐與娛眾的敘事畫，而是具備讀者觀點與批評的詮釋畫。畫工在兩百幅繡像表現了不同於其他小說插圖的創新，雖然不如清代評點如張竹坡、文龍等有系統的批評，卻也透過構圖、視角、文人畫留白傳統的進入以及新增窺視者去表現細微處的詮釋與指引閱讀，可視為另一種形式的評點參與文本，在崇禎本批評、張竹坡與文龍等評點之外，提供了另一個批評作為參考，與其他評點相比較下應可見所持閱讀觀點的異同與傳承之處，以及是否與詞話本有所影響。

一、繡像中的批評與讀者意識

崇禎本《金瓶梅》繡像有著詮釋性與文學性在前幾章已論證，只是圖像所表現的批評比起文字更為隱晦難明，大多也都是由圖像的細節處發揮，難以作出有系統的整理。加上《新刻繡像批評金瓶梅》出版時評點風氣尚未發展出較有系統與整體性的回前總批、回末總評，就連書中所附不具名讀者的評點也只是簡潔的眉批和旁批，有強烈的隨意性和感悟性。故書中所附繡像即使帶有畫工讀者意識與批評，礙於圖像解讀有更多模糊空間，也僅能由圖像「再創作」處發揮。但是大抵上繡像所具的評點意識可分為四處討論：

(一)構圖、視角以示情節照應與評價

評點常常注重小說情節結構是否嚴密有所照應，崇禎本批評者與張竹坡也常點出「脈落照應」、「藏針伏線，千里相牽」之處。繡像畫工也很能體會小說的情節照應，往往在小說評點提示與前相較，繡繡就會以幾乎一模一樣或僅是左右相反的構圖提示。如第四章提到的例子，第五回「飲鴆藥武大遭殃」對照第七十九回「西門慶貪欲喪命」，崇禎本眉批言：「此藥較武大藥所差幾何？此吃法較武大吃法所差幾何？因果循環，讀者猛醒」，張竹坡第五回回前總批言：「此文要與「貪欲喪命」一回對讀，見報總一般」、第七十九回夾批言「與武大吃藥時一般也」，文龍言：「潘金蓮殺武大郎，人為之寒心；潘金蓮殺西門慶，人為之快心。蓋西門慶本該死，又有取死之道。潘金蓮以忌之者殺武大郎，以愛之者殺西門慶，同死于金蓮之手，而所以死之者不同也」。第五回時武大吃的既是心疼藥也是砒霜，第七十九回西門慶吃的既是胡僧藥亦是致命毒，武大和西門慶可以說同死於潘金蓮之手，西門慶當初與潘金蓮和王婆聯手毒殺武大，如今自己所吃之藥與死法竟與武大所差無幾，差別僅在潘金蓮的態度與讀者評價不同，故評點者們莫不提醒七十九回必須要與第五回相對照，見情節照應警世果報。畫工因此在這兩回採取了一模一樣的構圖與人物配置，以構圖表示情節相對照應處。

甚至有些評點者也許注意到了但是沒有明確點出的照應處，畫工也會雷同構圖表示，如第二十八回「陳經濟儌幸爵金蓮」與第八十五回「吳月娘識破姦情」，常無端被遷怒出氣的秋菊早想告發潘金蓮和陳經濟的私情，兩人被發現早在第八十三回「秋菊含

恨洩幽情」就已埋下伏筆，只是被機伶的小玉阻止終以失敗告落。但是畫工並不是注意到八十三回與八十五回的伏筆，而是注意到了更早之前的第二十八回。二十八回陳經濟與潘金蓮僅是彼此挑逗調情尚未有肢體上的逾矩，但此時在樓下頂石受罰的秋菊早已遭受陳經濟的冷語：「投充了新軍，又掇起石頭來了？」，此時秋菊尚未發現端倪，評點者也都只注意到了金蓮與蕙蓮相映處的鞋，文龍於八十五回言：「在作者之書中，閱者之目中，秋菊之口中，明明白白，清清楚楚，如此如此，乃三告而不聽，可謂強於三報殺人、三傳有虎者矣」，已經提示了秋菊在「識破姦情」的反覆提式與重要性，但是主要仍是在批評月娘「三告而不聽」的糊塗可恨。秋菊一直到八十三回發現陳經濟夜半由潘金連房裡走出，才明白潘金蓮「暗裡養著女婿」，但是早在二十八回的無端受罪就已經埋下報復潘與陳的因，因此畫工在二十八回與八十五回採取了幾乎完全相同只是左右相反的構圖，可見畫工未必以評點作為參考作畫，就算評點未提示處畫工也會提示尚有其他照應。

繡像會透過雷同構圖暗示讀者兩相對照，如同評點在細節處指出「脈絡照應」「須與……相對照」一樣是理解並點出小說所安排的伏筆與情節對應關係。只是相對於評點者在文字間的細節處一一點出，繡像所能表現的範圍相對較少，許多穿針引線的伏筆如簾子、鞋、藥等，圖像無法如批評直接了當言之，然而在有限的表現空間中，確實可以由雷同或類似的構圖見出，畫工確實是能在評點提示之外理解小說結構與情節用心之處。

至於對情節與人物作為的評價，評點者可透過文字直言自己的感悟與批評，圖像無法做出批評，卻可以透過視角暗示畫工選取的觀看位置與閱讀態度。原本版畫發展到徽派與蘇派興盛的萬曆時期，構圖視角就已跳脫建安、金陵派千篇一律如平視舞臺的角度，改為活潑多變、景大人小的全幅插圖，視角的選取純由畫工與刻工決定，並無一定的規則。大抵上除非為了共置一個以上的場景切割畫面，否則重點人物場面一定會放在畫面中央吸引讀者注意。崇禎本《金瓶梅》繡像卻有單一場景而重點人物在畫面邊緣的特例，這種情況往往是暗示對人物作為的批判。例如第三回「定挨光虔婆受賄」與第六回的「何九受賄瞞天」皆屬違背道德作惡的密謀場景，畫工都採取了將重點人物置於邊邊角角的高俯角暗示評價。

《金瓶梅》小說有「文有寫他處卻照此處者，為顧盼照應伏線法」，[11]往往寫一事卻往他人身上寫，評點者逕行以文字指出各回實寫的中心人物，畫工則將實寫人物置中的視角突出重心。如第二十五回「吳月娘春晝鞦韆」，虛寫月娘等妻妾玩鞦韆，實際上真正的主角是「手攬畫裙，指親羅襪」、「挾奸賣俏，乘間而入」的陳經濟，故繡像中玩

11　張竹坡第六回回前總批。

鞦韆如飛仙似的妻妾退居兩旁，反而是陳經濟置中。窺淫場景中被窺視的場面也常常被安置在角落，反而是窺視者被至於畫面中央，如二十三回「覷藏春潘氏潛蹤」與二十七回「李瓶兒私語翡翠軒」的潘金蓮、九十五回「玳安兒竊玉成婚」的吳月娘等，因為此時的重心不在被窺見的風月，而是窺視者偵伺下隱見的妻妾爭風、家庭失倫。故知畫工視角與人物配置安排其實都是有深意的，隱於角落往往是類似窺視角度的批判，置於畫面中央的才是此回的真正重心，人物場景於繡像的隱顯與否，照見了畫工的理解與批評，並透過視角所呈現的觀看位置引領讀者閱讀小說真正的重心。

(二)情欲與死亡的肯定與昇華

不同於其他奇書的英雄傳奇想像主題，《金瓶梅》「努力捕捉反映現實生活的內容，把現實中的「醜」引進小說世界，從而引發了小說審美意識的又一次變革」，[12]以現實醜惡的「情欲與死亡」作為母題。[13]然而圖像無法如實的表現醜惡，因此畫工引入了文人畫的傳統——留白，作為突顯重心的平點之筆。

如同晚明對情的推崇與肯定，崇禎本不知名評者其實對小說的風月筆墨並非純粹的道德批判，就連潘金蓮都給予「淫婦人、情婦人」（七十三回眉批）、「調處亦是當情」（十九回眉批）的評價，對於小說的許多風月筆墨抱持著中庸心態，「既不對此嘖嘖稱賞，也不一味譴責」，[14]因為他肯定書中人物除了慾望之外也都是有情人，所以書中的情色也不過是世態人情其一，「而書一味要打破世情，故不論事之大小冷熱，凡世情所有，便一筆刺入」（五十二回眉批）。

繡像對情色的態度其實與崇禎本評點頗為類似，因為繡像對於情色場景既未突出誇張特寫，亦無特意迴避刪節。如果畫工抱持的態度純粹受書坊控制，在晚明艷情小說與春宮圖的熱賣風潮下，為了引誘讀者購買定不吝出現春宮圖，但是誠如本文第二章所言，實際上繡像明顯繪出的情色場景比回目提示的要少，所佔比例也不過佔兩百幅的百分之二十。小說評點者可透過文字表明不偏不倚的中庸立場，但是圖像那強烈直觀與強勢引誘讀者的特性，就算畫工態度一如崇批，恐怕也難見其態度中庸。若畫工純粹出自道德批判立場，或是為了避免淪為春宮圖，那麼小說「妖淫污辱」的情色場面恐怕有如今日潔本般被刪除殆盡。既要表現世態人情，又不能矯枉過正地一味刪除，畫工便採取了折衷的態度：確定情色場景乃此回重心才選取作畫，並於情色處加大量留白予以遮蓋與昇

12 甯宗一：〈史裏尋詩到俗世咀味——明代小說審美意識的演變〉，收於辜美高、黃霖編：《明代小說面面觀》（上海：學林出版社，2002），頁 5-6。

13 楊義：《中國古代小說十二講》（北京：中華書局，2006），頁 118。

14 浦安迪：〈瑕中之瑜——論崇禎本《金瓶梅》的評注〉，收入徐朔方編：《金瓶梅西方論文集》（上海：上海古籍出版社，1987），頁 306。

華。版畫空間有限，加上原本就來自裝飾畫傳統，故不留空白是不分流派的慣例，崇禎本《金瓶梅》繡像卻有著大量的留白，是畫工有意突破定規引入文人畫的傳統沖淡情色加以昇華，如此一來肯定了情欲乃人情所在，不損小說的主旨精神，也展現其雅化的企圖。

崇禎本評點以肯定「情」處的中庸態度看待，以為小說重心不在淫處而在「寫出炎涼世態」，張竹坡則以為這是「將一部姦夫淫婦悉批作草木幻影」的寓意，雖然比起崇批對寫情欲處有更為批判性的字眼，卻也以為其書「純是一部史公文字」。繡像畫工無法提出所謂的主題論，但就其處理廣受爭議的情欲處以及可怖的暴力與死亡，可見是如崇批般不張揚也不迴避的中庸態度，有意識有企圖地沖淡圖像直觀、強勢的情色引誘與暴力呈現，改以大量留白留予讀者想像、反思。留白氣韻與情色、暴力的衝突，乃畫工於文本之外，融入其中自身的理解與憐憫。留白有時也是圖文由於特性不同轉譯困難時的權宜之計，《金瓶梅》的特色在於瑣碎日常與生活對話，但崇禎本繡像的留白看來卻非單純的畫工技窮，反而是畫工突破版畫傳統為世情之醜所作的遮蓋與昇華，透過遮蓋彰顯理解的小說真正主題，並昇華為評點的批判與同情。

(三)女性人物的審美與憐憫

《金瓶梅》由書名是書中三位女性的名字組成，便可知書中對於女性人物的重視。小說中對於女性的面貌樣態等也諸多描寫，寫吳月娘「三九年紀，生的面如銀盆，眼如杏子，舉止溫柔，持重寡言」。寫潘金蓮「眉似初春柳葉，常含著雨恨雲愁；臉如三月桃花，暗帶著風情月意。纖腰嫋娜，拘束的燕懶鶯慵；檀口輕盈，勾引得峰狂蝶亂。玉貌妖嬈花解語，芳容窈窕玉生香」，「論風流，如水泥晶盤內走明珠；語態度，似紅杏枝頭籠曉日」。寫李瓶兒則是「生的甚是白淨，五短身才，瓜子面兒，細灣灣兩道眉兒」，「夏月間戴著銀絲鬏髻，金鑲紫瑛墜子，藕絲對衿衫，白紗挑線鑲邊裙，裙邊露一對紅鴛鳳嘴尖尖趫趫小腳」。寫孟玉樓則是「月畫煙描，粉妝玉琢。俊龐兒不肥不瘦，俏身材難減難增。素額逗幾點微麻，天然美麗；緗裙露一雙小腳，周正堪憐。行過處花香細生，坐下時淹然百媚」，使西門慶「一見滿心歡喜」。寫成為守備夫人後的春梅則是「寶髻巍峨，鳳釵半卸。胡珠環耳邊低挂，金挑鳳鬢後雙拖。紅繡襖偏襯玉香肌，翠紋裙下映金蓮小。行動處，胸前搖響玉丁當；坐下時，一陣麝蘭香噴鼻。膩粉妝成脖頸，花鈿巧帖眉尖。舉止驚人，貌比幽花殊麗；姿容閒雅，性如蘭蕙溫柔。若非綺閣生成，定是蘭房長就。儼若紫府瓊姬離碧漢，宛如蕊宮仙子下塵寰」。幾乎書中每一位女性的穿著、樣貌、個性都有著墨，至於爭風吃醋時的孩子氣以及撒嬌挑逗的樣態在小說中更是屢見不鮮。小說寫諸位美人樣貌情態也超越了過去善惡分明的平板形象，而是「打破了過去傳統小說『敘好人完全是好，壞人完全是壞』的格局，呈現出真實而複雜的性格。因此所謂的「好人」、「壞人」的區分也只是相對地善與惡，目的在呈顯人性的價值，揭示人性的真實面貌」。[15]

不同於晚明文人愛惜「美色」、「美人」成癖成痴的態度，[16]或是許多評點由「情」或由「道德」出發的讚嘆與批判，繡像無法進行任何批判與讚賞，似乎只是單純將小說人物具體化的過程，且崇禎本《金瓶梅》繡像屬於敘事畫並非單純的人物繡像，對於女性樣態的表現自然較少。儘管受限於木刻版畫的技法，無法表現小說中女性的表情與動作嬌態，畫工卻透過了具體可見的女性形象表達其外貌審美，以及留白與否、構圖視角等表現對女性處境的憐憫。

讀者在在閱讀小說時，會依照小說文本的描述以及提供的訊息，在腦海中建構出與之相符的人物形象以及劇情影像，繡像類似讀者閱讀具體化的象徵，為讀者的想像加乘與引導。圖像或許無法完全地去呈現小說女性形象——至少在色彩、服飾的微小細節、人物表情和連續動作等方面有所侷限——也可能與讀者建構出的形象有些微差異，卻仍然與小說有相互佐證之作用。其人物形象，「眉目傳神，栩栩如生，甚至透放出人物的內心情緒[17]」，其直觀性與吸引力甚至比文字要強，是「不立文字，直指人心」的審美再現。

但是畫工將人物形象具體化的過程，並非只是將人物描寫具體化：

> 插圖則是圖畫作者根據自己對文字的理解和想像做出的再創作，描繪出的圖像往往也滲入了他自己的情感。[18]

即繡像表現出的是畫工閱讀後的想像，而非全是文本的具體化。畫工在版面尚有許多經營構意之處，最常以表現對人物評價的莫過於留白與構圖。如同崇禎本評點「超越了對女性的道德批判，在女性的卑微處境中觀照他們的苦，並在生命的無奈與無常中給予最大的同情跟悲憫」，[19]繡像則透過畫面造境與留白，建構出女性可愛可恨亦可憐之處：在女性苦相思的「盼情郎佳人占鬼卦（第三回）」、「潘金蓮雪夜弄琵琶（三十八回）」、「吳月娘拜求子息（五十三回）」、「孟玉樓愛家李衙內（九十一回）」都使用了不亞於山

---

15 李梁淑：〈論《新刻繡像批評金瓶梅》的女性人物批評〉，《中國文學研究》第 15 期（2001 年 6 月），頁 188。

16 參見陳伯海：《近四百年中國文學思潮》（上海：東方出版中心，1997），頁 67。

17 羅樹寶：《中國古代圖書印刷史》（長沙：岳麓書社，2008），頁 224。

18 徐小蠻、王福康：《中國古代插圖史》（上海：上海古籍出版社，2007），頁 370。

19 李梁淑：〈論《新刻繡像批評金瓶梅》的女性人物批評〉，《中國文學研究》第 15 期（2001 年 6 月），頁 200。

水畫譜的造境，透過原本屬於文人畫教學之用的山水草木，營造出相思苦恨但「天下事難周遍」的同情。言女性死亡的「宋惠蓮含羞自縊（二十六回）」、「西門慶痛哭李瓶兒（六十二回）」、「武督頭殺嫂祭兄（八十七回）」都出現了些許雲霧留白去昇華。崇禎本繡像並非圖詠，無法跳脫小說為對單一人物作特寫，亦無題畫詩進入，這是因為此時的小說插圖尚未出現這樣的風潮。但是由特殊的造境與構圖，足見畫工並非只想將美人樣態具體化供讀者品賞。繡像中，畫工已經運用了文人畫的傳統以及畫譜的山水造境，意圖為小說評點者所謂「怨恨之至」、「可憐處」做了突破版畫傳統的昇華與憐憫。

(四)新增窺視以示重心

評點者可以文字告訴讀者小說的主旨，言小說「一篇世情語」、「寫出炎涼世態」、「只得情理二字」，把握作者未肯明言的深刻意涵：「會得其處處所以用意（章竹坡讀法十七）」。繡像則以另一種方式削減情色對讀者的刺激與引誘——新增窺視者，指引讀者小說的重心在世態人情。

《金瓶梅》的小說內容原本就有許多「窺視」場景，繡像甚至新增超出文本範圍的窺視人物，且這些人物大多是女性，可見「情色窺視」不是以男性角度出發的凝視，而是有深意的安排，指引閱讀隱藏主題，目的是讓讀者透過圖像這樣直觀且強勢引導的媒體，配合小說與評點等各種聲音，作為一個有利的觀看位置出發觀看小說。可見畫工是個聰明的讀者，圖文轉譯的同時，也「再創造」並參與了文本，將自己的觀點融入畫面中，甚至不惜宕出回目與小說文本限制作指引閱讀的提示，繡像成為另一種形式的評點，代表了畫工的閱讀態度與位置，並引領讀者閱讀。

畫工在未出現窺視的文本上創造了隱於角落或門內外的窺視者，透過特別出場的隱含讀者，經由窺視參與文本，進入繡像成為文本的一部分，見證畫工的批評的同時，也提點了畫面外讀者的閱讀角度。隱含讀者不存在於本文的世界中，但繡像畫工透過新增窺視者為讀者建立了這個有利觀看位置，此位置是本文立場的具體化，有了繡像新增窺視者的引導與突顯，即使是試圖「只看零星淫處」[20]等不同類型的讀者，都得以由此強勢媒材主導的位置出發來觀看文本，這個位置也是了解本文意涵的眾多出發點之一，讀者透過多樣的出發點視野得以不斷變換，並找到普通相遇處，進而了解小說的真正意涵。

作者於作品中呈現了他的世界觀，但是這個小說文本未必呈現當時的真實世界或表

20　張竹坡於讀法言：「《金瓶梅》不可零星看，如零星，便止看其淫處也。故必盡數日之間，一氣看完，方知作者起伏層次，貫通氣脈，為一線穿下來也。」、「凡人謂《金瓶》是淫書者，想必伊止知看其淫處也。若我看此書，純是一部史公文字。」可見每一位讀者所處文化背景不同，自然會以不同角度與態度去理解小說，而《金瓶梅》中的風月筆墨，又更容易使讀者僅讀片段而有錯誤理解了小說主旨。

面的主題，且「在閱讀過程中，本文的潛在意義永遠也不可能被讀者全部實現」，[21]如同若只觀照《金瓶梅》中西門慶的豪奢與各女子的色欲方面，容易使讀者以為是一般的以勸世包裝實質為提倡情色的「淫書」，而忽略了小說內涵的其他面向。一部成功的小說由於遊移的視角與文學結構能引發許多讀者對主題的不確定性，小說文本的多種視野凝聚加上諸家評點的解讀，就是因為這些不確定性成分使本文能夠和讀者「交流」，他們引誘讀者既參與作品意向的形成，又參與對作品意向的理解，希望通過這種方式，讀者才能實際體會被客觀論者假定的、作為本文的內在固有特性的所謂理想標準。[22]

二、繡像與「崇禎本」、「張評本」評點之異同

晚明崇禎本評點大多是簡約、感悟式的賞評，對小說綱常淪喪的世界，給予超越道德的美學品賞。欣賞女性情態、肯定真情所至的同時，也不忘道德批判，常提醒讀者「當下須猛醒」、「不可徒笑敬濟而不自省」，對女性的觀照角度是多元的，既不排除傳統小說教化的原則，對人性的內容以道德的針砭、揭示人性向善的美德，更以同情理解的眼光，展現多種閱讀、批評的空間，實是晚明以來諸家評點、研究《金瓶梅》中最不具道德偏見的批評。[23]到了清代的張竹坡則在崇批的基礎上加以發展：

> 崇禎本與稍後的張竹坡評點本之間的聯繫脈絡是顯而易見的。無庸置疑，張竹坡評點本直接採用了崇禎本，他只是做了文字上的少量訂正，並加上他自己的詳細評注。[24]

除了眉批、夾批之外，增加了回前總評與大量的人物評論，並於書前作了〈第一奇書凡例〉、〈竹坡閒話〉、〈冷熱金針〉、〈寓意說〉、〈苦孝說〉、〈第一奇書非淫書論〉、〈雜錄小引〉等文，蔚為大觀且自成體系，「是古代中國小說評點中型態最為完整者」，[25]於評點注入強烈的主體意識，對亂倫姦情的評論更為深入，道德批判也更為強烈。崇禎本《金瓶梅》繡像與崇批屬於同一個出版體系，若兩者同受書坊主持意識影響，則所

---

21 詳見〔德〕Wolfgang Iser 著，霍桂桓、李寶彥譯：《審美過程研究——閱讀活動：審美響應理論》（北京：中國人民大學出版社，1988），頁 30。

22 同上註，頁 31。

23 李梁淑：〈論《新刻繡像批評金瓶梅》的女性人物批評〉，《中國文學研究》第 15 期（2001 年 6 月），頁 207。

24 浦安迪：〈瑕中之瑜——論崇禎本《金瓶梅》的評注〉，收入徐朔方編：《金瓶梅西方論文集》（上海：上海古籍出版社，1987），頁 389。

25 譚帆：《中國小說評點研究》（上海：華東師大出版社，2001），頁 54。

指涉的重點與批評態度應所差無幾，然而圖像受限於化醜為美的隱諱表現形式，兩者相較並佐以張竹坡評語下，可見繡像的觀看角度與兩種評點仍稍有差異，並非純然受評點或書坊指示。

張竹坡為《金瓶梅》作評點是有意識的「再創造」，一再聲稱「我自做我之《金瓶梅》」，以評點文字進行文本詮釋的同時，也將讀者導向道德理性思維的閱讀方向。[26]繡像也是在將小說情節具體化的過程中作詮釋性質的「再創造」，引導讀者避免專注於劇情描寫，而能見隱藏的主旨。如十八回「見嬌娘敬濟魂銷」，陳經濟撇下花園管工到後邊參見岳母，月娘則以女婿會看牌將其引入房內，使陳經濟不僅看牌也初次見到了潘金蓮：

> 月娘便道：「既是姐夫會看牌，何不進去咱同看一看？」（張夾批：可殺。）（崇禎眉批：月娘自引狼入室，卻又誰尤？）敬濟道：「娘和大姐看罷，兒子卻不當。」（崇禎夾批：假志誠。）月娘道：「姐夫至親間，怕怎的？」（張夾批：可殺。）一面進入房中，只見孟玉樓正在床上鋪茜紅氈看牌，見敬濟進來，抽身就要走。月娘道：「姐夫又不是別人，（崇禎夾批：壞事往往在人。）見個禮兒罷。」（張夾批：可殺。）……只見潘金蓮掀簾子進來，銀絲䯼髻上戴著一頭鮮花兒，（崇禎夾批：媚甚。）笑嘻嘻道：「我說是誰，原來是陳姐夫在這裏。」（崇禎夾批：似老成，卻有心。）慌的陳敬濟扭頸回頭，猛然一見，不覺心蕩目搖，精魂已失。正是：五百年冤家相遇，三十年恩愛一旦遭逢。月娘道：「此是五娘，（張夾批：可殺。）姐夫也只見個長禮兒罷。」敬濟忙向前深深作揖，金蓮一面還了萬福。

陳經濟得以見到潘金蓮種下往後孽緣，主要在月娘的引狼入室，即使是至親至誠的女婿，也不該隨意引入閨房，所以崇批與張評皆將矛頭指向月娘，批其「自引狼入室」、一連數個「可殺」。然而在批判的同時，崇批還注意到了潘金蓮的裝扮「媚甚」，客套有禮的語詞「似老成，卻有心」，注意到了情之媚人與理之不容。張竹坡於此則忽略了潘之媚態，在回前總批就說明經濟見金蓮「是月娘罪案」：

> 寫敬濟見金蓮，卻大書月娘叫人請來。先又補西門不許無事入後堂一步，後又寫見西門回家，慌忙打發他從後出去。寫月娘壞事，真罪不容誅矣。又大書叫玉樓、金蓮與敬濟相見、看牌。世之看《金瓶梅》者，謂月娘為作者所許之人，吾不敢

26　李梁淑：《金瓶梅詮評史研究——以萬曆到民初為範圍》，國立臺灣大學中國文學研究所博士論文，2002年，頁162。

知也。

此後凡言兩人調情諧會之情節，張竹坡皆深罪月娘。比起崇批尚有心品賞人物情態，張評是以更高的道德標準批判文本未明言之處。繡像由於具體化情節，自然也就觀照到了人物的審美情態，然而出落畫面之美外，亦由人物視線與構圖對月娘進行批判。

繡像選取了兩人初見的剎那場景（見左圖），左方的潘金蓮正掀簾準備進房，畫面捨棄難以表現的微小細節「銀絲鬏髻上戴著一頭鮮花兒」，改以較可觀的「白紗團扇兒」表現其媚態，在畫面中央則是幫大姊代打抹牌的陳經濟，一旁站著的西門大姐。畫工無法於畫面批判月娘引狼入室的罪過，卻能透過視線暗示月娘的糊塗無知：畫面中西門大姐與陳經濟視線都集中掀簾初進的訪客身上，在畫面座於最無需轉頭即易見來者的月娘，此時卻與斜身轉頭過來的孟玉樓交談狀，彷彿專注於牌局如入無人之境，低頭看桌上專心抹牌。小說中金蓮進房月娘可是率先介紹兩人行禮的，況且小說亦未明言此時孟玉樓正與月娘討論牌局，畫面視線如此安排顯然不合常理。推測這是畫工不言之言的詮釋與批判，月娘引狼入室而不自知，低頭見牌而不見潘金蓮「有心」的到來以及經濟見嬌娘「心蕩目搖，精魂已失」，如同其後三見三告而不理的態度一般。畫工特意將場景挪至畫面上方，以近半的版面繪出花草木石流水等花園造景，彷佛以深遠的窺視視角見證「冤家相遇」之景，並進行隱諱的批判。與崇批與張評相較，繡像以視線提示了月娘之罪，並以姿態表現金蓮之媚，同時以視角提示「可殺」的不僅月娘，畫面中兩人初見本是道德所不容。

又如同第十九回「李瓶兒情感西門慶」，李瓶兒原本等不到西門慶迎娶便招贅了蔣竹山，發現蔣空有滑嘴並遭西門慶砸藥店後，請玳安轉告西門慶已後悔，至今仍欲嫁之意，沒想到被娶過門後新婚之夜卻遭冷落，自縊不成反惹西門慶怒火，最後靠著甜言蜜語與眼淚和好如初：

這西門慶心中大怒，教他下床來脫了衣裳跪著。婦人只顧延挨不脫，被西門慶拖翻在床地平上，（張夾批：直是行院行徑，豈復人類！）袖中取出鞭子來抽了幾鞭子，（崇禎眉批：雖瓶兒自取，然亦非情人舉止。）婦人方才脫去上下衣裳，戰兢兢跪在地平上。西門慶坐著，從頭至尾問婦人：「我那等對你說，教你略等等兒，我家中有些事兒，如何不依我，慌忙就嫁了蔣太醫那廝？你嫁了別人，我倒也不惱！那矮忘八有甚麼起解？你把他倒踏進門去，拿本錢與他開鋪子，在我眼皮子跟前，要撐我的買賣！」（張夾批：市井可笑。）婦人道：「奴不說的悔也是遲了。（崇禎眉批：始終無一巧言，瓶兒畢竟老實。使金蓮當此，定另有一番妙舌矣）……婦人道：「奴知道是你使的術兒。還是可憐見奴，若弄到那無人煙之處，就是死罷了。（張夾批：三語直刺負心者之骨，瓶兒亦利口。）……你就是醫奴的藥一般，一經你手，教奴沒日沒夜只是想你。」自這一句話，把西門慶舊情兜起，歡喜無盡，即丟了鞭子，用手把婦人拉將起來，穿上衣裳，摟在懷裏，說道：「我的兒，你說的是。果然這廝他見甚麼碟兒天來大！」即叫春梅：「快放桌兒，後邊取酒菜兒來！」

崇批和張評都注意到了西門慶一開始將李瓶兒拖翻抽鞭的行為是「非情人舉止」、「行院行徑」。崇批對李瓶兒顯然還有些許的同情，認為她畢竟老實不如金蓮妙舌；張評則不以為然，以為李瓶兒「回護得妙甚」、「瓶兒亦利口」，並於回前總評嚴厲批判西門慶市井可笑的吃醋報復以及李瓶兒的貪欲反悔：「而西門打瓶兒處，真是如老鴇打娼妓者然。隨打且隨好，寫西門廉恥房心俱無，而瓶兒亦良心廉恥俱無，皆彘不若之人也」。

相較於兩種評點，繡像於此處則給予李瓶兒更多的同情與美化。同樣是西門慶對妻子暴虐手段的脫衣審問，十二回「潘金蓮私僕受辱」繡像就畫出了背對畫面裸身的主角，並以留白遮蓋週遭昇華情色並施與憐憫；此回李瓶兒卻未脫衣也未跪地，加上畫面左側出現了捧酒菜的春梅，可知畫工選取的是兩人合

好之情狀。李瓶兒情感西門慶之說詞繡像無法表達，自然也無從評斷是較金蓮老實抑或利口；西門慶有如妓院行徑般的脫打，即使非情人舉止，卻正屬於繡像擅長表現的具體動作場景，畫工也捨棄不用。畫面中的李瓶兒衣著完整，衣袖近臉側暗示拭淚動之以情，西門慶手邊未見逼其自首的繩子與鞭子，也未見文本合好相摟情景，兩人中還夾有一長桌製造距離，畫面造境與氣韻儼然如才子佳人小說。此處的雅化或許是畫工沒有細讀文本的疏忽，但是都繪出了文末甚不重要的小細節春梅，疏忽文本的可能性便微乎其微，較有可能的是畫工意圖給予李瓶兒更多的同情與憐憫，雖然她當初負心選擇了蔣竹山，拋棄蔣的主因還是房事不稱其意，如今反悔嫁西門慶只是想念那「狂風驟雨」。但是後來被娶進門「半日沒半個人出去迎接」，就連月娘也是聽孟玉樓的勸才將其迎入。新婚之夜更遭冷落，一連三日受空房委屈，李瓶兒飽哭一場後試圖以腳帶懸樑自縊，被解救回來的次日便遭西門慶私刑。古時的婚姻制度原本就是不平等，李瓶兒和潘金蓮儘管都相當具有主體意識，在婚姻與家庭下仍然是極度缺乏安全感的自卑處境。李瓶兒先與西門私通害死丈夫花子虛，其後招贅又趕走蔣竹山，再貪西門之財色成為西門慶第六個老婆，「情感西門慶」未必出於真情，但是繡像畫工顯然願意給予李瓶兒更多的同情，凡是李瓶兒與西門慶的風月，都會巧妙以視角或留白遮蓋，而非如潘金蓮等的直白大膽。故知繡像對於人物未必如評點出自於道德的批判，或許出自畫面審美、也或許出自於畫工不同於崇批與張評的偏見與關照角度，繡像往往給予女性更多的美化與同情。

三、繡像與文龍評點之異同

文龍評點《金瓶梅》始於光緒五年（1879），經歷三年時間，反覆研讀，不斷批改，一共評了三次。所根據的版本是友人紹少泉購來相贈的在茲堂刊本《皋鶴堂批評第一奇書金瓶梅》，[27]評點就直接寫於張評本上，且不少見解係對張竹坡而發，形成激烈的對話，也不似之前的評點家大肆讚賞，評點有褒有貶，甚至許多地方直言「不耐看」、「不宜看」、「無甚深意」。明清以來評點家鮮少強調所評小說的不完美、指責作者的過失，蓋評點作為隨書刊行的文字，自始至終是為提高作品的文本價值，以利小說的流播。[28]然而文龍的評點一開始就沒有公開出版的功利性目的，[29]純粹是「信手加批，藉以消遣（二

27 見李梁淑：《金瓶梅詮評史研究——以萬曆到民初為範圍》，國立臺灣大學中國文學研究所博士論文，2002 年，頁 263。

28 譚帆：〈小說評點的萌興——明萬曆年間小說評點述略〉，《文藝理論研究》第 6 期（1996 年 6 月），頁 92。

29 譚帆：〈清後期小說評點塵談——論近代小說創作思想對傳統的返歸〉，《明清小說研究》第 3 期（2001 年），頁 102-104。

十七回總評）」，所以更接近清代文人讀者的真實想法，而非摻雜商業傳播成分的溢美之詞。崇批、張評與版畫詮釋則終究屬於通俗小說印刷出版地環節之一，版畫與崇批的相輔相成、張評繼承崇批的顯而易見，都可見三者僅管觀點略有出入，卻是彼此互涉影響的。文龍雖然主要與張竹坡評點對話，但是創作意圖本身就與其不同，就算批評態度發自於同一標準，所得到的結論和語氣也是大不相同。故筆者在比較繡像詮釋與崇批、張評的異同後，獨立一節再與文龍評點相做比較。

比起張竹坡發自描摹世態炎涼所引起的共鳴，文龍除了個人消閑與感悟之外，更著重醒世的教化目的。崇披尚以為書中人物有真情，文龍卻以為「不過色欲起見」。關於人物評論方面，比張竹坡更為嚴厲抨擊與悲觀失望，對於女性的評價與其壁壘分明，是純粹以社會道德立場譴責。張竹坡雖然言「《金瓶》雖有許多好人，卻無一個好女人」：「吳月娘是奸險好人。玉樓是乖人。金蓮不是人。瓶兒是痴人。春梅是狂人」，其中亦不乏偏見，但尚能歸因於社會環境浸染墮落人性，對人性光明尚有一絲信心；文龍則純粹以衛道者的身分激烈抨擊「一群狠毒人物，一片奸險心腸，一個淫亂人家（二十七回總評）」，雖然讚賞李瓶兒溫柔安靜、體貼解意的傳統婦德，但是與張竹坡同樣皆由「女人禍水」的角度出發，從「三從四德」衡量女性，無暇由審美角度品賞女性情態，亦不以為耽溺財色總可歸因於環境，基本上完全對人性失望的。

若比較繡像詮釋、崇批、張評三者與文龍評點，便可見兩種截然不同的「再創作」意圖與批評態度。如第五十三回「潘金蓮驚散幽歡」，言潘金蓮與陳經濟幾番挑逗調情後終於得手，忽然聽到聲響以為西門慶回來而驚慌走開：

> 金蓮不提防，吃了一嚇。回頭看見是敬濟，心中又驚又喜，便罵道：（崇禎眉批：驚喜便罵，因知婦人罵人必定驚而喜矣。）「賊短命，閃了我一閃，快放手，有人來撞見怎了！」敬濟那裏肯放，便用手去解他褲帶。金蓮猶半推半就，早被敬濟一扯扯斷了。金蓮故意失驚道：「怪賊囚，好大膽！就這等容容易易要奈何小丈母！」（張旁批：然則如何，不容易又如何？）（崇禎眉批：寫佯推故就，字字銷魂。）（崇禎夾批：猶立名分，妙。）敬濟再三央求道：（張旁批：為奈何哉！）：「我那前世的親娘，要敬濟的心肝煮湯吃，我也肯割出來。沒奈何，只要今番成就成就。」敬濟口裏說著，腰下那話已是硬幫幫的露出來，朝著金蓮單裙只顧亂插。金蓮桃頰紅潮，情動久了。初還假做不肯，及被敬濟累垂敖曹觸著，就禁不的把手去摸。（崇禎眉批：敬濟一味急，金蓮雖急又急不得，更苦。）（崇禎夾批：真情露矣。）……廝併了半個時辰。只聽得隔牆外籟籟的響，又有人說話，兩個一哄而散。敬濟雲情未已，金蓮雨意方濃。卻是書童、玳安拿著冠帶拜匣，都醉醺醺的嚷進門來。

潘金蓮與陳經濟的首次偷情得手，崇批基本上是超越道德標準給予較大的包容，並從「情」的角度給予肯定，將其視為美學意義形象品賞之[30]，所以沒有出現道德偏見的批評，而是彷彿置身文本之中享受女性嬌撒情態，言「寫佯推故就，字字銷魂」，兩人情急交歡處也夾批「真情露矣」。

張竹坡顯然不同於崇批的享受與品賞，在五十二回「潘金蓮花園調愛婿」的回前總批即言「金蓮之於敬濟，自見嬌娘後，而元夜一戲，得金蓮一戲，罰唱一戲，至此鬥葉子一戲，乃於買汗巾串入花園之戲，方討結煞。一見西門之疏，一見二人之漸。而處處寫月娘，又深罪月娘也」，此回對於兩人交歡亦抱持不以為然的態度：「然則如何，不容易又如何？」、「為奈何哉」，並於回前總批言「總寫西門之疏略，而又描金蓮之驚魂也」，雖然不以為然，但以為兩人之惡實要歸咎於西門慶的疏忽以及月娘的罪過。

繡像無法進行人物的評斷，卻也透過構圖與場景選取表現了閱讀態度：版畫以柳樹假石作畫面切割，下方是被聲響「驚散幽歡」的兩人，右方則是無意發出聲響拿著冠帶拜匣的書童與玳安。為了表現「驚散幽歡」，畫面中潘金蓮與陳經濟分隔較遠以示「一哄而散」，尤其陳經濟甚至還衣著不整露陽向潘擺手示意，小說並未出現此細節，純粹是畫工基於表現兩人驚散後還「雲情未已、雨意方濃」的想像（見上圖），可見就圖像詮釋小說精神的層面來看，畫工極了

30　「淫婦人」並非僅是道德形象之意義，在崇批的系統裡，早已躍升為一具美學意義之形象。其次是崇批對潘的偷情、勾挑行為之態度，大致說來，崇批對女性亂倫私情給予相當大的包容，並從「真情」展現的角度給予肯定。乍看似乎極為矛盾，事實上，通奸行為在個人只有「貞淫」等道德心性的問題，就「情」的角度來觀照，男女私情都是「天緣」、「奇緣」，任何打情罵俏勾挑的行為，都是真情流露。無論調情的對象是武松、陳經濟，崇批都是以所謂「人情」來體驗這些描寫。李梁淑：〈論《新刻繡像批評金瓶梅》的女性人物批評〉，《中國文學研究》第15期（2001年6月），頁185。

解小說情境且能加以想像具體增強感染力。至於就圖像詮釋的文學性而言：繡像選取的這個場景儘管精準地表現兩人驚慌而散，卻也因此無法表現出崇批所贊嘆的女性情態與真情流露，透過突出潘金蓮提裙而逃與陳經濟衣著不整，繡像畫出兩人狼狽的意圖比表現審美意象更為明顯。

由此可見繡像有時重點未必與同為出版環節的崇批、張評相符，崇禎本評點超越道德批判進行女性神態審美品賞，張竹坡著重批判家庭主事者的失職，繡像畫工於此時則突顯諷刺意圖，雖然未明言道德批判，但顯然是捨棄了畫面易表現的女性情態轉以道德立場諷刺，在同屬《新刻繡像批評金瓶梅》的文本組成下，提供了不同於崇批的閱讀態度與觀看角度，而更接近於清代張竹坡的觀點。

張竹坡對兩人幾番糾纏終至得手不以為然，比起崇批笑言「猶立名分，妙」，他更在乎的是「不容易又如何？」；文龍同樣抱持批判態度，於此回卻轉入更深刻的「義利之辯」反思：

> 金蓮與經濟，直至此回，方能到手，亦可謂難矣。天下本有極難之事，世上又多畏難之人，以畏難之人而做極難之事，人盡知其事之難成也。獨有男女之事，竟少畏難之，是何故乎？利與義相反，貪利必負義，利與害相連，得利每至受害。然亦有義中之利，無害之利，君子不辭焉。獨有男女苟合之事，不但不利與人，亦實不利於己，且斷無不悖義而不被害者。乃自古及今，無不趨之若鶩，甘之如飴者，果何故乎？我思其故，三晝夜而不可得。

文龍以為世界上多數人都畏懼困難，惟獨對苟合之事不畏艱難，男女苟合不利於人亦不利於己，不解自古即今趨之若鶩者何故？是以教化立場反思勸世，無暇顧及潘金蓮的審美形象，亦不以環境養成為由，猶自批判女人是禍水，為人不應被女色惑亂，應以智滅惑：

> 凡所謂傾人家國，帶肉骷髏而殃及子孫，傷及性命，以至腰中仗劍，笑裏藏刀，是皆言其末而未探其本也。顧何以聖神仙佛而外，「色」之一字，雖善知識、大作用之人，亦不能免，果何故歟？大抵本人身內之水火無以遏抑之，其為患遂有不可勝言者：腎水泛濫而不可止，心火焚燒面不知滅，於是膽因色大，神為色迷，耳目為色昏聵，言語因色顛倒，以及五官四體，五臟六腑，無不被色惑亂。是非先止其水，兼滅其火，不為功。水何以止？以淨土止之，靜則不動。火何以滅？以智水滅之，智者不惑。不動不惑，思過半矣。

文龍幾乎要將小說的潘金蓮妖魔化，批判女色是「帶肉骷髏」，即使善知識、大作用者亦容易被色惑亂，以致「殃及子孫，傷及性命」，將小說轉入戒世教化之用，提出避免色之害人，需「以智水滅之」，「不動不惑」才能正常思考。在不帶任何同情且對人性失望的評點態度下，文龍自然認為「鄙薄敬濟、金蓮二人者，勿為二人所反唇，斯可已（五十三回總評）」，反將了崇批與張評一軍，相較之下繡像的嘲諷詮釋似乎相對地寬容。

同樣的例子出現於第五十八回「潘金連打狗傷人」。潘金蓮見李瓶兒生子後獨受西門慶寵愛，這天看到又在她房裡歇夜，官哥兒身體不好一早還請任醫官來看，早就「惱在心理」，想不到天假其便，潘金蓮於黑影中踩了一腳狗屎，便趁機打狗出氣，最後並遷怒秋菊：

> 到房中叫春梅點燈來看，一雙大紅緞子鞋，滿幫子都沾汙了。登時柳眉剔豎，星眼圓睜，叫春梅打著燈把角門關了，拿大棍把那狗沒高低只顧打，打的怪叫起來。（張眉批：不記密約時打狗關門，此時之打狗，故知報應一絲不爽。然則，合後文貓驚官哥，又是牆頭喚貓對照，一絲不爽也。）李瓶兒使過迎春來說：「俺娘說，哥兒才吃了老劉的藥，睡著了，教五娘這邊休打狗罷。」潘金蓮坐著，半日不言語。（張夾批：寫出。）一面把那狗打了一回，開了門放出去，又尋起秋菊的不是來。……那潘姥姥正在里間炕上，聽見打的秋菊叫，一骨碌子爬起來，在旁邊勸解。見金蓮不依，落後又見李瓶兒使過繡春來說，又走向前奪他女兒手中鞭子，說道：「姐姐少打他兩下兒罷，惹得他那邊姐姐說，只怕唬了哥哥。為驢扭棍不打緊，倒沒的傷了紫荊樹。」金蓮緊自心裏惱，又聽見他娘說了這一句，越發心中攛上把火一般。須臾，紫漲了面皮，把手只一推，險些兒不把潘姥姥推了一跤。（張旁批：以下寫逆子之樣如此。）便道：「怪老貨，你與我過一邊坐著去！（崇禎眉批：動念情欲之起，忿怒之發，不難滅倫敗紀，不獨一金蓮也。）不幹你事，來勸甚麼？甚麼紫荊樹、驢扭棍，單管外合裏應。」

潘金蓮於此回為爭風打狗驚官哥、鞭秋菊、推潘姥姥的舉動，崇批不願苟同，故於其後潘姥姥的反駁評「罵得痛快」，評潘金蓮淩虐秋菊「可恨」，甚至潘金蓮向孟玉樓說李瓶兒是非時亦言「說得鑿鑿，即使瓶兒百吻，亦無可辨」，可見妻妾間的嗔怒、尖刻、妒恨都是崇批極力批判之處。但批判外仍以較為同情的角度為潘金蓮辯護，以為人起情慾、發憤怒「不難滅倫敗紀」，回歸於人性的在所難免，「不獨一金蓮也」。

張竹坡則關照到打狗與第十七回「李瓶姐牆頭密約」時趕狗關門的情節照應，以為此時李瓶兒委曲落淚「敢怒不敢言」，實是照見「報應一絲不爽」；批判金蓮推潘姥姥是「逆子之樣」，於回前總批言「打狗傷人，其惡固云妒瓶兒矣，乃並傷及其母，宜乎其死比瓶兒更慘也」；金蓮將潘姥姥推傷氣哭，其後又將潘姥姥送來的小米送予磨鏡叟，張竹坡更批判：「作者固借金蓮以諷天下人，見逆如金蓮，何嘗良心滅絕，是知凡天下為人子者皆有此心，奈之何獨獨我不能盡孝哉」、「以己母遺之物贈人不能養之母，不一返思，直豬狗矣」。張竹坡總是貶低潘金蓮，並因屢試不第的遭遇，自比賢淑卻誤入穢家的孟玉樓，評點對孟玉樓幾乎無一貶字，就連此回末孟玉樓和潘金蓮在討論李瓶兒差人印經的不當，張評仍給予讚美「能為嚴州作地」。

繡像無法表現連續性的劇情，只能從中選取一個場面，回目提示「打狗」和「傷人」，畫工也只能選取一個，最後選取了前者，畫面中緊閉的門扇下方狗兒還張嘴吠叫狀，潘金蓮正拿著大棍要打，春梅在一旁點燈照明，看見來人都回頭觀望，來者迎春一手示意休打一手指向右方，暗示是奉李瓶兒之命過來。此情節與十七回「二佳人憤深同氣苦」幾乎如出一轍，同樣是潘金蓮心懷妒憤蓄意打罵驚擾孩兒，李瓶兒遣人勸退未果，最後捂住官哥耳朵委曲落淚。但是於此回畫工並未繪出李瓶兒那邊的場景，也未見其後被牽累的秋菊和潘姥姥。潘金蓮虐打秋菊和推罵潘姥姥其實罪狀更大，是不厚道之主更是不孝之女，打人的震撼力遠比打狗要大，圖像也較容易表現人物具體動作，可是畫工仍然選擇了「打狗」而非「傷人」的場景。此回不繪出李瓶兒，一來是回目未明確說明「二佳人」，一來也是不願如第十七回兩相比較下給予李較多的同情，正如同張竹坡所言，潘金蓮可惡可殺，但是李瓶兒亦是罪有應得；選擇打狗的場景，則是突顯潘金蓮不放過任何機會的懷妒使潑，即使是自己不小心，也要傷及無辜，無非就是想報復受寵的李瓶兒母子。繡像的場景取捨其實表現了畫工對李瓶兒的隱晦批判，以及對潘金蓮尖刻的無言抨擊。

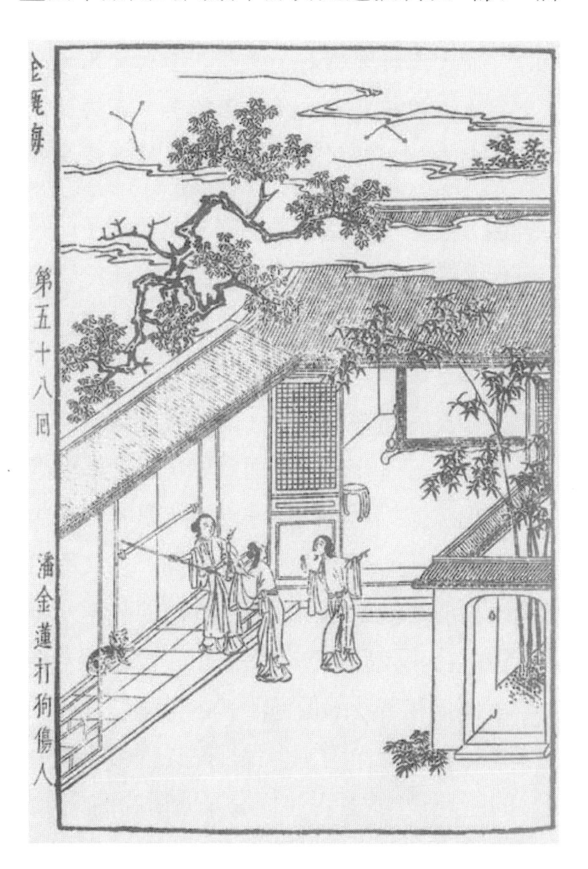

崇批由此回可見人物審美外仍具有傳統小說教化的原則，只是相較於張竹坡的嚴詞批判，仍是以「人性」出發予以較包容的評價。張竹坡批評潘金蓮可殺，並宜慘死，也批判李瓶兒此處的委屈是報應，而以為反襯金蓮之惡乃善良聰明的孟玉樓。文龍同樣批判潘金蓮可殺，不同的是張竹坡大肆溢美的孟玉樓，文龍則以為近墨者黑下，也成為和春梅、金蓮一鼻孔出氣的惡人：

> 潘金蓮可殺而不可留，凡有血氣耳目者，固無不知之也。乃有與之同惡相濟，夥穿一條褲子如龐春梅者，又有與之異口同聲，一鼻孔出氣如孟玉樓者，其為人何如乎？夫近朱者赤，近墨者黑。是言為其所染也，其本質不必赤與黑，近之則然也。若春梅、玉樓之與金蓮，豈第近之而已，直是逢迎之，激勵之，慫恿之，扶持而幫助之。金蓮之惡，成全於二人者實多。觀此圍打秋菊，春梅實唆之。譏瓶兒，玉樓實倡之。官哥、李氏之死，金蓮為首，玉樓，春梅謂非加功者，吾不信也。玉樓非赤，然而已紫矣。春梅非黑，然而已青矣。西門家中，又安得昭質無虧者哉！乃閱者往往偏護玉樓而高抬春梅也。果何意見乎？其目光直不可尺計。

打狗傷人後，李瓶兒求子平安要請薛姑子印經，卻沒有顧慮到託付之人應找親信以防金錢不保，幸孟玉樓提醒改使賁四一同前往防範。事後孟玉樓和潘金蓮討論起此事，潘金蓮發揮刻薄口舌提及李瓶兒嗔人趕狗打丫頭、潘姥姥「輕聲浪氣」「說長說短」，玉樓聞言也只是笑道：「你這個沒訓教的子孫，你一個親娘母兒，你這等訌他」。文龍認為若正直善良者應嚴厲斥責，而非半開玩笑的笑罵，故以為孟玉樓的本質在環境下已近於金、梅二人，「非赤，然而已紫矣」，潘金蓮譏諷李瓶兒，孟玉樓實際上是不持反對意見的提倡，並以為西門慶家中無人是本質無損的。對於張竹坡偏袒孟玉樓「勸孝」並於讀法言春梅「心高志大，氣象不同」，文龍直言「目光不可尺計」，可見道德標準更為嚴苛，對於小說中的人性也更加悲觀失望。

譚帆言小說評點的傳播價值大致表現為內外兩端，就外在現象而言，是指小說評點對小說傳播和普及的促進。就內在型態而言，則表現為評點本身在欣賞層面上對讀者的閱讀影響和指導作用。小說評點以通俗小說為主要對象，自然染上通俗小說「文學商品化」的色素，小說評點也便有了濃重的商業氣息，且唯以「傳播」為其目的，與「全像」、「音釋」等多種名目——其中尤以在書中配刻版圖更具宣傳促銷效應——同為明清通俗小說傳播的商業手段之一。[31]繡像與崇批同為《新刻繡像批評金瓶梅》印刷組成，自然同樣染有商業氣息，評點必須對小說有所讚美，繡像則擔負娛樂消遣效果。

繡像同樣也對讀者有著閱讀影響和指導作用。只是圖像可以表現批判，卻不能違背造形藝術美的原則，所以繡像的批評往往較為隱諱，通常是為讀者呈現出一個最能看見人情險惡的有利位置，指引讀者從此作為出發點去觀看並反思。比起直言的評點，繡像

31 見譚帆：《中國小說評點研究》（上海：華東師大出版社，2001），頁 117-123。

的詮釋更需要讀者的參與想像，也因此繡像表現出來的詮釋其實難以與評點作全面性的比較。但繡像具有詮釋性與批判性不可置否，評點對於讀者閱讀的影響和指導作用，繡像也同樣能作得到。評點者將自己的感悟直接傳遞給讀者，並通過其努力，逐步建立了一套通俗小說的鑑賞法則，主要包括三方面：首先要求讀者不要囿於小說的故事情節，而要深刻把握作品的情感主旨，並為讀者揭示作品旨意。其次，逐步確立人物形象在小說鑑賞中的中心地位。第三，闡明小說文學價值，歸納「文法」，以此對讀者做閱讀之提示。[32]第一，繡像雖然只是將小說文本具體化，卻能透過視角場景的選取、留白的運用以及窺視者的新增，引領讀者突破情節找到小說隱藏的重心主旨；第二，關於人物形象繡像無法作有系統的鑑賞，卻也不會僅限於具體表現審美意象，動作片刻與人物隱顯等選擇實際都暗示畫工的微言大義；第三，繡像雖然無法以圖像歸納所謂的「文法」，然而突破版畫傳統的視角與留白，已足見畫工的創作態度與閱讀提示。

在出版競爭下，繡像帶有詮釋性質成為風潮，崇禎本《金瓶梅》繡像融入畫工自身的理解與詮釋，且詮釋角度未必全與崇批相同，可知繡像畫工是有意識的再創作，非純粹受書坊主的讀者意識主導。崇批立場基本上不以道德為唯一標準，斥責罪行教化勸善之外，尚有著同情理解的寬容，且有餘情品賞女性情態。繡像善於表現具體的人物情態，只是立場與崇批不盡相同，有時繡像除了審美外更希望表達其他重點。張評雖不乏偏見，卻是最完整也最具系統的評點，對小說情節照應最細膩，也對人物以較高的道德衡量批判。繡像以構圖呈現的情節照應，以及新增窺視者的揭示主旨，往往在張評可找到佐證。文龍由於出自個人消遣未染商業氣息，所以對小說有更多苛斥的批評，全以道德教化角度創作，對人物評論也更嚴厲與失望。繡像與張評尚有相佐證之處，與文龍相比，繡像的批判卻顯得不痛不癢，甚至可見商業傳播的溢美作用。繡像的詮釋與諸家評點原本就屬於不同表現媒材，難以比較，故筆者僅於細節處試圖比較立場與著重角度之異同；但可以確定的是，不論與評點相輔或相異，繡像都透過了強勢引導讀者的媒材，在小說文本與評點之外提供了另一個有利觀看位置，影響並指導讀者找到不同說法的交會點，進而理解故事情節下的主旨精神。

四、與詞話本的比較與總結

萬曆本《金瓶梅詞話》以評話形式穿插大量演唱材料，有可能是一個說書人的底本，或是經由文人在說書底本上稍加潤飾過的初稿，所以大量使用簡字、俗字、生造字甚至符號，所引的詩詞曲文也頗多訛誤，開篇並沿襲《水滸傳》，缺少第 53 至 57 回。崇禎

32　譚帆：《中國小說評點研究》（上海：華東師大出版社，2001），頁 123-126。

本《新刻繡像批評金瓶梅》則是文人對說書底本進一步全面改定的版本，改編工作包括去詞曲化、去低俗化和降低《水滸傳》的承襲影響，並補足53至57回。出版時已帶有評點，加繡圖，改動文字，符合當時通俗小說刊本的習慣。《金瓶梅詞話》可能和先前的奇書《三國演義》、《水滸傳》、《西游記》一樣，原是「說話」，是晚明流行於運河區域的新興消費性說唱文學。起初叫《金瓶梅傳》，編撰者為書會才人一類中下層知識分子，由於這個接枝《水滸》的新段子貼近生活、語言鮮活，罵皇帝，罵貪官，出文人洋相，又穿插性故事，唱曲子，有聲有色，受到下層群眾歡迎，不久就傳進文人階層。起初是些不足本，所以就有袁中郎等文人傳抄搜集。在輾轉抄錄過程中，有人將說－聽的藝人場子演出本，改編為供案頭閱讀的說部，形成說散本。於是《金瓶梅》在成書階段，就出現詞話本和說散本兩個版本系統。[33]

大多數學者主張詞話本梓行早於說散（繡像）本，繡像本是以詞話本文基礎的加以刪節改定；亦有少數學者主張詞話本並不直接影響繡像本，兩者是出自同一版本但分屬不同出版系統，出版時間並無先後。無論何種說法，繡像畫工都有可能事先看過詞話本。只是繡像本身依附崇禎本《新刻繡像批評金瓶梅》出版，必須搭配回目作畫，就算畫工曾經看過詞話本，也不可能將第一回「西門慶熱結十弟兄　武大郎冷遇親兄弟」硬是改回「景陽岡武松打虎　潘金蓮嫌夫賣風月」。而小說敘事語言由俗而雅的諸多改定，原屬圖像表現侷限，自然繡像亦不見改定痕跡。繡像必須依從回目的特性與表現侷限，使推斷畫工有無見過詞話本，從兩百幅繡像似乎無法提供任何線索。但是，如同學界公認繡像本文字、結構雅化程度比起詞話本更深，繡像的同行出版與再創造的詮釋，亦是通俗小說雅化迎向讀者大眾的關鍵。

通俗小說繡像到了晚明逐漸受文人畫的影響，許多名畫家也為小說戲曲做插圖，同時大批文人紛紛投身白話小說的評點、編撰和出版，促進了通俗小說由俗而雅的形成與轉化。崇禎本《金瓶梅》繡像並非由文人畫家起搞，但是畫工仍繼承文人畫的美學風尚，只是作畫目的更多的是商業傳播考量：

> 在明代中後期的小說插圖製作中，起著主導作用的是職業畫師，他們與文人畫家的美學趣味趨同，但作畫目的稍有不同，對利潤和回報的考慮更多。不過這並不影響他們貫徹自己的美學趣味，因為消費主體仍然是文人階層[34]。

---

33 梅節：《金瓶梅詞話校讀記》（北京：國家圖書館出版社，2004），頁1-2。

34 李彥東：〈何谷理《閱讀中華帝國晚期插圖小說》書評〉，《中國學術》總15輯（2003年1月），頁288。

在清末石印技術普及之前，小說的造價和成本十分昂貴。據大木康等學者的研究，在明代能夠購買和閱讀小說的人群僅包括士大夫、文人和富商，一般階層並非是通過固定的文本形態接觸到小說，而是通過說書場、曲藝表演等再傳播的途徑接觸到小說。[35]晚明即使讀者群擴大，但有能力購買並閱讀通俗小說的讀者仍然以文人階層為主體，為了迎合讀者階層的審美趣味，並符合小說出版的刪改加評，繡像勢必向文人畫靠攏，並逐漸於敘事性質外加入詮釋性。為了貫徹自己的美學趣味，加上屬於集體創作，群體對小說的閱讀深度不齊，造成些許繡像不符文本，不僅無法表現市井豪奢，就連小說特意設計的居第空間場域與園景對比都遭破壞，更不用提及原本就屬於圖像表現侷限的敘事語言。然而這些「匠之流」的瑕疵其實是高標準下的挑剔，因為崇禎本《金瓶梅》繡像附屬於小說，不似陳洪綬《水滸葉子》和清代改綺的《紅樓夢圖詠》是脫離原著而獨立存在的單行文本，因此原本就不具有將所有小說內容轉化為圖像的野心，將繡像與小說主體相比自然有失公允。崇禎本《金瓶梅》繡像原本就不屬於文人作畫起稿，萬曆時期的小說版畫也尚未發展出高度的詮釋性，畫工能夠突破版畫傳統為世情之醜惡進行轉化與昇華，並運用視角、構圖、新增人物等指引讀者閱讀重心，如此有意識有企圖的「再創作」已實屬難得。儘管有些繡像在圖像得以表現的範圍內卻無法做出應有水準的詮釋，破壞了文本的設計，但幸好數量不多，整體而言仍是瑕不掩瑜。

崇禎本《金瓶梅》繡像的畫工是未留姓名亦非名家的「匠之流」，但有了自身理解與詮釋進入，便化身成為影響並指導讀者的「評點之家」，在《新刻繡像批評金瓶梅》中不僅擔負娛樂的藝術性，更承載詮釋文本的文學性，包含了提示情節照應、昇華情慾與死亡、隱諱的人物評價以及新增人物指引閱讀重心，且立場與崇批有所出入，可見畫工並非受他人指示引導，而是真的在圖像中表達出自己的閱讀態度與觀看位置。繡像評點也與崇批、張評、文龍的觀點相異，但是大致上繡像立場與崇禎本評點是較為相近的，有些甚至與清代張竹坡的評點相符，可能三者同屬於出版環節，而文龍一開始並不以出版為目的，故立場不盡相同。且繡像以圖說文，表現的媒材原本就與評點文字不同：文字可以建立一個完整的批評系統影響並引導讀者，圖像比起建立完整系統，更善於以強勢引導讀者出發點的特性，為讀者開闢出有利的觀看位置，由畫工的閱讀角度切入，再發動想像與反思理解故事情節下的隱藏重心。正是由於表現媒材不同，繡像詮釋與崇批、張評無法完全符應，但可以確定的是，繡像的確不僅是商業銷售手法，畫工很可能也是聰明的讀者，在出版環節下得以參與文本，並於諸家評點之外提供了另一種形式與角度的詮釋。

35　同上註，頁 284-285。

第六章　結　論

小說繡像的出現原是書坊銷售手段，近代更吸引了許多學者如魯迅、鄭振鐸等的收集注意，可惜往往關照的層面僅限於藝術玩賞、文獻保存；直到陳平原以及西方漢學家何谷理才開始注意到了小說繡像的文學性：陳平原以為與小說文本同行的繡像，其功能並非只是便於民眾接受，選取什麼場面、重點如何突出、怎樣構圖、如何刻畫等，其實隱含著制作者的道德及審美判斷；[1]何谷理則是更有企圖地整理出自己的「繡像傳統」，以為繡像做為複製藝術品打破了高雅繪畫與通俗小說的界線，小說得與和文人畫產生了上下文的關係，繡像並因此受到文人趣味與商業出版的影響，進而影響了讀者群體。陳平原的論述雖非正統學術論述僅是「略加解題」，何谷理言繡像的讀者接受與影響論述也有許多紕漏，[2]卻皆提出了繡像具有詮釋的新穎視角。如果深入小說插圖的內在格局，考量畫工的理解與詮釋，則繡像不可置否具備了評點性質，在明清小說諸家評點外，提供另一種形式的觀看角度與閱讀態度，「把這些東西考慮進來，很有可能會改變已有的小說史論述」。[3]

當時小說刻印百家爭鳴、良莠不齊，繡像並非全具有高度的詮釋性；不同小說性質，作畫也有著不同的限制與難度。明代四大奇書中，又以《金瓶梅》作畫最為困難，一來書中的情色場景難以避免，一來小說至關重要的敘事語言圖像無法表現，若是刪節情色且逃避語言表現，則小說原色盡失！也因此《金瓶梅》的插圖不似其他小說有許多不同流派的刻本，木刻版畫唯有崇禎本所附之繡像兩百幅流傳。圖像與文字表現專擅不同，畫工無法表現文字時，就會加入自己的理解和想像，改以圖像擅長表現的方式詮釋文本。因此同一版本的小說，不同作畫者自然會有截然不同的詮釋。崇禎本《金瓶梅》繡像也許在晚明並非唯一版本，但是能一枝獨秀流傳至今，必定有其過人之處，除卻眾人誇讚

1　陳平原：《看圖說書——小說繡像閱讀札記》（北京：生活・讀書・新知三聯書店，2003），頁136。

2　參見李彥東：〈何谷理《閱讀中華帝國晚期插圖小說》書評〉，《中國學術》總15輯（2003年1月），頁282-288。

3　陳平原：《看圖說書——小說繡像閱讀札記》（北京：生活・讀書・新知三聯書店，2003），頁136。

的藝術表現，畫面所表現的文學意識更值得令人注意。

崇禎本《金瓶梅》繡像依照回目作畫，「再創造」的詮釋性卻不僅於回目限制之內，更於回目之外。在回目之內，視角的選取、場景的選擇、小說窺視場景的再現，都表現了畫工的創作意識。視角的選取代表了畫工面對文本並帶領讀者觀看的閱讀位置，它決定了讀者是以疏離的旁觀者還是正式的參與者作為有利的閱讀位置，即使小說本身就有敘事者提供閱讀角度，畫工也不會一味盲從小說的敘述者口吻，而是能轉換視角，且如評點家能掌顯真正焦點，迫使讀者反思的「再創作」。萊辛以為選擇頂點前那「最富孕育的頃刻」，使讀者想像空間不至於受限；然而小說版畫選擇頂點更容易展現圖像擅長表現的空間式、具體式的動作，兩種選取的標準各有長處，畫工能靈活運用於兩種標準的長處隱藏世情醜惡並彰顯重心。至於小說層出不窮的窺視，不同於其餘色情小說是以女性作為被看的客體，乃晚明市民窺視成風刺探他人私領域的反映，繡像透過窺視人物指引觀看的劇情場景或情色場面，實際上真正的重心與批判皆在「險之人情」。

回目之外，即在回目限制條件以外的發揮，舉凡圖像對整體繡像製作的重要特色，處理小說情節照應與場景之手法，甚至出現小說未有之人物等。除在文本主題的特異外，崇禎本《金瓶梅》繡像與其他小說插圖有更多的特殊之處，且往往表現於此。首先繡像運用了許多留白，畫工突破版畫傳統，用以為世情之醜遮蓋與昇華，透過遮蓋彰顯理解的小說真正主題，並昇華為評點的批判與同情。對於密謀場景則採取高俯角，重心場景於畫面邊緣，暗喻了畫工為此回所作的褒貶。情節相對應的部分，繡像也往往採取雷同的構圖，暗示讀者兩相對照。畫工尚能關注到連敘述者和評點家都未明言的劇情，體會同樣節慶或場景下人情照應，並能宕出小說與回目之外進行改動，以視角的轉換突出景是人非，以背景的繁疏暗示團圓下的不團員與其後的悲涼，或是以人物的顯隱突顯姦情之罪的總歸咎於何人。最後，畫工甚至新增小說未有之窺視者，用意在指引閱讀隱藏主題，善用了圖像容易強勢引導讀者接受的優勢，為讀者提供了一個有利的觀看位置，讀者得以繡像這樣的有利觀看位置入手，避免曲解了小說本文真正的意涵。

在兩百幅的浩大工程中，不乏許多有深意的安排與詮釋，卻亦有著缺憾，例如繡像無法表現小說的豪奢與市井，若是情節未有具體動作則無法轉換表現語言精采，甚至有幾幅還破壞了小說特意設計的居第空間場域與園景對比。然而相較於其他沒有文人介入創作的小說繡像，崇禎本《金瓶梅》繡像已具備更多詮釋性與創新，畫工是未留姓名亦非名家的「匠之流」，更是影響指導讀者的「評點之家」。今日金學評點研究在文人筆記、崇批、張評、與文龍評點之外，若能參照繡像表展示的詮釋與批評，也許會更臻完整。

《金瓶梅》由詞話本到崇禎本的內容刪節與修訂，以及《新刻繡像批評金瓶梅》所附之評點，再加上出版時所附的繡像也具有詮釋文本的評點性質，都顯示通俗小說經由文人「介入」而逐漸「文人化」的痕跡。繡像既是《金瓶梅》由俗而雅的出版環節之一，又同是讀者意識的展現。只是繡像的詮釋與文字評點形式不同，需要讀者更多的參與想像，通常是為讀者呈現出一個最能看見人情險惡的有利位置，指引讀者由此作為出發點去觀看並反思。且完全出自畫工的主體意識，與同行出版的崇批相較，可知兩者關注點不盡相同，有些提點之處反而是在幾百年後的張評才找得到佐證，而與文龍的評點相異處最多，由此或可反思，除了評點者身分背景之外，創作目的梓行與否也許影響批評標準高低亦多。

但不論與其他評點相輔或相異，崇禎本繡像也許於小說文本與評點之外提供了另一個有利觀看位置，也許應證了田曉菲教授的推測：早於晚明崇禎本《金瓶梅》的出版規劃，就已經出現了以世情為主的閱讀角度，當時很有可能就有一群讀者有意識地進行審美再創作。小說版畫目的不再僅限於提供簡易的圖釋娛眾，而是更有企圖地具備詮釋性質，參與文本，與同行的小說改訂、評點共同建構通俗小說由俗而雅的經典化，甚至得以脫離小說文本單獨刊行，提供符合文人審美意趣的鑑賞對象，讀者意識更為顯著，被賦予強烈的文人主觀色彩以及抒情特色。崇禎本《金瓶梅》的繡像正好處於小說版畫朝向文人畫發展的中間點，雖然是民間坊刻不乏商業氣息，畫工一可能非屬文人畫家，卻已在出版競爭壓力下嘗試引入文人畫傳統，有著更多的嶄新視角與詮釋態度，改變了我們對小說版畫的刻版印象。

徵引文獻

一、古籍原典

〔唐〕張彥遠：《歷代名畫記》卷二（臺北：臺灣商務印書館，1971）

〔宋〕郭若虛：《圖畫見聞志》（北京：人民美術出版社，1963）

〔元〕施耐庵著，〔明〕羅貫中修，淩賡等校點：《容與堂本水滸傳》（上海：上海古籍出版社，1988）

〔明〕袁中道：《遊居柿錄》（臺北：臺北書局，1956）

〔明〕沈德符：《萬曆野獲編》（北京：中華書局，1959）

〔明〕董其昌：《畫禪室隨筆》（臺北：廣文書局，1977）

〔明〕蘭陵笑笑生著，齊煙、汝梅校訂：《新刻繡像批評金瓶梅》（濟南：齊魯書社，1990）

〔明〕蘭陵笑笑生著，秦修容整理：《金瓶梅：會評會校本》（北京：中華書局，1998）

〔明〕羅貫中著，〔清〕毛宗崗批評，饒彬校訂：《三國演義》（臺北：三民書局，1998）

〔明〕蘭陵笑笑生著，梅節校訂：《夢梅館校本金瓶梅詞話》（臺北：里仁書局，2007）

〔清〕張潮：《虞初新志（二）》（臺北：廣文書局，1968）

〔清〕曹雪芹、高鶚著，馮其庸等校注：《紅樓夢校注》（臺北：里仁書局，2004）

二、近人專著

(一)中文部分

丁錫根編：《中國歷代小說序跋集》（北京：人民文學出版社，1996）

王平：《中國古代小說文化研究》（濟南：山東教育出版社，1996）

王伯敏：《中國版畫史》（臺北：蘭亭書店，1986）

王利器輯錄：《元明清三代禁毀小說戲曲史料》（上海：上海古籍出版社，1981）

王志民主編：《李開先研究資料匯編》（濟南：山東文藝出版社，2008）

王璦玲、胡曉真主編：《經典轉化與明清敘事文學》（臺北：聯經出版公司，2009）

王璦玲：《明清文學與思想中之主體意識與社會——文學篇（上、下）》（臺北：中央研究院中國文哲所，2005）

方正耀：《明清人情小說研究》（上海：華東師範大學出版社，1986）

方志遠：《明代城市與市民文學》（北京：中華書局，2004）

朱一玄編：《金瓶梅資料匯編》（天津：南開大學出版社，1985）

朱立元編：《西方美學名著提要》（臺北：昭明出版社，2001）

毛文芳：《晚明閒賞美學》（臺北：臺灣學生書局，2000）

毛文芳：《物・性別・觀看——明末清初文化書寫新探》（臺北：臺灣學生書局，2001）

林崗：《明清之際小說評點學之研究》（北京：北京大學出版社，1999）
何滿子：《論金聖嘆評改水滸傳》（香港：文昌書店，1954）
吳晗、鄭振鐸：《論金瓶梅》（北京：朝花美術出版社，1962）
田曉菲：《秋水堂論金瓶梅》（天津：天津人民出版社，2005）
金慧敏：《媒介的後果——文學終結點上的批判理論》（臺北：臺灣商務印書館，2005）
宋莉華：《明清時期的小說傳播》（北京：中國社會科學出版社，2004）
宗白華：《美學與意境》（臺北：淑馨出版社，1989）
郭味蕖：《中國版畫史略》（北京：朝花美術出版社，1962）
周中明：《金瓶梅藝術論》（臺北：里仁書局，2001）
周心慧：《中國古代版刻版畫史論集》（北京：學苑出版社，1998）
周心慧：《中國古代版畫通史》（北京：學苑出版社，2000）
周心慧編：《古本小說版畫圖錄》（北京：首都圖書館，2006）
周鈞韜編：《金瓶梅資料續編：1919-1949》（北京：北京大學出版社，1991）
周蕪：《徽派版畫史論集》（合肥：安徽人民出版社，1983）
尚學鋒、過常寶：《中國古典文學接受史》（濟南：山東教育出版社，2000）
胡衍南：《金瓶梅到紅樓夢——明清長篇世情小說研究》（臺北：里仁書局，2009）
胡衍南：《飲食情色《金瓶梅》》（臺北：里仁書局，2004）
皐於厚：《明清小說的文化視野》（北京：學苑出版社，2004）
侯忠義、王汝梅編：《金瓶梅資料匯編》（北京：北京大學出版社，1985）
侯健：《中國小說比較研究》（臺北：東大圖書公司，1983）
胡文彬、張慶善編：《論金瓶梅》（北京：文化藝術出版社，1984）
俞平伯：《脂硯齋紅樓夢輯評》（臺北：太平出版社，1975）
俞崑：《中國畫論類編》（臺北：華正書局，1978）
徐小蠻、王福康：《中國古代插圖史》（上海：上海古籍出版社，2007）
徐朔方編：《金瓶梅西方論文集》（上海：上海古籍出版社，1987）
徐朔方：《論金瓶梅的成書與其他》（濟南：齊魯書社，1988）
余鳳高：《插圖的文化史》（香港：中華書局，2005）
孫楷第：《中國通俗小說書目》（臺北：木鐸出版社，1983）
高木森：《中國繪畫思想史》（臺北：東大圖書公司，1992）
祝重壽：《中國插圖藝術史話》（北京：清華大學出版社，2005）
梅節：《金瓶梅詞話校讀記》（北京：國家圖書館出版社，2004）
陳大康：《明代小說史》（上海：上海文藝出版社，2000）
陳益源：《古典小說與情色文學》（臺北：里仁書局，2001）
陳平原：《看圖說書——小說繡像閱讀劄記》（北京：生活・讀書・新知三聯書店，2003）
陳平原：《中國小說敘事模式的轉變》（北京：北京大學出版社，2003）
陳兆復：《中國畫研究》（臺北：兆青出版社，1986）
陳東友：《金瓶梅文化研究》（臺北：貫雅文化公司，1992）
陳東有：《金瓶梅：中國文人發展的一個斷面》（廣州：花城出版社，1990）

辜美高、黃霖編：《明代小說面面觀》（上海：學林出版社，2002）
葉桂桐：《論金瓶梅》（鄭州：中州古籍出版社，2005）
楊義：《中國古代小說十二講》（北京：中華書局，2006）
劉紀蕙主編：《框架內外——藝術、文類與符號疆界》（臺北：立緒文化事業公司，1999）
程孟輝：《西方美學擷珍》（北京：中國人民大學出版社，2004）
曹煒：《《金瓶梅》文學語言研究》（南京：江蘇教育出版社，1997）
曹煒、甯宗一：《《金瓶梅》的藝術世界》（臺北：文史哲出版社，2002）
張金蘭：《《金瓶梅》女性服飾文化》（臺北：萬卷樓圖書公司，2001）
張國標編：《徽派版畫》（合肥：安徽省美術出版社，2005）
張國星編：《中國古代小說中的性描寫》（天津：文藝出版社，1993）
盛源、北嬰編：《名家解讀金瓶梅》（濟南：山東人民出版社，1998）
黃霖、杜明德主編：《《金瓶梅》與臨清——第六屆國際《金瓶梅》學術討論會論文集》（濟南：齊魯書社，2008）
黃霖：《中國小說研究史》（杭州：浙江古籍出版社，2002）
黃霖：《金瓶梅考論》（瀋陽：遼寧人民出版社，1989）
黃霖：《金瓶梅資料彙編》（北京：中華書局，2006）
齊玉焜：《明代小說史》（杭州：浙江古籍出版社，1997）
劉尚恆：《徽州刻書與藏書》（揚州：廣陵書社，2003）
劉輝：《金瓶梅論集》（臺北：貫雅文化公司，1992）
熊秉真、王瑷玲、胡曉真主編：《欲掩彌彰：中國歷史文化中的「私」與「情」——私情篇》（臺北：漢學研究中心，2003）
潘元石編：《明代版畫藝術圖書特展專輯》（臺北：國立中央圖書館編，1989）
漢語大辭典編：《中國古代小說版畫集成》（上海：漢語大辭典出版社，2002）
廖雯著：《綠肥紅瘦——古代藝術中的女性形象和閨閣藝術》（重慶：重慶出版社，2005）
鄭振鐸：《插圖本中國文學史》（北京：人民文學出版社，1957）
鄭振鐸：《西諦書話》（北京：三聯書店，1998）
鄭振鐸：《中國木刻版畫史略》（上海：上海書店，2006）
鄭爾康編：《鄭振鐸藝術考古文集》（北京：文物出版社，1988）
趙聰：《中國五大小說之研究》（臺北：時報文化出版公司，1980）
蔡國梁：《明清小說探幽》（臺北：木鐸出版社，1987）
魏子雲：《小說金瓶梅》（臺北：臺灣學生書局，1986）
魏子雲：《金瓶梅研究資料彙編・上編，序跋、論評、插圖》（臺北：天一出版社，1987）
魏子雲：《金瓶梅的幽隱探索》（臺北：臺灣學生書局，1988）
魏子雲：《明代金瓶梅史料詮釋》（臺北：貫雅文化公司，1992 年）
錢鍾書：《七綴集》（臺北：書林出版公司，1990）
樂蘅軍《古典小說散論》（臺北：純文學出版社，1984）
魯迅：《中國小說史略》（香港：三聯書店，2001）
譚帆：《中國小說評點研究》（上海：華東師大出版社，2001）

戴麗珠：《明清文人題畫詩輯》（臺北：學海出版社，1998）
韓叢耀：《圖像傳播學》（臺北：威仕曼文化，2005）
羅樹寶：《中國古代圖書印刷史》（長沙：嶽麓書社，2008）

(二)西文部分

〔日〕飯田吉郎等著，黃霖等譯：《日本研究金瓶梅論文集》（濟南：齊魯書社，1989）
〔美〕浦安迪著，沈亨壽譯：《明代小說四大奇書》（北京：中國和平出版社，1993）
〔美〕康正果：《重審風月鑑：性與中國古典文學》（臺北：麥田出版社，1996）
〔美〕宇文所安：《中國中世紀的終結：中唐文學文化論集》（北京：生活・讀書・新知三聯書店，2006）
〔英〕John Berger：《看的方法——繪畫與社會關係七講》（臺北：明文書局，1979）
〔德〕Wolfgang Iser 著，霍桂桓、李寶彥譯：《審美過程研究——閱讀活動：審美響應理論》（北京：中國人民大學出版社，1988）
〔荷〕高羅佩著、郭曉惠等譯：《中國古代房內考：中國古代的性與社會》（臺北：桂冠圖書公司，1991）
〔德〕姚斯（Hans Robert Jauss）著，顧建光、顧建宇、張樂天譯：《審美經驗與文學解釋學》（上海：上海譯文出版社，1997）
〔美〕邁可・潘恩（Michael Payne）著，李奭學譯：《閱讀理論：拉康、德希達與克麗絲蒂娃導讀》（臺北：書林出版公司，1996）
〔德〕帕諾夫斯基（Erwin Panofsky）著、李元春譯：《造型藝術的意義》（臺北：遠流出版社，1996）
〔加〕阿爾維托・曼古埃爾（Alberto Manguel），吳昌傑譯：《閱讀地圖：一部人類閱讀的歷史》（臺北：臺灣商務印書館，1999）
〔荷〕高羅佩著、楊權譯：《秘戲圖考：附論漢代至清代的中國性生活（西元前 206 年至西元 1644 年）》（深圳：廣東出版社，2005）
〔德〕萊辛（Gotthold Ephraim Lessing）著，朱光潛譯：《拉奧孔》（合肥：新華書局，2006）
〔英〕彼得・伯克（Peter Burke）著，楊豫譯：《圖像證史》（北京：北京大學出版社，2008）
〔加〕卜正民著，方駿等譯：《縱樂的困惑——明朝的商業與文化》（臺北：聯經出版公司，2009）
〔英〕彼得・柏克（Peter Burke）：《圖像證史》（北京：北京大學出版社，2008）

(三)原文書

Craig Clunas. 1992. “The Novel *Jin Ping Mei* as a Source for the Study of Ming Furniture” *Orientations*, 23.1: pp. 60-68.
Craig Clunas. 1997. “Art in China” New York: Oxford University Press.
Craig Clunas. 2004. “Superfluous things: material culture and social status in early modern China” Honolulu: University of Illinois Press.
Craig Clunas. 2007. “Empire of Great Brightness: Visual And Material Cultures of Ming China, 1368-1644” New York: University of Hawaii Press.
Robert E. Hegel. 1998. “Reading illustrated fiction in the late imperial China” Stanford, Calif: Stanford University Press.

Shang Wei, "*Jing Ping Mei Cihua* and Late-Ming Print Culture", in Judith Zeitlin and Lydia Liu, eds., *Writing and Materiality in China: Essays in Honor of Patrick Hanan* (Cambridge: Harvard University Asian Center, 2003).

Robert E. Hegel, "Picturing the Monkey King: Illustrations of the 1641 Novel *Xiyou bu*", in Wilson, Ming, and Stacey Pierson eds., *The Art of the Book in China*, Colloquies on Art & Archaeology in Asia No. 23, London: Percival David Foundation, 2006), pp. 175-191.

James Cahill, 2010. "Pictures For Use and pleasure: Vernacular Painting in High Qing China" California: University of California Press.

三、期刊論文

大木康著，吳悅摘譯：〈關於明末白話小說的作者和讀者〉，《明清小說研究》第 2 期（1988 年 4 月），頁 199-212。

王平：〈論明清小說傳播的基本特徵〉，《文史哲》總第 279 期（2003 年），頁 33-37。

王正華：〈女人、物品與感官慾望：陳洪綬晚期人物畫中江南文化的呈現〉，《近代中國婦女史研究》第 10 期（2002 年 12 月），頁 1-5、7-57。

毛文芳：〈於俗世中雅賞——晚明《唐詩畫譜》圖像營構之審美品味〉，《通俗文學與雅正文學全國學術研討會論文集》第一集（臺中：國立中興大學中國文學系，2005 年），頁 315-353。

毛文芳：〈遺照與小像：明清時期鶯鶯畫像的文化意涵〉，《文與哲》第 7 期（2005 年 12 月），頁 251-291。

史小軍：〈《金瓶梅詞話》的敘述風格變異與作者問題——以潘金蓮與陳經濟的偷情故事為例〉，《文藝研究》第 7 期（2008 年），頁 59-66。

宋莉華：〈插圖與明清小說閱讀及傳播〉，《文學遺產》第 4 期（2000 年），頁 116-144。

李西成：〈《金瓶梅》的社會意義及其藝術成就〉，收入《明清小說研究論文集》，（北京：人民文學出版社，1959 年），頁 155-172。

李彥東：〈何谷理《閱讀中華帝國晚期插圖小說》書評〉，《中國學術》總 15 輯（2003 年 1 月），頁 282-288。

李梁淑：〈論《新刻繡像批評金瓶梅》的女性人物批評〉，《中國文學研究》第 15 期（2001 年 6 月），頁 179-208。

沈津：〈明代坊刻圖書之流通與價格〉，《國家圖書館館刊》85 年第 1 期（1996 年 6 月），頁 101-118。

汪燕崗：〈古代小說插圖方式之演變及意義〉，《學術研究》第 10 期（2007 年 10 月），頁 141-145。

苗懷明：〈中國古代通俗小說的商業運作與文本型態〉，《求是學刊》2000 年第 5 期（2000 年 5 月），頁 80。

徐朔方：〈論《金瓶梅》的性描寫〉，《浙江學刊》第 3 期（1994 年），頁 79-82。

莊伯和：〈明代小說繡像版畫所反應的審美意識〉，收於《明代版畫藝術圖書特展專輯》（臺北：國立中央圖書館，1989），頁 269-270。

胡萬川：〈傳統小說版畫插圖〉，《中外文學》第 16 卷第 12 期（1988 年 5 月），頁 28-50。

胡衍南：〈兩部《金瓶梅》——詞話本與繡像本對照研究〉，《中國學術年刊》第 29 期（2008 年 3 月），頁 115-144。

翁同文：〈印刷術對於書籍成本的影響〉，《清華學報》第六卷第 1-2 期（1967 年），頁 35-43。
高彥頤：〈「空間」與「家」——論明末清初婦女的生活空間〉，《近代中國婦女史研究》第 3 期（1995 年 8 月），頁 21-50。
張丹、詹瑞：〈城市娛樂和《金瓶梅》中的元宵節慶〉，《上海師範大學學報》第三十七卷第 5 期（2008 年 9 月），頁 68、78、88、98、09、19、29。
張強：〈打破文學傳統的佳構——論世情小說《金瓶梅》〉，《明清小說研究》第 91 期（2009 年 1 月），頁 150-163、219。
張進德：〈明清人解讀金瓶梅〉，《明清小說研究》第 4 期（2000 年），頁 172-186。
張燕：〈「窺視」的藝術情蘊——從《金瓶梅》到《紅樓夢》的私人經驗之文本呈現〉，《紅樓夢學刊》第 3 期（2007 年 3 月），頁 321-344。
張璉：〈明代專制文化政策下的圖書出版情形〉，《漢學研究》第十卷第 2 期（1992 年 12 月），頁 355-369。
莫薇（Laura Mulvey）著，林寶源譯：〈視覺快感與敘事電影〉，《電影研究》第七卷第 6 期（1989 年 11 月），頁 21-31。
馬孟晶：〈耳目之玩——從《西廂記》版畫插圖論晚明出版文化對視覺性之關注〉，《美術史研究集刊》第 13 期（2002 年 9 月），頁 201 至 276、279。
馬銘浩：〈論版畫畫譜與文人畫的關係〉，《淡江大學中文學報》第 4 期（1997 年 12 月），頁 199-219。
康來新：〈身體的發與變——從《肉蒲團》、〈夏宜樓〉到《紅樓夢》的偷窺意涵〉，《中國文哲通訊》第十三卷第 3 期（2007 年 9 月），頁 165-173。
陳大康：〈熊大木現象——古代通俗小說傳播模式及其意義〉，《文學遺產》第 2 期（2000 年），頁 99-140。
陳大康：〈論明清通俗小說的發展〉，《明清小說研究》第 1 期（1989 年），頁 171-191。
陳平原：〈晚清教會讀物的圖像敘事〉，《學術研究》第 11 期（2003 年），頁 112-126。
陳平原：〈從左圖右史到圖文互動——圖文書的崛起及其前景〉，《學術界》總第 106 期（2004 年 3 月），頁 255-266。
陳平原：〈在圖像與文字之間〉，《讀書》第 7 期（2000 年），頁 94-102。
陳翠英：〈閱讀與批評：文龍評金瓶梅〉，《臺大中文學報》第 15 期（2001 年 12 月），頁 283-285、287-320。
聶付生：〈論晚明插圖本的文本價值及其傳播機制〉，《南京師大學報》第 3 期（2005 年），頁 110-119。
楊玉成：〈閱讀世情——崇禎本《金瓶梅》評點〉，《國文學誌》第 5 期（2001 年 12 月），頁 115-157。
趙達雄：〈中國古籍插圖研究〉，《中國文化月刊》第 278 期（2004 年），頁 93-109。
單德興：〈試論小說評點與美學反應理論〉，《中外文學》第 3 期（1991 年 8 月），頁 73-101。
廖肇亨：〈從「爛熟傷雅」到「格調生新」——臺靜農看晚明文化〉，《故宮文物月刊》第二十四卷第 3 期（2006 年 6 月），頁 102-111。
廖藤葉：〈明代戲曲版畫的夢畫與魂圖〉，《歷史月刊》第 119 期（1997 年 12 月），頁 74-80。
潘建國：〈明清時期通俗小說的讀者與傳播方式〉，《復旦學報》第 1 期（2001 年），頁 118-124。
潘敏德：〈評 Craig Clunas, Empire of Great Brightness: Visual and Material Cultures of Ming China, 1368-1644〉，《漢學研究》第 26 卷第 3 期（2008 年 9 月），頁 307-313。

靜軒：〈紅樓夢的插圖藝術〉，《紅樓夢學刊》第 2 期（1997 年），頁 338-345。
鄭文惠：〈身體、慾望與空間疆界——晚明《唐詩畫譜》女性意象版圖的文化展演〉，《政大中文學報》第 2 期（2004 年 12 月），頁 53-88。
鄭振鐸：〈插圖之話〉，《小說月報》第十八卷第 1 號，頁 1-23。

四、學位論文

王月華：《清代紅樓夢繡像研究》，國立成功大學歷史語言研究所碩士論文，1991 年。
林玉麟：《晚明春宮版畫圖像與社會意識之探討》，私立東海大學美術研究所美術史與美術行政組碩士論文，2003 年。
李梁淑：《金瓶梅詮評史研究——以萬曆到民初為範圍》，國立臺灣大學中國文學研究所博士論文，2002 年。
吳哲銘：《墮落與沈淪的情慾飛舞——明代春宮畫的審美與象徵》，國立臺灣師範大學美術學系在職進修碩士班碩士論文，2004 年。
郭淳華：《綜合、轉換與變形：論晚明變形畫之風格及其時代意義》，臺北：淡江大學中國文學研究所碩士論文，1995 年。
郭姿吟：《明代書籍出版研究》，國立成功大學歷史研究所碩士論文，2002 年。
胡衍南：《食、色交歡的文本——《金瓶梅》飲食文化與性愛文化研究》，國立清華大學中國文學系博士論文，2000 年。
馬琇芬：《從婚姻、嫉妒、性慾看《金瓶梅》中的女性》，國立中山大學中國文學研究所碩士論文，1996 年。
馬銘浩：《中國版畫畫譜文獻研究》，文化大學中國文學研究所博士論文，1997 年。
張金蘭：《金瓶梅女性服飾文化研究》，國立政治大學中國文學研究所碩士論文，1999 年。
張曼娟：《明清小說評點之研究》，國立臺灣師範大學中國文學研究所博士論文，1989 年。
曾瓊連：《西廂記之版本及其藝術成就》，國立臺灣師範大學國文研究所碩士論文，1986 年。
陳翠英：《世情小說之價值觀探論：以婚姻為定位的考察》，國立臺灣大學中國文學研究所博士論文，1994 年。
楊淑惠：《張竹坡評論《金瓶梅》人物研究》，國立高雄師範大學中國文學研究所碩士論文，1995。
彭錦華：《《西遊記》人物的文字與繡像造形——李卓吾批評《西遊記》為主》，私立輔仁大學中國文學研究所碩士論文，1991 年。
徐靜嫻：《小說評點中的人物塑造論》，私立輔仁大學中國文學研究所碩士論文，1990 年。
葉恬儀：《張竹坡批評《金瓶梅》之女性研究》，國立臺灣師範大學國文系研究所在職進修班碩士論文，2008 年。
朴炫玡：《張竹坡評點《金瓶梅》之小說理論》，國立政治大學中國文學研究所碩士論文，1994 年。
駱水玉：《紅樓夢脂硯齋評語研究》，國立臺灣大學中國文學研究所碩士論文，1993。
鄭文惠：《明人詩畫合論之研究》，國立政治大學中國文學研究所碩士論文，1987 年。
蕭麗玲：《晚明版畫與戲曲和繪畫的關係以《琵琶記》為例》，私立文化大學史學研究所圖書文物組碩士論文，1991 年。

國家圖書館出版品預行編目資料

說圖——崇禎本《金瓶梅》繡像研究

曾鈺婷著. – 初版. – 臺北市：臺灣學生，2014.09
面；公分（金學叢書第 1 輯；第 7 冊）

ISBN 978-957-15-1622-6 (精裝)

1. 金瓶梅 2. 研究考訂

857.48 103011443

說圖——崇禎本《金瓶梅》繡像研究

著 作 者：曾 鈺 婷
主 編：吳 敢 、 胡 衍 南 、 霍 現 俊
出 版 者：臺 灣 學 生 書 局 有 限 公 司
發 行 人：楊 雲 龍
發 行 所：臺 灣 學 生 書 局 有 限 公 司
臺北市和平東路一段七十五巷十一號
郵政劃撥帳號：00024668
電 話：(02)23928185
傳 眞：(02)23928105
E-mail：student.book@msa.hinet.net
http://www.studentbook.com.tw

定價：精裝 16 冊不分售
新臺幣 20000 元

二 〇 一 四 年 九 月 初 版

ISBN 978-957-15-1622-6 (本冊)
ISBN 978-957-15-1615-8 (全套)

金學叢書 第一輯

❶ 《金瓶梅》原貌探索 魏子雲著

❷ 《金瓶梅》的幽隱探照 魏子雲著

❸ 小說《金瓶梅》 魏子雲著

❹ 《金瓶梅》演義——儒學視野下的寓言闡釋 李志宏著

❺ 《金瓶梅》的時間敘事與空間隱喻 林偉淑著

❻ 《金瓶梅》敘事藝術 鄭媛元著

❼ 說圖——崇禎本《金瓶梅》繡像研究 曾鈺婷著

❽ 《金瓶梅詞話》之詩詞研究 傅想容著

❾ 崇禎本《金瓶梅》回首詩詞功能研究 林玉惠著

❿ 《金瓶梅》飲食男女 胡衍南著

⓫ 《金瓶梅》之身體感知與性別辯證：一個漢字閱讀觀點的建構 李欣倫著

⓬ 《金瓶梅》鞋腳情色與文化研究 李曉萍著

⓭ 《金瓶梅》女性服飾文化研究 張金蘭著

⓮ 《金瓶梅詞話》女性身體書寫析論——以西門慶妻妾為論述中心 沈心潔著

⓯ 後設現象：《金瓶梅》續書書寫研究 鄭淑梅著

⓰ 《金瓶梅》詮評史研究 李梁淑著